달에 홀린 광대

문학동네
한국문학전집
030

정영문
장편소설

달에 홀린 광대

문학동네

차례

달에 홀린 광대

"할아버지는 아주 좋은 분이셨죠?" 내가 한잠 잔 후 깼을 때 운전대를 잡고 있던 아들녀석이 말했다.

나는 녀석이 무슨 말을 하는지 잘 알 수 없었고, 그래서 눈을 비비며 그를 쳐다보았다.

"할아버지 얘기를 하는 거예요." 녀석이 말했다. "저는 할아버지에 대한 기억이 많지는 않지만 그 기억들은 아주 좋은 것들이에요."

녀석은 기분좋은 일이라도 있는 듯 환한 표정이었다.

이제 나는 녀석이 무슨 말을 하는지는 알 수 있었지만 계속해서 모르겠다는 식으로 그를 쳐다보았다. 녀석은 나를 흘낏 보더니 다시 앞쪽을 보았다. 나는 아들녀석이 바라보는 곳을 보고 싶지 않았고, 그래서 고개를 옆쪽으로 돌렸다.

어느새 우리는 국도를 지나가고 있었다. 길을 따라 모래사장이 넓게 펼쳐진, 하지만 강줄기는 빈약해 보이는 강이 흐르고 있었다. 그 강의 이름이, 막상 떠올리려 하자 떠오르지 않았다. 사실 그 강의 이름은 그전에도 몰랐던 것 같았다.

조금 더 가자 이정표가 하나 나타났고, 나는 목적지가 가까워지고 있다는 것을 알 수 있었다. 우리는 내 아들녀석의 할아버지, 곧 내 아버지의 묘소에 가고 있는 중이었다.

그날 아침 아들녀석은 불쑥 내 집에 찾아와 함께 할아버지의 묘소에 참배를 하러 가자고 했다. 그는 얼마 후면 할아버지의 기일이라고 했다. 나는 가기 싫다고, 정 가고 싶으면 너 혼자 가라고 했지만 소용이 없었다.

나는 녀석이 성묘라는 말 대신 참배라는 말을 쓴 것이 재미있었지만 거기에 대해서는 아무 말도 하지 않았다. 가끔 녀석은 단어를, 마치 일부러 그러기라도 하듯, 적재적소에 쓰지 않는 경우가 있었다.

녀석은 우리가 할아버지의 묘소를 찾은 것이 아주 오래되었으며 그것은 자식 된 도리가 아니라고 했다.

"아버지에게 자식 된 도리 운운하는 것은 자식 된 도리가 아니다." 내가 말했다.

그렇게 말하고 나자 그것은 사실처럼 여겨졌다. 그것의 사실 여부를 떠나 막상 말해놓고 보면 그것이 사실인 것처럼 여겨지는 것들이 있었다. 하지만 아들놈은 내 말을 못 들은 척했다.

나는 아들놈과 함께 있는 것이 새삼스럽게 어색했고 그래서 나의 그 어색한 느낌이 그에게 전달되게 그를 빤히 쳐다보았지만 녀석은 앞쪽만 보고 있었다. 나는 잠시 그를 쳐다보다 고개를 돌렸다.

녀석은 오랫동안 나를 멀리했었는데 몇 년 전부터 갑자기 나를 가까이하기 시작했다. 그 이유가 짐작이 가지 않는 바는 아니었지만 나로서는 별로 내키지 않았다.

그사이 녀석은 어울리지 않게 고전음악을 틀어놓고 있었다. 우리 집안에 음악과 인연이 있는 사람이 없었는데 녀석은 음악을 좋아했다. 그렇다고 음악에 크게 조예가 있는 정도는 아니었다. 적어도 내가 보기에는 그랬다.

"굳이 이런 걸 들어야겠느냐?" 내가 말했다.

"듣기 좋지 않아요?" 아들놈이 말했다.

"듣기가 좋지 않구나." 내가 말했다.

아들놈은 음악소리를 줄였다.

"그래도 듣기 좋지 않은 건 마찬가지구나." 내가 말했다.

아들놈은 음악을 껐다.

"그렇게 하니까 듣기가 훨씬 낫구나." 내가 말했다.

아들놈 때문에 평소에 비해 너무 일찍 일어난 나는 잠시 차 안에서 잠을 잤음에도 불구하고 아무리 해도 정신이 차려지지 않았다. 하지만 내가 그렇게 정신이 몽롱한 것은 그렇게 아침 일찍 일어나서만은 아니었다. 나는 항상 그랬다. 나는 불면증을 심하게 앓고 있었다. 밤마다 오랫동안 몸을 뒤척였는데 그럴 때면 영원히 잠들지 못할 것 같기도 했다. 나는 하루의 대부분을 어떻게든 잠을 자거나, 아니면 어떻게든 잠을 청해보려고 하거나, 아니면 어떻게든 잠에서 깨어나려고 하는 것으로 보냈다.

차창 밖으로 강둑에서 암소 한 마리가 풀을 뜯고 있는 모습이 보였다. 문득 아주 어렸을 때 논두렁에서 풀을 뜯고 있던 암소 가까이 갔다가 뒷발에 채어 아래로 굴러떨어졌던 기억이 났다. 하지만 내가 그 암소에게 챌 짓을 해서 그렇게 되었는지 그렇지 않았는데도 그렇게 되었는지는 기억이 나지 않았다. 그리고 그때 내 아버지가 옆에 있었는지, 그래서 그가 웃음을 터뜨렸는지, 아니면 그가 그곳에 없었고, 그래서 내가 소에게 챈 사실을 몰랐는지는 기억이 나지 않았다. 그리고 그 암소에게 챈 후에는 내가 어떻게 되었는지도, 나를 찬 그 암소를 내가 어떻게 했는지도 기억이 나지 않았다. 다만 내가 암소에게 채었다는 사실과 챈 순간 허공에 붕 떴다가 땅바닥에 곤두박질친 것만은 또렷이 기억이 났다.

"네 할아버지는 네가 생각하는 것처럼 좋은 분은 아니셨다." 내가 말했다.

"하지만 저는 할아버지에 대한 아주 좋은 기억을 갖고 있는걸요." 녀석이 말했다.

"네 할아버지는 네가 아주 어려서 돌아가셨고, 너는 할아버지에 대한 기억을 갖고 있을 수가 없어." 내가 말했다. "너는 얘기를 꾸며내기까지 하는구나."

"이건 꾸며낸 이야기가 아니에요." 아들녀석은 항변을 했다.

"네가 지어내는 얘기는 하나도 듣지 않겠다." 내가 말했다.

아들녀석은 내 얘기가 듣기 싫은 듯 좀더 속도를 높여 내 말이 소음에 묻히게 만들었다.

"너는 별로 상상력이 뛰어난 녀석이 못 되는데도 어떤 얘기는 곧잘 지어낸단 말야." 내가 말했다.

아들놈은 내 말은 못 들은 것 같았다.

나는 잠시 눈을 감았다. 문득 전날 저녁 일이 생각났다. 저녁에 밥을 지어 먹었는데 몇 숟갈을 뜨다보니 쌀벌레 몇 마리가 밥 속에 있는 것이 눈에 띄었다. 얼마 전부터 쌀에 쌀벌레가 있는 것이 보였고, 그래서 내 딴에는 골라낸다고 골라냈는데 마저 골라내지 못한 놈이 있었던 것이다.

물론 끓는 물에 삶긴 쌀벌레는 죽어 있었다. 쌀벌레를 집어낸 나는 그 밥을 계속 먹어야 할지 말아야 할지를 한참 동안 고민했다. 이미 쌀벌레가 들어 있는 밥을 몇 숟갈 먹은 상태였고, 그래서 남은 밥을 먹는 것도 자연스런 일처럼 여겨졌다. 하지만 그렇게 쌀벌레가 죽어 있는 것을 발견한 후 그 밥을 계속 먹는 것은 꺼림칙하게 여겨지기도 했다.

나는, 아니면 건져낸 쌀벌레도 먹은 후 태연하게 남은 밥을 먹을까, 하는 생각도 했다. 그렇게 못할 것도 없지. 하지만 죽은 쌀벌레를 태연하게 먹는 나 자신이 나 스스로에게 자연스럽게 여겨질 것 같지는 않았다. 나는 어떻게 해야 좋을지 알 수가 없었다. 그렇다고 이미 먹은 밥을 게워낼 수도 없었다. 나는 숟가락을 쥔 채로 가만히 있었다.

그런데 그때 문득 다른 어떤 생각이 떠올랐는데 그건 쌀벌레가 어떻게 해서 생겨나는가 하는 것이었다. 그 문제는 흥미로운 것이었다. 그것은 쌀벌레가 어느 날 갑자기 생겨난다는 점을 생각해보면 분명 그랬다.

그 점을 좀더 상세하게 얘기하자면 다음과 같았다. 쌀벌레는, 만약 없던 것이 갑자기 있게 된 것이 아니라면, 눈에 보이지 않을 정도로 작은 알이 쌀 속에 잠복해 있다가 때가 되면 부화하는 것인가, 아니면 처음부터 쌀 속에 있는 것이 아니라 외부의 다른 어디에서 찾아오는 것인가? 아니면 본래는 쌀벌레가 아닌 어떤 벌레가 오래된 쌀을 만나게 되면 쌀벌레로 부화하게 되는 것인가?

나는 어느 쪽인지 알 수가 없었다. 결국 나는 해답을 구하지 못한 채로 숟가락을 내려놓을 수밖에 없었다.

나는 아들놈에게는 쌀벌레 얘기는 하지 않았다. 그 얘기를 들으면 녀석은 나를 주책없는 늙은이로 생각할 게 틀림없었다.

하지만 아들놈의 차를 타고 가는 동안 계속해서 전날의 그 중요한 의문이 머릿속을 떠나지 않았다. 하지만 그것에 대해 곰곰이 생각해본 나는 그 문제에 대해서는 더이상 생각지 않는 게 좋을 것 같다는 생각에 이른 후에야 더이상 그것에 대해서는 생각지 않을 수 있었다. 나는 집에 돌아가는 대로 쌀벌레가 알을 슬지 않는다는, 옹기로 만든 쌀독이나 하나 장만해야겠다는 생각을 했다.

그때 차 안에 있던 파리 한 마리가 날아올라 내게 성가시게 달라붙기 시작했다. 나는 그것을 잡기 위해 손을 휘둘렀지만 소용이 없었다. 그것은 내 몸 여기저기를 옮겨다녔다. 나는 손바닥으로 내 몸 여기저기를 때렸다.

"뭐하는 거예요?" 고개는 돌리지도 않고 아들놈이 물었다.

그사이 파리는 차 뒤쪽으로 간 듯 잠잠했다. 하지만, 이제 잠잠해졌군, 하는 생각을 내가 한 순간 그것은 다시 내게로 날아와 또다시 나를 성가시게 했다. 그 순간 내가 죽은 아버지를 만나러 가고 있다는 사실이 실감되었다.

나는 또다시 손을 내두르기 시작했다. 아들놈이 옆으로 고개를 돌렸다. 그런 다음 그는 차창을 열었다. 그러자 파리는 밖으로 나갔다.

"진작에 문을 열어달라고 하지 그랬어요?" 아들놈이 말했다.

나는 아무 말도 하지 않았다. 그 순간 아무 말도 하고 싶지 않았던 것이다.

조금 후 아들녀석은 나를 힐끔 쳐다보았다. 그는 항상 나를 흘낏 쳐다보거나 힐끔 쳐다보거나 아니면 째려보았다.

"옷이 잘 어울리는데요." 내가 입고 있는 상의를 보며 그가 말했다.

체크무늬 남방은 그날 아침 그가 사다준 것이었다. 나는 체크무늬를 싫어했다. 작은 사각형의 질서정연한 배열로 이루어진 그 무늬는 꽉 짜인 느낌을 주었다. 나는 되도록 체크무늬 옷은 안 입었지만 아들녀석은 내가 그 무늬를 싫어한다는 것을 알면서도 되도록 체크무늬 옷을 사다주었다. 그 무늬가 내게 잘 어울린다는 것이었다. 나는 체크무늬 옷을 입을 때면 내가 바보처럼 느껴졌다. 그래서 나는 그가 이번에 사다준 남방을 안 입겠다고 했지만 그는 거의 강제로 입히다시피 했고, 나는 마지못해 입긴 했는데, 어쨌든 질감은 괜찮았다.

"할아버지 얘기를 조금 해주세요." 자동차의 속도를 조금 늦추며 아들녀석이 말했다.

"해줄 얘기가 하나도 없구나." 내가 말했다. "그리고 설사 있다 해도 해주고 싶지 않구나."

"괜찮으세요?" 내 표정을 살피며 아들녀석이 말했다.

나는 아무 대답도 하지 않았다. 내가 아무 대답도 하지 않는 것은 괜찮지 않다는 의미였다. 아들놈은 그 사실을 알고 있었다.

그는 잠시 아무 말이 없었다. 대학에서 토목공학을 전공한 그는 토목기사가 되었는데 꽤 잘나가는 것 같았다. 어려서부터 별로 총기라곤 없던 녀석이 어떻게 하다 그렇게 되었는지는 알다가도 모를 일이었다. 녀석이 중학교 때 내가 면담을 한 어떤 담임은 그를 두고 아주 장래성이 없는 건 아니지만 거의 장래성이 없는 학생이라는, 그런 취지의 말을 하기도 했었다.

녀석은 하라는 공부는 하지 않고 싸움이나 하고 돌아다녔다. 한데 싸움 또한 신통치 않았는지 주로 얻어맞고 돌아왔다. 그러면서도 녀석은 멍이 든 얼굴을 내보이며 자기는 그 정도이지만 상대는 엉망이 됐다는 등의 허풍을 치곤 했다. 녀석이 잘하는 것은 달리기였다. 녀석은 도망 하나는 잘 쳤다.

그리고 녀석은 취미가 별난 데가 있어 한번은 학교의 밴드부에 내가 모르게 들어가 나팔 같은 것을 불기도 했다. 내가 그 사실을 알게 되었을 때 그는 자신이 부는 것이 바순이라는 악기라고 했다. 나는 당장 그만두지 않으면 녀석을 바숴버리겠다고 호통을 쳤다. 녀석은 겁이 났는지 당장 그만두겠다고 했다.

그후 녀석이 하고 싶은 것을 하지 못하게 한 게 약간 잘못한 일처럼 여겨지기도 했다. 아니, 꼭 그렇지도 않았다. 녀석이 공부를 잘하면서도 자신의 취미생활을 하겠다고 했다면 얼마든지 하게 했을 것이다. 당시 녀석의 실력으로는 대학 진학은커녕 고등학교를 졸업하는 것도 어려울 정도였다.

한데 고등학교 2학년 때까지만 해도 학교 성적이 너무도 시원찮아 저능아가 아닌가 하는 의심이 들기도 했던 녀석은 어떻게 운이 좋게 대학에 가더니 학업에 우수한 능력을 보였다. 그때 나는 녀석의 머리가 어떻게 된 건 아닌가 하는 생각을 하기도 했었다. 머리가 늦게 트이는 사람들이 있는데 아들놈도 그중의 하나였던 것 같다.

어쨌든 녀석이 잘나가는 건 내 알 바가 아니었지만 그가 하는 일은 근사하게 느껴졌다. 고속도로와 교량과 항만 등을 만드는 것은 멋진 일이 아닌가? 언젠가 한번 그는 사실 문명은 토목공학이 없었다면 가능하지가 않았죠, 하고 말한 적이 있었다. 나는 그의 입에서 나온 그 말을 인정하기 싫었지만 그것은 사실이었다.

그리고 그는 그럴 필요가 없는데도 외국 사막에서의 현장 근무를 자처해 그곳으로 가서는 대단한 능력을 발휘한 모양이었다. 그는 그곳에서의 경험이 좋은 기억으로 남은 듯 심심하면 그곳 얘기를 하곤 했는데, 그때마다 나는 그의 얘기를 건성으로 들었다. 그럼에도 녀석은 사막의 열기와 모래바람을 이겨내고 대수로를 완성했다는 등의 얘기를 마치 저 혼자서 다 한 것처럼 하곤 했다.

"네 할아버지와 관련한 일이 하나 기억나는구나. 좋지 않은 기억이긴 하지만." 내가 말했다.

내가 그 말을 한 것은 녀석의 기분을 풀어주기 위해서는 아니었다. 오히려 분위기가 약간 어색해서였다.

"내가 어렸을 때 네 할아버지가 나를 무동을 태우고 들길을 간 적이 있었지. 나는 기분이 좋아졌고, 그래서 마치 말에게 채찍질을 가하듯 손바닥으로 그의 머리를 한 대 갈겼지. 그런데 갑자기 그가 나를 집어던지다시피 하며 내려놓은 후 사정없이 나를 패기 시작했다. 어린아이의 손찌검이 아프면 얼마나 아프다고 아이를 그렇게 팰 수 있단 말이냐? 나는 두고두고 그 일이 괘씸하게 여겨졌다." 내가 말했다.

"어떻게 생각하느냐? 내가 맞을 짓을 한 것 같으냐?" 잠시 뜸을 들인 후 내가 말했다.

"잘 모르겠는데요, 그 상황에 있어보지 못해서요." 아들녀석은 잠시 뜸을 들인 후 말했다.

"너 같으면 내가 너를 무동을 태웠는데 네가 내 머리를 한 대 갈기자 내가 너를 집어던지다시피 하며 내려놓은 후 사정없이 패면 기분이 좋겠느냐?" 내가 말했다.

"그건 아니겠죠?" 아들녀석은 잠시 생각을 한 후 말했다.

"거봐라." 내가 말했다. "그리고 네 할아버지는 그때뿐만 아니라 걸핏하면 나를 패곤 했지."

"그렇긴 하지만 그래도 아버지가 나보다는 나은 것 같은데요." 녀석이 말했다. "할아버지는 아버지를 때리긴 했지만 무동을 태워주기도 했죠. 하지만 아버지는 단 한 번도 나를 무동을 태워준 일이 없죠."

그건 사실이었고, 그 점에 대해서는 아무런 할 말이 없었고, 그래서 나는 아무 말도 하지 않았다.

"괜찮아요, 이젠 그런 거 하나도 섭섭하지 않으니까요." 아들녀석이 말했다.

그는 나를 쳐다보며 내게 미소까지 지어 보였다.

"할아버지는 아버지를, 아버지는 나를 걸핏하면 때린 걸 보면 장차 내가 결혼해 아들을 낳으면 가훈을, 맞을 짓을 하지 말지어다, 로 해야 할 것 같아요." 아들놈이 웃으며 말했다.

싱거운 놈 같으니라고, 하고 나는 생각했다.

"그 일 기억하세요?" 아들녀석이 말했다.

"무슨 일 말이냐?" 내가 말했다.

"내가 어렸을 때 아버지가 하마터면 나를 죽일 뻔한 적 있죠?" 녀석이 말했다.

"그건 또 무슨 얘기냐?" 내가 말했다.

"내가 여섯 살 무렵 여름에 우리가 함께 강에 간 적이 있어요." 녀석이 말했다. "당시 나는 아직 수영을 제대로 하지도 못했는데 아버지가 나를 깊은 데로 데려가 나를 그냥 놓아버리고는 얕은 데로 나간 적이 있죠. 나는 물속에서 허우적거렸고, 필사적으로 헤엄을 친 다음에야 간신히 물 밖으로 나올 수 있었죠."

녀석은 간신히 살아난 사람처럼 깊게 숨을 들이쉬었다.

"내가 허락도 하지 않았는데 네가 혼자서 깊은 물에 들어갔다가 허우적거리는 걸 내가 구해준 거 아니냐?" 내가 말했다.

"그렇지 않아요." 녀석이 말했다. "그 일은 잊힐 수 없는 기억이고, 지금도 나는 그 일을 또렷이 기억하고 있어요." 녀석은 목소리를 높이며 강변을 했다.

"넌 어려서부터 얘기를 꾸며내는 데는 소질이 있었지." 내가 말했다.

"꾸며낸 이야기가 아니에요." 녀석이 말했다. "전 한 번도 아버지를 속인 적이 없어요."

잠시 그는 슬픈 표정을 지어 보였다. 아주 연기를 하는군, 연기를, 하고 나는 생각했다.

"어린애가 얼마나 놀랐겠어요?" 녀석이 말했다. "그리고 얼마나 충격을 받았겠어요? 그런데도 아버지는 간신히 살아난 나를 보며 배가 올챙이배 같구나, 하고 농담을 했죠."

"그럴듯하지 않은 얘기를 아주 능청스럽게 하는구나." 내가 말했다.

녀석은 아주 능청스런 구석이 있었다. 그것은 내가 그를 못마땅해하는 이유 중의 하나였다.

잠시 후 나는 아들놈에게 차를 세우게 했다. 나는 밖으로 나왔다. 아들놈도 밖으로 나왔다. 나는 도로에서 조금 아래쪽으로 내려갔다. 아들놈도 내려왔다. 나는 바지를 내릴까 하다가 바지를 내리는 것은 관두고 바지 지퍼를 내렸다. 아들놈도 지퍼를 내렸다. 왜 그놈이 내가 하는 짓을 자꾸 따라 하는지 알 수 없었다. 나는 오줌을 누기 시작했다. 녀석도 오줌을 누기 시작했다. 하지만 나로서는 누가 옆에 있는데 오줌을 누기가 쉽지 않았다. 오줌 방울이 몇 방울 떨어지더니 멈췄다. 아들놈은 듣기에도 시원스럽게 오줌을 눴다. 마치 내 옆에서 무슨 자랑을 하는 것 같았다. 오줌을 다 눈 녀석은 나를 쳐다보았다.

"뭘 보는 거냐." 내가 말했다.

아들놈은 자지를 툴툴 턴 후 지퍼를 올리고는 먼저 올라갔다. 나는 다시 오줌을 누려 했지만 잘 되지 않았다. 문득 가까운 강물 위로 오리 두 마리가 헤엄쳐 가고 있는 모습이 보였다. 아니, 그것들은 헤엄을 치고 있지 않았다. 그것들은 헤엄을 치는 대신 느린 물살에 몸을 맡긴 채로, 서로 일정한 간격을 유지하며 떠내려가고 있었다. 나는 오줌을 누는 것도 잊은 채로 그것들이 떠내려가는 모습을 바라보았다. 그런데 어느 순간 그것들은 마음이 바뀐 듯, 어떤 좋은 생각이 나기라도 한 듯 헤엄을 쳐 반대쪽 강가를 향해 갔다. 그때서야 나는 다시 오줌을 눌 수 있었다.

다시 출발한 우리는 조금 후 내 고향 마을에 이르렀다.

"집에 한번 들렀다가 갈까요?" 아들놈이 말했다.

나는 그냥 가게 했다. 아무도 살지 않는 그 집은 이제 폐가가 되어 있었다.

"집을 수리해 여름 별장으로 개조를 할까 하는 생각을 하고 있어요." 아들놈이 말했다.

나는 그러거나 말거나 하라고 했다. 아들놈은 집을 고친 후면 내가 와 있을 수도 있을 거라는 얘기를 했다. 나는 그 집에서 홀로 집 단장이나 하며 여생을 보내고 싶지는 않았다.

우리는 곧 목적지에 도착했다. 차를 세운 아들녀석은 자동차의 트렁크에서 비닐로 싼 낫과 삽을 꺼냈다. 낫은 시퍼렇게 날이 섰다는 표현이 적절한 비유처럼 여겨질 정도로 날이 시퍼렇게 서 있었다.

"혹시 그것으로 나를 해치려는 건 아니겠지?" 깜짝 놀라는 시늉을 하며 내가 말했다.

"왜, 겁이 나세요?" 녀석이 말했다.

"하나도 겁 안 난다." 내가 말했다.

그러면서도 나는, 이놈이 나를 암매장하려는 건 아니겠지, 이건 의심 많은 늙은이의 괜한 의심일 뿐이겠지, 하고 생각했다.

얼마 전 내린 비로 그렇지 않아도 좁은 산길은 잡초로 뒤덮여 겨우 흔적만이 남아 있었다.

"길이 아주 다 사라져버렸구나." 내가 말했다. "이런 길을 어떻게 가겠다는 거냐? 지금이라도 늦지 않았으니까 그냥 돌아가도록 하자."

그는 내 말을 못 들은 척했다.

"가도록 하죠." 녀석이 말했다.

나는 그 자리에 꼼짝 않고 서 있었다. 그러자 그가 나를 슬며시 밀며 앞장을 세웠다.

"나더러 이 험한 길을 앞장을 서서 가라는 거냐?" 내가 말했다.

나는 그를 앞장을 세웠다. 그는 몇 발자국을 뗐다. 하지만 그가 뒤를 돌아보았을 때 나는 그 자리에 꼼짝 않고 그대로 서 있었다. 그는 다시 내가 있는 곳으로 와 나를 끌다시피 하며 갔다.

그는 낫을 휘두르며 잡초가 무성한 길을 잘도 헤치고 나아갔다. 어떤 풀은 어깨높이까지 자라 있었다. 가시가 손등을 할퀴었으며, 쓰러진 나뭇가지가 발에 채기도 했다. 아들녀석 때문에 이런 고생을 하게 되었다는 생각을 하자 그가 아주 괘씸하게 생각되었다. 그리고 죽은 아버지가 죽어서까지 이런 고생을 시킨다는 생각을 하자 아주 얄밉게 생각되었다.

"뱀을 조심해라." 내가 말했다. "여긴 뱀이 많으니까 밟지 않도록 해라."

"뱀 같은 건 하나도 겁 안 나요." 녀석이 말했다. "오히려 뱀이 나오면 한 마리 잡아가죠."

녀석은 어려서부터 뱀을 무서워하기는커녕 일부러 뱀을 잡으러 다니곤 했었다. 녀석은 어려서부터 별난 구석이 있었다.

"내가 혹시라도 뱀한테 물리거나 하면 그건 다 네 책임이다." 내가 말했다.

"그렇게 되면 내가 책임을 지죠." 아들놈이 말했다.

"마치 뱀한테 물리라는 얘기 같구나." 내가 말했다.

나는 그의 뒤에 바짝 붙어 뒤따라갔다. 뱀을 보면 무서운 건 당연했지만 보이지 않는 뱀 또한 무서웠다. 어딘가에 똬리를 틀고 있거나, 그 긴 몸으로 풀 사이를 유유히 지나가는 뱀을 상상하자 머리칼이 쭈뼛 섰다. 거기다가 우리가 가는 길에는 빨간 것이 꼭 뱀딸기처럼 보이는 것들이 있었다.

"뱀을 보거든 뱀이야 하고 소리치도록 해라." 내가 말했다. "아니, 그렇게 소리치는 건 별로 소용이 없을 테니까, 네가 알아서 조용히 처리를 하도록 해라. 내 쪽으로는 오지 않게 하면서."

"어디서 들은 얘긴데, 혹시라도 뱀을 만나게 되면 지그재그로 도망을 치는 게 좋대요. 뱀은 지그재그로 달리지는 못한대요." 아들놈이 말했다.

"아주 큰 도움이 되는 얘기를 하는구나." 내가 말했다.

산길의 경사는 가팔랐고 나는 숨이 찼다. 아들놈은 산길을 올라가고 있는 중인데도 마치 내려가고 있기라도 하듯, 혹은 앞에서 누가 끌어주기라도 하듯 잘도 나아갔다.

"조금 천천히 가거라." 내가 말했다.

그는 걸음을 조금 늦추며 내 손을 잡아주었다. 나는 그의 손을 잡는 것이 싫었지만 어쩔 도리가 없었다. 나는 그의 손을 꽉 붙들고 거의 매달리다시피 하며 따라갔다.

조금 후 우리는 무덤에 이르렀다. 오랫동안 방치된 무덤은 잡초로 무성했고, 무덤 흙의 일부가 허물어져 있었다. 아들녀석은 준비해 온 낫으로 무덤의 잡초를 제거하기 시작했다. 내가 도울 수 있는 일은 아무것도 없었기에 나는 팔짱을 낀 채로 수수방관했다. 아들놈은 어디서 낫질을 배웠는지 솜씨 좋게 풀을 베고 있었다. 나는 무료한 표정으로 그가 휘두르는 낫에 힘없이 잘려나가는 잡초들을 바라보았다. 아들놈은 지치는 기색도 없이, 심지어는 그 일에 재미를 들이기라도 한 듯 열심히 일을 했다. 마치 잡초에게 본때를 보이기라도 하는 것 같군, 하고 나는 생각했다.

아버지의 무덤에 오자 그에 대한 기억이 주마등처럼 스쳐지나가거나 하지는 않았다. 아무런 기억도 떠오르지 않았다. 그의 얼굴조차도 가물가물했다. 심지어는 그의 이름조차도 금방 떠오르지 않았다. 그의 이름을 확인하기 위해 묘비를 봐야 할 정도였다.

이제 아들놈은 삽으로 무덤이 허물어진 곳을 메우고 있었다. 그 얼마 전 큰비가 내려 많은 무덤들이 씻겨 내려갔다는 뉴스를 들은 적이 있었다.

주위는 고요했다. 아무 소리도 들리지 않았다. 아니, 아무 소리도 들리지 않은 것은 아니었지만 무슨 소리가 들린다고도 할 수 없었다. 하지만 그 고요 사이로 무슨 소리가 들리는 것 같기도 했다. 물이 흐르면서 내는 소리처럼 여겨지는 소리였다. 하지만 귀를 기울이자 그 소리는 사라졌다.

한데 그때 무덤 앞에 세워진 비석을 본 나는 놀라운 어떤 것을 발견했다. 먼지로 뒤덮여 비문이 희미해진 비석이 어떤 벌레들로 뒤덮여 있었던 것이다. 나는 좀더 가까이서 그것을 보았다. 무당벌레들이었다. 수많은 무당벌레들이 비석을 뒤덮고 있었다. 무당벌레투성이였다.

나는 아들놈에게 비석을 좀 보라고 했다. 아들놈은 잠시 일손을 멈추고 비석을 쳐다보았다. 그런 다음 녀석은 나를 쳐다보았다.

"비석이 어때서요?" 녀석이 말했다.

"비석이 아니라 비석에 있는 뭔가를 보란 말이다. 비석에 뭐가 있는 것이 네 눈에는 보이지 않느냐?" 내가 말했다.

녀석은 좀더 자세히 비석을 바라보았다.

"무당벌레네요." 녀석이 말했다. 별것 아니라는 투였다.

"그게 무당벌레인 줄은 나도 알아." 내가 말했다. "문제는 그 숫자야. 한곳에 무당벌레가 저렇게 많이 있다는 게 신기하지 않아?"

"그 말을 듣고 보니 그런 것 같기도 하군요." 아들놈이 말했다.

"그 말을 듣고 보니 그런 것 같기도 하다고?" 내가 말했다.

아들놈과는 통하는 데가 참으로 없었다. 나는 깊은 단절감을 느꼈다.

"그런데 그거 아세요?" 아들놈이 말했다. "무당벌레는 겉날개가 붉은 바탕에 무늬가 없는 것, 붉은 바탕에 검은 무늬가 많은 것, 검은 바탕에 붉은 무늬가 있는 것 등이 있다는 걸요?" 아들놈은 딴 얘기를 했다.

나는 녀석의 말에 혀를 끌끌 찼다.

"너 잘났구나." 내가 말했다.

아들놈은 쑥스러워하는 기색도 보이지 않았다.

"그런데 무당벌레에는 어떤 종류가 있다고?" 내가 말했다.

녀석이 다시 얘기를 해주었다. 이번에는 녀석도 약간 헷갈려하며 말했다. 아무래도 헷갈렸다.

"너 나를 헷갈리게 하려고 그런 얘기를 한 건 아니지? 그런데 너 그런 사실은 어디서 알게 되었느냐?" 내가 말했다.

"전에 살던 집에 한때 무당벌레들이 무척이나 많았던 적이 있었고, 그래서 그것들에 대한 연구를 좀 한 적이 있거든요." 아들놈이 말했다. "집밖의 벽에뿐만 아니라 집안 벽에도 무당벌레투성이였어요. 맞아요, 그러고 보니 그때 그것이 참으로 이상하게 생각되었던 것 같아요. 본래 무당벌레는 배추 등에 기생하는 진드기를 먹고 사는데 근처에 배추밭 같은 것은 없었거든요. 한데 놀라웠던 건 그것들이 어느 시기에 갑자기 출현해서는 그 얼마 후 갑자기 사라진 거예요."

물론 무덤 주위에 배추밭 같은 것은 없었다. 그럼에도 무덤가에 무당벌레들이 그렇게 우글거리는 것이 이상하게 여겨지지는 않았다. 아니, 아무래도 그건 조금 이상하게 여겨졌다. 무당벌레들이 어딘가에 갑자기 무수하게 나타나는 것은 뭔가 불길한 전조처럼, 아니면 최소한 뭔가가 잘못되어가고 있다는 것을 말해주고 있는 것처럼 여겨졌다.

"너 무당벌레에 대해 또 아는 건 없느냐? 생긴 거 말고."

녀석은 잠시 생각에 잠기는 듯했다.

"그 밖에는 기억나는 게 없는데요."

나는 내 앞에 있는 무당벌레들을 바라보았다. 붉은 바탕에 검은 무늬가 많은 것들이었다. 그것들에 대해 좀더 알아내고 싶어 그것들을 유심히 바라보았지만 붉은 바탕에 검은 무늬가 많은 무당벌레라는 것 외에는 아무것도 알아낼 수가 없었다.

아들놈은 다시 하던 일을 하기 시작했다. 나는 주위를 둘러보았다. 근처에 내 아버지의 아버지의 무덤과 다른 친척들의 무덤이 있긴 했지만 어디에 있는지 알 수 없었다. 설사 그것들이 어디에 있는지 알았다 해도 찾아가보지는 않았을 테지만 그럼에도 나는 그 무덤들이 어디에 있을까를 생각하며 주위를 둘러보았다. 하지만 나무와 풀에 뒤덮여 있을 무덤들은 전혀 눈에 띄지 않았다.

조금 후 아들놈은 가져온 술과 음식을 꺼내 무덤 앞에 상을 차렸다. 나는 그가 하는 짓을 가만히 지켜보았다. 나는 아들놈이 제대로 하지 못할 경우 한마디 해주려고 했지만 그는 척척 알아서 잘했다. 준비를 끝낸 그는 이제 절을 하자고 했다.

"하고 싶으면 너나 해라." 내가 말했다.

"도대체 왜 그래요?" 녀석이 말했다. "여기까지 와서 절도 안 하겠다는 거예요?"

"막상 하려니까 하게 되지가 않는구나." 내가 말했다.

"절 따라 하세요." 아들놈이 말했다.

"나한테 이래라저래라 하지 말아라." 내가 말했다. "절을 하고 안 하고는 내 마음이다. 그리고 마음에도 없는 절을 하는 건 네 할아버지도 좋아하지 않을 거다."

아들녀석은 나를 노려보았다. 누군가를 노려볼 때의 녀석의 인상은 아주 더러웠다.

"그런다고 내가 겁을 먹을 줄 아느냐?" 내가 말했다.

녀석은 혀를 차지는 않았지만 마치 그런 얼굴로 나를 잠시 쳐다보더니 혼자서 절을 했다.

"내 절까지 네가 대신 해도 아무 말 않겠다." 내가 말했다.

하지만 그는 그가 해야 되는 만큼의 절만 했다.

절을 한 것은 아들녀석이었지만 음복은 내가 했다. 그것은 공평한 일로 여겨졌다.

잠시 후 아들놈은 준비해 온 과일을 깎기 시작했다. 나는 아들놈이 깎는 과일을 깎는 대로 집어먹었다.

아들놈은 사과 껍질을, 마치 사과 껍질을 얇고 길게 깎는 대회에 출전하기라도 한 것처럼 끊어지지 않게 아주 조심스럽게 얇고 길게 깎았다. 그것을 바라보는 내 마음이 다 조마조마할 정도였다. 이놈이 내 마음을 조마조마하게 만들려고 이러고 있는 건 아니겠지, 하고 나는 생각했다. 나는, 끊어진다, 끊어진다, 끊어져라, 끊어졌다, 하는 생각을 하며 그것을 바라보았다. 하지만 그는 사과 하나를 껍질이 끊어지지 않게 끝까지 깎은 후 배를 하나 집어들었다. 나는 그가 하는 짓을 말릴까 하다가 가만있었다.

"사람이 왜 그래요?" 아들놈이 말했다.

나는 계속해서 과일을 집어먹었다.

"왜 그렇게 꼬였어요?" 아들놈이 말했다.

나는 계속해서 과일을 집어먹었다. 아들놈은 기가 막힌다는 듯한 표정으로 나를 쳐다보았다. 나는 녀석이 그런 표정으로 나를 쳐다보거나 말거나 계속해서 과일을 집어먹었다. 계속해서 그런 표정으로 나를 쳐다보면 계속해서 과일을 집어먹을 수밖에 없지, 하고 나는 생각했다.

아들놈은 포기를 한 듯 자기도 과일을 집어먹기 시작했다.

"그래, 그렇게 과일이나 집어먹고 딴소리는 말아라." 내가 말했다.

아들놈은 아무 대답도 하지 않았다.

주위는 무척이나 고요했다. 그 고요는 무덤가에서나 가능한 고요처럼 느껴졌다. 그리고 그 고요는 계속해서 조용히 주위를 둘러보게 했다.

무덤 주위로는 관목이 무성했고, 그보다 키가 큰 나무에는 되는대로 자라고 있다는 인상을 주며 자라고 있는 덩굴식물이 휘감겨 있었다. 칡덩굴 같았다. 그 나무들 사이로 나는 뭔가 빨간 열매가 열린 것을 볼 수 있었다.

"저기 보이는 게 네게도 보이느냐, 저기 보이는 저게 뭐냐?" 내가 말했다.

"산딸기 같은데요." 아들놈이 말했다.

"내가 보기에도 그렇구나." 내가 말했다.

빨간 산딸기가 먹음직스럽게 익어 있었다.

"저기 있는 게 산딸기라면 어떻게 해야겠니?" 내가 말했다.

아들놈은 나를 쳐다보았다.

"내가 무슨 말을 하려는지 모르겠느냐?" 내가 말했다.

그는 고개를 저었다.

"멍청한 놈 같으니라고." 내가 말했다.

나는 아들놈을 시켜 산딸기를 따오게 했다. 이런 걸 일일이 얘기를 해줘야 하다니, 나는 혼잣말을 했다.

녀석은 내 지시가 떨어지기가 무섭게 산딸기나무가 있는 곳으로 가 산딸기를 따기 시작했다. 하지만 그는 따는 대로 그것을 먹어치웠다.

"야, 이 못된 놈아!" 내가 소리쳤다.

녀석은 내가 불렀는데도 나를 쳐다보지도 않았다.

"산딸기를 따서 이 애비를 갖다달라고 했지 너나 먹어라 했냐?" 내가 소리쳤다.

그 말에 그는 따는 대로 먹어치우지는 않았지만 그중 일부는 계속해서 먹어댔다.

"일단 맛을 보고 있거든요." 아들놈이 소리쳤다.

아주 몹쓸 놈이군, 저런 걸 자식이라고, 나는 혼잣말을 했다.

조금 있자 녀석은 산딸기를 한 움큼 따가지고 왔다. 나는 산딸기를 쥔 녀석의 손을 들고 있게 한 다음 하나씩 집어먹기 시작했다. 아주 달고 향긋한 산딸기였다. 밭에서 키운 딸기와는 또다른 맛이 나는, 아니, 맛이 비교가 되지 않는 딸기였다.

어쨌든 녀석의 손에 이끌려 여기까지 오게 된 보람이 전혀 없지는 않군, 하고 나는 생각했다. 그런데 그사이 녀석도 다른 한 손으로 손에 들고 있는 산딸기를 집어먹고 있었다. 나는 한마디 해줄까 하다가 참았다. 그 산딸기를 따온 것이 녀석이니 녀석도 그걸 먹을 자격이 있었다.

"야외에 이렇게 나오니까 좋지 않아요?" 아들놈이 말했다.

"무덤이 있는 야외가 아니었다면 좋았을 수도 있겠지." 내가 말했다.

잠시 우리는 산딸기를 먹느라 아무 말이 없었다.

"너 혹시 그거 아느냐?" 내가 말했다.

"뭘요?" 아들놈이 말했다.

"뱀딸기 말이다." 내가 말했다.

나는 잠시 뜸을 들였다. 그 말을 하고 나자 무슨 얘기를 해야 좋을지 알 수가 없었다. 당연한 일이지만 내가 무슨 얘기를 하고자 하는지 잘 알 수 없을 때면 나는 얘기에 뜸을 들였다. 하지만 내가 뜸을 들이는 데에는 그 이유 외에도, 얘기의 효과를 위한 이유도 있었다.

"뱀딸기가 어때서요?" 아들놈이 말했다.

"정말로 뱀이 그걸 먹어 뱀딸기라고 한 것일까?" 내가 말했다.

아들놈은 고개를 갸우뚱했다.

나는 가끔 아들놈에게 난제를 내거나, 뭔가에 대해 필요 이상으로 꼬치꼬치 캐물어—그것은 내 나름의 교육법이었다—그가 대답을 생각해내느라 쩔쩔매는 모습을 보는 것을 즐기곤 했다.

"그런 것 같지는 않은데요." 아들녀석이 말했다.

"되는대로 대답을 하지는 마라. 잘 생각해본 다음 대답해보거라." 내가 말했다. "이건 나한테는 중요한 문제이니까. 얼렁뚱땅 넘어갈 생각은 마라."

나는 아들놈이 얼렁뚱땅 넘어가는 것을 용납하지 않았다.

아들놈은 생각에 깊이 잠겼다. 녀석은 생각에 깊이 잠길 때면, 생각에 깊이 잠긴 사람의 흉내를 내며 양미간을 누르는 버릇이 있었다. 하지만 이번에는 녀석은 양미간을 누르거나 하지는 않았다. 대신 팔짱을 꼈다.

"너 딴생각을 하고 있는 건 아니겠지?" 내가 말했다.

아들놈은 항변을 했다. 나는 녀석이 내가 말한 것에 대해 생각하고 있는 중이라는 것을 알고 있었다. 녀석은 의외로 순진한 데가 있어 시키면 시키는 대로 했다. 사실 잠깐 딴생각을 한 건 나였다. 나는 얼렁뚱땅 같은 사자성어를 사용해 말을 하기를 좋아했고, 그래서 그 상황에서 어울리는 또다른 사자성어가 무엇이 있을까를 생각했던 것이다. 하지만 적절한 사자성어가 생각이 나지 않았다. 그리고 한자가 아닌 얼렁뚱땅을 사자성어라고 할 수 있는지도 분명치 않았다.

"그렇다면 왜 그걸 뱀딸기라고 했을까?" 내가 말했다.

나는 끝없는 생각에 잠길 수 있게 해주는 질문을 던지기를 좋아했다. 그리고 그 질문은 무익한 것일수록 더 만족스러웠다.

"잘 모르겠는데요." 아들녀석이 말했다.

"사람이 먹어서는 안 되는 것이고, 그래서 못 먹게 하려고 그렇게 이름을 붙인 것일까?" 내가 말했다. "내 생각은 그런데 네 생각은 어떠냐?"

아들놈은 한참 동안 생각에 잠기는 듯했다.

"그렇게 얘기해놓고 나니까 그런 것 같지는 않구나." 내가 말했다.

"잘 모르겠는데요." 오랜 생각 끝에 마침내 아들놈이 말했다.

"그렇게 오랫동안 생각을 해보았는데도 모르겠단 말이지." 내가 말했다. "도대체 그사이 무슨 생각을 어떻게 한 거냐?"

"아무리 생각해도 모르겠는 것들이 있잖아요." 아들놈이 말했다.

아들놈은 아주 곤란하다는 표정을 지었다. 적어도 나의 본심은 녀석을 곤란하게 만드는 것이었고, 그 점에 있어 나는 성공한 편이었다.

"아무래도 내 생각이 맞는 것 같구나." 내가 말했다. "너도 그렇게 생각하도록 해라."

아들놈은 아무래도 나를 믿을 수 없다는 듯 나를 쳐다보았다.

"어쨌든 뱀딸기는 먹는 게 꺼려지게 생기긴 했지." 내가 말했다.

"산딸기를 먹고 있으니까 그 기억이 나는군요." 산딸기를 하나 집어먹으며 아들놈이 말했다.

나도 산딸기를 하나 집어먹었다. 그 과정에서 우리의 두 손이 부딪쳤지만 나는 아무 말도 하지 않았다. 당연한 일이었지만, 아들놈은 내가 먼저 집어먹을 수 있게 양보를 했다.

"전에 내가 고등학교 다닐 때 아버지가 나를 시켜 산딸기를 따오게 한 후 그것으로 술을 담근 적이 있죠." 아들놈이 말했다.

나는 녀석이 잡아온 뱀으로 뱀술을 담그게 한 적도 있었다.

"그런데 그걸 내가 몰래 먹었다가 아버지한테 아주 혼쭐이 난 적이 있죠. 그렇게까지 나를 혼을 낼 건 없었는데 말예요." 녀석은 혼자서 말을 해놓고는 혼자 미소를 지었다.

나는 아들놈이 아주 허무맹랑하게 느껴졌다.

"그런데 혹시 〈산딸기〉라는 영화 아세요?" 아들놈이 말했다.

"그거 에로 영화 아니냐?" 내가 말했다. "너도 그런 영화를 보느냐?"

"내가 얘기하는 건 그 영화가 아니라 외국의 어떤 유명한 감독이 만든 작품이에요." 아들놈이 말했다.

"그 영화도 에로 영화냐?" 내가 말했다.

나는 아들놈이 나를 약간 한심하다는 듯 쳐다보는 것을 보았다.

"그래, 네가 말한 〈산딸기〉라는 영화는 어떤 영화냐?" 내가 물었다.

아들놈은 영화의 내용을 뭐라 뭐라 얘기를 했는데 도무지 무슨 얘긴지 알아들을 수가 없었다.

"에로 영화는 아닌 것 같구나." 내가 말했다.

"에로 영화는 아니에요." 아들놈이 말했다.

"그렇다고 별 내용이 있는 영화 같지도 않구나." 내가 말했다.

아들놈은 마치 나와는 얘기가 안 통한다는 듯한 표정을 지어 보였다. 나는 이 아들놈하고는 얘기가 통한 적이 없다는 생각을 했다.

"그래, 너 〈산딸기〉라는 에로 영화는 본 적이 있느냐?" 내가 말했다.

아들놈은 잠시 머뭇거리더니 고개를 저었다. 녀석은 아무래도 거짓말을 하고 있는 것 같았다.

"아버지는요?" 아들놈이 말했다.

나는 아들놈에게 솔직하게 얘기를 해줄까 하다가 아들놈이 묻는 것에 대해 일일이 대답을 할 필요는 없다는 결론을 내리고는 아무 말도 하지 않았다.

"그런데 〈산딸기〉라는 그 외국영화의 주인공이 아버지를 닮은 데가 있어요." 아들놈이 조심스럽게 말했다.

녀석은 내가 그 영화의 주인공을 닮았다고 하는 대신 그 영화의 주인공이 나를 닮았다고 했다. 하지만 그 두 가지가 무슨 차이가 있는 것으로 여겨지지는 않았다.

"우리가 어디가 닮았다는 거냐?" 내가 말했다.

아들놈은 곧바로 얘기를 하지 못했다. 그는 내게 혼이 나지 않게 얘기를 지어내느라 애를 먹고 있었다.

"왜 우물쭈물하는 거냐?" 내가 말했다. "좋지 않은 얘기를 하려는 거지?"

녀석은 쩔쩔매고 있었다.

"너, 내가 뚜렷한 이유도 없이 발끈할 수도 있다는 거 알고 있지?" 내가 말했다. "물론 뚜렷한 이유가 있어 그렇게 되기도 하지만."

나는 녀석이 내 앞에서 그렇게 쩔쩔매는 모습을 보기를 좋아했다.

"됐어, 얘기하지 않아도 돼." 내가 말했다.

나는 그 정도로 해두었다.

"네가 무슨 말을 할지 대충 알 것 같으니까." 내가 말했다.

아들놈은 안도하는 표정을 지었다.

산딸기를 마저 먹은 나는 무덤에 붓고 남은 술을 마셨다. 아들녀석은 자기도 한잔 달라고 했지만 나는 주지 않았다. 술이 별로 넉넉지 않았던 것이다. 나 혼자 먹기에도 모자라는 양이었다.

"너는 운전을 해야 하지 않느냐?" 내가 말했다.

"그래도 조금은 줄 수도 있잖아요?" 아들놈이 말했다.

"그래도 조금도 줄 수 없다." 내가 말했다. "너는 네가 무덤에 부은 걸로 마신 걸로 쳐라."

아들놈은 내게는, 치사한 양반, 이라는 말로 들리는 어떤 말을 했다. 그는 나를 닮아서 혼잣말을 하는 버릇이 있었다. 아니면 아무 말도 하지 않았는지도 모르겠다.

나는 아들녀석이 보는 앞에서 깨끗이 술을 비웠다. 한데 많지는 않은 양이었지만 대낮에 마셔서 그런지 금세 취기가 올랐다. 나는 아들녀석에게 혹시 술이 더 없는지 물었다. 그는 그것이 전부라고 했다.

"쫀쫀한 녀석 같으니라고." 내가 말했다. "좀 넉넉하게 준비해 오지 않고."

그는 내가 그에게 뭐라고 했는지 물었다.

"쫀쫀한 놈 같으니라고." 나는 큰 소리로 다시 말해주었다.

그는, 쫀쫀하다라는 말은 본래 옷감이 곱고 고르다라는 의미로 쓰이는 말로 우리가 흔히 좀팽이라는 의미로 그 말을 사용하는 것은 잘못된 것이라고 했다.

"그렇다면 네놈을 좀팽이 같은 놈이라고 해야겠군." 내가 말했다. "그리고 언제 그렇게 유식해졌다고 유식한 척하는 거냐?"

아들놈은 내 말이 듣기 싫은 듯 낫을 들고 무덤 앞으로 갔다. 나는 낮잠이나 한숨 자려고 누웠지만 잠이 오지는 않았다. 낫을 들고 있는 아들놈을 생각하자 잠이 오지 않았다. 아니, 그보다도 어딘가 풀밭 속에 똬리를 틀고 있을 뱀에 생각이 미치자 잠을 이룰 수가 없었던 것이다.

가까운 풀밭 위로 풀의 색상에 가까운 벌레들과 그렇지 않은 벌레들이 기어다니고 있는 것이 보였다. 그리고 머리 위로, 나뭇가지 사이로 내가 싫어하는 커다란 거미 한 마리가 거미줄에 꼼짝 않고 매달려 있었다. 초록색 바탕에 여러 가지 줄무늬가 있는 거미였다. 그것이 나를 노리고 있는 것도 아닌데도 어쩐지 그렇게 느껴졌다. 거미줄에는 죽은 곤충들이 여러 마리 걸려 있었다. 그리고 그 옆에 있는 어떤 나무의 가지에는 도롱뇽 같은 것이 한 마리 달라붙어 있었다. 여긴 내가 싫어하는 곤충과 파충류 천지군, 지천에 있어, 하고 나는 생각했다.

나는 아들놈에게는 도롱뇽은 보여주고 싶지 않았고, 그래서 아무 말도 하지 않았다. 그러자 그 도롱뇽이 누군가와 함께 보기 아까운, 뭔가 대단한 볼거리처럼 여겨지지는 않았지만 그럼에도 나는 그것이 마치 뭔가 대단한 볼거리라도 되는 것처럼 그것을 바라보았다. 도롱뇽은 자신의 인내력을, 또는 그것을 쳐다보는 나의 인내력을 시험하기라도 하듯 꼼짝 않고 있었다.

잠시 후 나는 도롱뇽에게서 눈을 떼고 멀리 하늘 높은 곳을 유유히 흘러가는 구름을 보며 참 유유히도 흘러가는군, 하는 생각을 했다. 그사이 아들녀석은 무덤가의 잡초를 마저 제거하고 있었다.

얼마 후면 또다시 자랄 텐데 뭐하러 베는지 몰랐다. 나는 괜히 그 잡초들에게 미안한 생각이 들었다.

조금 후 아들녀석이 일을 끝낸 듯 다시 와 앉았다. 녀석은 손가락 하나를 입 가까이 대고 입김을 후후 불고 있었다.

"무슨 일이냐?" 내가 말했다.

"풀잎에 손가락을 베였어요." 아들놈이 말했다. "되게 따갑네요."

"심하게 베인 거냐?" 내가 말했다.

아들놈은 상처는 보여주지 않고 계속해서 입김을 후후 불었다.

"되게 쓰라리네요." 아들놈이 말했다.

"어디 상처 좀 보자." 내가 말했다.

아들놈은 마치 그 상처가 쉽게 보여줄 수 없는 뭔가라도 되는 듯 다른 손으로 베인 손가락을 감쌌다.

"좀 보자니까." 내가 말했다.

하지만 아들놈은 상처를 보여주지 않았다. 우리 중 누가 떼를 쓰고 있는지 분명치 않았다.

"이제 좀 괜찮아진 것 같아요." 아들놈이 말했다.

나는 억지로 녀석의 손을 편 후 베인 손가락을 보았다. 풀잎이 살갗을 살짝 스친 듯 피가 아주 찔끔 나온 상태였다. 아들놈은 순전히 엄살을 부리고 있었다.

"네가 손가락을 베인 것을 보자 내 마음이 다 아프거나 하지는 않구나." 내가 말했다.

"뭐라고 했어요?" 아들놈이 말했다.

"풀잎에 살짝만 스쳐도 많이 따갑지." 내가 말했다.

우리는 잠시 무덤가에 앉아 멀리 앞쪽을 바라보았다. 멀리 하늘을 배경으로 하고 있는 풍경이, 다시 말해, 언제나 하늘을 배경으로 하고 있을 수밖에 없는 풍경이 펼쳐져 있었다.

나는 시선을 좁혔다가 넓혔다가 가까이 했다가 멀리 했다가 하며, 시선이란 항상 시야의 폭과 시야의 깊이를 한정해야만 하는 것이라는 생각을 했다. 하지만 꼭 그런 것 같지도 않았다. 멍한 시선이라는 것도 있으니까. 나는 잠시 멍한 시선으로 있다가 시선을 먼 곳으로 향했다.

주위로는 꽤 높은 산등성이가 둘러쳐져 있었고, 그 사이로 있는 골짜기 아래쪽에는 꽤 큰 저수지가 하나 있었다. 전망은 훌륭했고, 그 모든 것들이 한눈에 들어오는 무덤은 소위 말하는 명당자리였다. 하지만 정적이 감도는 그 외진 곳에서 땅속에 묻혀 있는 시신은 무척이나 쓸쓸할 것이 틀림없었다.

아들놈은 나름대로 무슨 생각에 잠긴 듯 먼 곳을 바라보고 있었다.

"너 저멀리 맞은편 산에 산성이 있었다는 사실을 아느냐?" 내가 말했다.

"그 얘기를 들은 것 같기도 하고 아닌 것 같기도 한데요." 아들놈이 말했다. "그런데 산성이 있었던 산은 저쪽 산이 아닌가요?"

아들놈은 내가 가리킨 산에서 조금 떨어진 다른 산을 가리켰다.

"그 산이 아니라 저 산이다." 내가 말했다.

"나는 저 산으로 알고 있는데요." 아들놈이 말했다.

"그 산이 아니라 저 산이라니까." 내가 말했다.

아들놈은 계속해서, 마치 그곳에 눈을 떼기 어렵게 만드는 뭔가가 있기라도 한 듯, 그가 가리킨 산을 쳐다보았다. 녀석은 내 말을 잘 곧이듣질 않았다.

"그 얘기를 들은 것 같기는 한데 누구한테서 들었는지가 기억이 나지 않네요. 아버지한테서 들은 것 같기도 하고 다른 누구한테서 들은 것 같기도 하고요." 아들놈이 말했다.

나는 내가 아들놈에게 그 얘기를 해준 적이 있는지가 분명치 않았다.

"지금은 흔적밖에는 없지." 내가 말했다.

"뭐가요?" 아들놈이 말했다.

"뭐가요라니?" 내가 말했다.

아들놈은 내 얘기에 관심을 보이며 나를 쳐다보았다. 나는 더 얘기를 해줄까 말까 고민했다.

"어렸을 때 저 산에 올라간 적이 있지." 내가 말했다.

그런 다음 나는 아무 말도 하지 않았다. 그렇게 아무 말도 하지 않고 있는 데에는 내 나름의 이유가 있는 것 같았다.

"그런데요." 아들놈이 말했다.

"그러고선 내려왔지." 내가 말했다.

아들놈은 어이없다는 표정을 지었다. 내 말이 어이없게 느껴지기는 나도 마찬가지였다.

"정상까지 올라갔었나요?" 아들놈이 말했다.

"정상이 지척에서 보이는 곳까지만 갔다 왔다." 내가 말했다.

"왜 정상을 지척에 두고 내려왔죠?" 아들놈이 말했다.

"더 올라가는 게 싫어져서. 괜히 올라왔다는 생각이 들어서." 내가 말했다. "그런 이유라면 그만 내려와도 되지 않겠느냐? 산을 내려오는 데 그보다 나은 이유를 찾을 수 있겠느냐?"

아들놈은 무슨 말을 해야 좋을지 모르겠다는 얼굴이었다.

"그런데 아주 오래전 저 산성에서 싸움이 있었다는구나." 내가 말했다.

"누구와 누구가 맞붙은 거죠?" 아들놈이 말했다.

"그것까지는 모르겠다." 내가 말했다. "그리고 또 한 가지 내가 정확히 알지 못하는 건 커다란 싸움이 벌어져 양쪽 진영이 다 몰살을 했는지 한쪽만 몰살을 했는지, 아니면 성을 지키던 군사들이 제대로 싸움 한번 하지 않고 적에게 투항을 했는지 하는 거다. 하도 어릴 때 들은 얘기라 아무것도 분명치가 않구나."

아들놈은 한층 더 어이없다는 표정을 지었다. 나는, 내가 말하려 한 것이 이건 아니었는데, 이건 아니었는데, 하는 생각을 했다.

"어쨌든 저 산에는, 여기서는 보이지 않지만, 흔적이나마 남아 있는 산성이 있다." 내가 말했다.

그 말을 하면서도 나는 내가 괜한 말을 덧붙이고 있다는 느낌이 들었다. 그래서 나는 "저 산은 보기에는 가까워 보이지만 실제로는 아주 멀지. 그리고 보기보다 훨씬 험하지" 하는 말까지 덧붙였다.

"보기에도 험해 보이는데요." 아들놈이 말했다.

"내 말은 보기에 험해 보이는 것보다도 더 험하다는 거다. 내 말 뜻을 알겠느냐?" 내가 말했다.

아들놈은 아무 말도 하지 않았다. 다시 우리는 아무 말 없이 앉아, 누구와 누가 싸웠는지도, 그 결과가 어떻게 되었는지도 분명치 않은, 이제는 산성이 그 흔적밖에 남아 있지 않은 산을 바라보았다. 그런데 너무도 오랫동안 서로 말을 않고 앉아 있자 우리가 서로 다툰 사람처럼 여겨지기까지 했다.

한동안 말이 없던 아들놈은 무덤 주위를 둘러보았다. 녀석은 내가 죽게 되면 어떻게 할지를 생각하고 있는지도 몰랐다.

"내가 죽거든 반드시 화장을 하도록 하거라." 내가 말했다. "이런 데다가 갖다 묻지 말고."

아들녀석은 생각해보겠다고 했다.

"아니, 그럴 필요도 없다." 내가 말했다. "네가 모르게, 아무도 알 수 없는 곳에서 혼자 죽어갈 테니까."

녀석은 그러고 싶으면 그러라고 했다. 후레자식 같으니라고, 나는 속으로 중얼거렸다.

그때 갑자기 무슨 요란한 소리가 들리더니 조금 후 우리가 있는 산 너머에서 헬리콥터 한 대가 모습을 나타냈다. 헬리콥터는 낮게 날고 있었고, 동체의 아래쪽에 산림청이라고 쓰인 글씨가 또렷하게 보였다. 동체의 아래쪽에는 소방 호스처럼 보이는 것이 길게 매달려 있었는데 어쩐지 그것은 탯줄처럼 보였다. 어딘가 산에 불이 나 화재를 진압하러 가는 중인 것 같았다. 하지만 가까이도 멀리도, 그 어디에도 불이 났음을 알리는 연기 같은 것은 보이지 않았다.

"실제상황은 아닌 것 같은데요." 아들놈이 말했다.

"소방훈련을 하고 있는지도 모르지." 내가 말했다. "아니면 괜히 날아가고 있는지도 모르고."

"그런데 헬리콥터의 프로펠러가 분당 육십 번 회전할 때면 네 날개가 정지한 듯 또렷이 보이는 거 아세요?" 헬리콥터가 우리 머리 위를 지나가며 네 날개가 정지한 듯 또렷이 보일 때 아들놈이 말했다.

녀석은 잡다한, 아주 잡다한 것들을 많이도 알고 있었다.

"그게 사실이냐?" 내가 말했다.

아들놈은 고개를 끄덕였다. 나는 그 점에 대해 생각해보았다. 분당 육십 회는 너무 느린 것 같았다.

"내 생각에는, 분당 육십 회면 헬리콥터가 떨어질 것 같은데." 내가 말했다.

내 말에 아들놈은 자신이 없는 표정을 지었다.

"어쩌면 분당 육십 번이 아니라 초당 육십 번 같기도 하네요." 아들놈이 말했다.

"그건 너무 빠른 것 같은데." 내가 말했다.

"어쩌면 초당 여섯 번 같기도 하네요." 녀석이 말했다.

나는 녀석을 쳐다보았다.

"지금 나를 놀리고 있는 거냐?" 내가 말했다.

"아니면 초당 열여섯 번 같기도 하고요. 아무튼 육이라는 숫자가 들어가는 것만큼은 확실해요." 녀석이 말했다.

그사이 헬리콥터는 분당 육십 번, 또는 초당 육십 번, 또는 초당 여섯 번, 또는 초당 열여섯 번의 속도로 날개를 회전시키며 앞쪽으로 보이는 산 너머로 날아가고 있었다. 우리는 그것이 우리의 시야에서 완전히 사라질 때까지, 그런 다음 그것이 내는 희미한 소음마저 더이상 들리지 않게 될 때까지 가만히 앉아 있었다.

조금 후 자리에서 일어난 아들녀석은 낫과 삽을 비닐에 싸 무덤 뒤에 있는 바위 밑에 감췄다.

그런 다음 우리는 산을 내려오기 시작했다. 나는 마지막으로 한 번 뒤를 돌아보았고, 그 도롱뇽이 나뭇가지에 꼼짝 않고 있는 것을 보았다. 앞으로도 어디선가 도롱뇽은 보게 될 터이지만 그 도롱뇽은 다시는 못 보게 될 거라는 생각을 하며 나는 그것을 향해 손을 흔들어주었다.

한데 조금 후 길 중간쯤에서 나는 뭔가에 채어 넘어졌는데 그 과정에서 내 바로 앞에 가던 아들놈까지 넘어뜨렸다. 아들놈은 내가 일부러 그를 밀어 넘어뜨린 것은 아닌가 하고 나를 째려보았다.

나도 아들놈도 얼굴이 할퀴었고, 마치 둘이 무슨 싸움이라도 한바탕한 것 같았다. 어떻게 이런 황당한 일이, 하고 나는 생각했다. 아들놈은 아들놈대로, 나는 나대로 기분이 나빠져 서로를 노려보았다.

"나를 업어라." 내가 말했다.

아들놈은 그게 무슨 소린가 하고 나를 쳐다보았다.

"나를 업으란 말이다." 내가 말했다. "그러면 내가 너를 뒤에서 넘어뜨리는 일은 없을 테니까. 안 업으면 또 넘어뜨리겠다."

아들놈은 마지못해 나를 업었다. 하지만 녀석은 나보다도 키가 작았고, 그 때문에 나는 발이 땅에 질질 끌렸다, 끌려야 했다. 차라리 내가 업는 편이 나을 것 같았지만 그럴 수는 없었다.

"좀 잘 업도록 하거라." 내가 말했다.

녀석은 내 몸을 그의 등 위쪽으로 조금 끌어올렸지만 별로 소용이 없었다. 나는 그의 목을 꽉 끌어안았다. 그는 숨을 쉬기가 어렵다며 팔을 좀 풀라고 했다. 하지만 나는 녀석의 목을 더 결사적으로 끌어안았다. 녀석은 캑캑거렸고, 나는 팔을 조금 풀었다.

"어서 내려가." 내가 말했다. "뛰어내려가도 좋아. 이 기분 나쁜 곳을 빨리 벗어나고 싶으니까."

정말로 아들놈은 나를 업은 채로 거의 뛰다시피 하며 산길을 내려갔다. 나는 꼭 말의 목덜미를 끌어안고 있는 기분이었다.

"야, 이러다가 우리 둘 다 다시 넘어지겠다. 조금 천천히 가거라." 내가 말했다.

하지만 녀석은 내 말은 못 들은 척, 무슨 운동회에서 사람을 업고 뛰는 경주를 할 때처럼 힘차게 뛰어내려갔다. 나는 약간 불안하긴 했지만 기분은 그만이었다. 나는 조금 전 우리에게 일어난, 덤불숲에서 함께 넘어진 이 인상적인 일화를 앞으로 두고두고 어떻게 기억할까를 생각했다.

산길을 내려온 우리는 곧 출발을 했다. 하지만 아들녀석은 조금 후 저수지 앞에서 차를 멈추더니 아래쪽의 저수지를 가만히 바라보았다.

"지금 뭘 하는 거냐?" 내가 말했다.

"항상 저수지를 보게 되면 저수지에서 일어날 수 있는 일에는 뭐가 있을까를 생각하게 돼요." 녀석이 말했다.

"혹시 나를 저 저수지에 수장하려는 건 아니겠지?" 내가 말했다.

그는 아무 말 없이 다시 차를 출발시켰다. 녀석은 아주 괴상한 구석이 있었다.

한데 문득 내가 어릴 때 저수지에 가곤 했던 기억이 떠올랐다. 가만히 저수지를 바라보고 있으면 마치 무슨 일인가가 일어날 것만 같았다. 하지만 저수지에서는 끝내 아무 일도 일어나지 않았다. 어쩌다가 물고기가 수면 위로 뛰어오르거나 할 뿐이었다.

우리는 한참 동안 아무 말 없이 갔다. 나는 내가 생각하기에도 굳은 표정을 짓고 있었다. 아들놈은 내가 괜찮은지 물었다. 나는 아무 대답도 하지 않았다.

"어디 안 좋으세요?" 아들놈이 말했다.

나는 아무 대답도 하지 않았다.

"무슨 걱정거리라도 있으세요?" 아들놈이 말했다.

나는 역시 아무 대답도 하지 않았다.

"얘기를 하지 않으면 나로서는 알 수가 없잖아요." 아들놈이 말했다.

사실 나는 내가 왜 그러는지 나 스스로도 알 수가 없었다. 무슨 일이 있어서는 아니었다. 내가 갑자기 시무룩해지는 데는 어떤 이유 같은 건 없었다. 적어도 나는 분명한 어떤 이유가 있어 시무룩해지지는 않았다.

아들놈은 더이상 내게 얘기를 해도 소용이 없다고 생각한 듯 또 다시 고전음악을 틀었다. 하지만 그것은 고전음악으로 분류할 수 있는 것이긴 하지만 현대음악처럼 여겨졌다. 귀에 거슬리는, 아주 불편한 느낌을 주는 음악이었다. 난해하게 들렸다. 아들놈이 그 음악을 제대로 이해나 하는지 알 수 없었다.

"유행가는 없냐?" 내가 말했다.

"그런 건 안 키우는데요." 녀석이 말했다.

"지금 나한테 그런 건 안 키운다고 그랬냐?" 내가 말했다.

녀석은 아무 말도 하지 않았다. 나는 내 입에서 무슨 말이 튀어나올지 기대가 되었다. 좋은 말이 나올 수 없는 상황이었다. 하지만 내 예상과는 달리 내 입에서는 아무 말도 튀어나오지 않았다. 그만큼 나는 할말을 잃었던 것이다.

"음악을 끌까요?" 내 눈치를 살피며 아들놈이 말했다.

나는 고개를 저었다. 나는 불편한 느낌을 주는 그 음악을 잠자코 들었다.

우리는 한참을 또 아무 말 없이 갔다. 점차 시장기가 느껴졌다.

"배가 고프구나. 설마 나를 굶기려는 건 아니겠지?" 내가 말했다.

"그렇지 않아도 식당을 찾고 있었어요." 아들녀석이 말했다. "저도 많이 시장한걸요."

얼마 가지 않아 우리는 휴게소를 발견했고, 그곳에 차를 멈췄다. 그런데 옆에 있는 어떤 가게가 눈길을 끌었다.

"저기 잠깐 들어가보도록 하자." 내가 말했다.

우리가 들어간 가게는 여러 가지 차를 파는 곳이었는데 특이하게도 한쪽에 온갖 종류의 술을 담은 유리병들이 진열되어 있었다. 병의 개수는 어림잡아 족히 오백 개는 되어 보였다. 그리고 그 병들 안에는 식물의 열매와 뿌리들뿐만 아니라 여러 종류의 뱀과 동물의 장기들로 보이는, 희한하게 생긴 것들이 들어 있었다. 마치 어떤 표본실에 들어온 것 같았다. 그것들을 다 모으는 데는 오랜 노력과 열정이, 그보다도 어떤 이상한 집착이 필요했을 것으로 보였다.

나는 가게 한쪽 구석에 조용히 앉아 있는 주인에게 어떻게 해서 그것들을 모으게 되었는지 물었다. 그녀는 그냥 취미라고 했다. 취미치고는 아주 이상한 취미군, 하고 나는 생각했다. 나는 그녀에게 뭐라고 얘기를 붙여보고 싶었지만 그때 마침 전화가 왔고 그녀의 통화는 길어졌다. 나와 아들놈은 가게 안을 한 바퀴 둘러본 후 밖으로 나왔다.

"별로 기분좋은 곳은 아니군요." 아들놈이 말했다.

나는 기분이 나쁘지는 않았고, 다만 묘한 기분이 들었을 뿐이었다.

우리는 옆에 있는 식당으로 들어갔다. 종업원은 아주 불친절했다. 뭐라고 꼬집어 말할 수 없게 기분 나쁜 여자였다. 그녀는 이 식당에 누가 오랬다고 왔느냐는 식이었다. 주문을 받고 주문을 한 식사를 내오는 동안 그녀는 단 한 번도 미소를 짓거나 하지 않았다. 그녀의 불친절은 거의 내 마음에 들 정도였다.

내가 종업원의 불친절에 대해 아들놈에게 얘기하자 녀석은 생각해보니 그런 것 같군요, 하고 말했다. 둔해빠진 놈이었다. 그리고 녀석은 내가 나를 대신해 그녀에게 한마디 해주라고 했지만 아무 말도 하지 않았다.

주문한 식사가 나오자마자 아들녀석은 왕성한 식욕을 보이며 음식을 먹어치우기 시작했다. 배가 고프기도 하겠지, 하지만 저렇게 허겁지겁 먹을 건 뭐야, 돼지가 따로 없군, 하고 나는 생각했다.

그는 나와는 달리 식성이 까다롭지 않았다. 그 점 또한 마음에 들지 않는 것이었다. 그리고 그는 넉살과 배짱과 비위가 좋았다. 그가 출세까지는 아니지만 그 정도로 잘나가는 건 그 덕분일 테지만 그 점 또한 내 비위에 거슬렸다.

나는 천천히 몇 숟갈을 뜬 다음 숟갈을 내려놓았다. 누군가가 내 앞에서 게걸스럽게 먹어댈 때면 식욕이 사라졌던 것이다. 대신 나는 술을 한 병 시켰다.

"며칠 전 작은아버지를 만났는데 아버지와 화해를 하고 싶다더군요." 아들놈이 말했다.

얼마 전 나는 동생놈과 한바탕한 상태였다. 무슨 일로 우리가 싸웠는지는 잘 기억이 나지 않았다. 그놈은 내가 제정신이 아니라며 정신병원에 한번 가보라는 말을 했고, 그래서 나는 놈의 따귀를 보기 좋게 한 대 갈겼던 것이다.

"그놈이 먼저 싹싹 빌어오면 봐줄 수도 있지." 내가 말했다.

"한데 작은아버지는 아버지가 먼저 사과를 해야 할 거라고 하더군요." 아들놈이 말했다.

"내가 먼저 사과를 해야 한다고?" 내가 말했다. "그놈이 먼저 싹싹 빌어와도 안 된다고 전해줘라. 어림없는 일이라고."

아들놈은 나를 딱하다는 듯 쳐다보았다.

사실 나는 내심 동생놈과 화해를 할 생각이 있었다. 다른 무엇보다도, 어느 산속에서 송어 양어장을 하고 있는 그놈의 집에 가면 맛있는 송어를 마음껏 먹을 수 있었던 것이다. 그리고 통통하게 살이 찐 송어들이 무리를 지어 양어장 안을 헤엄치며 다니는 것을 보는 것도 신나는 일이었다. 나는 조만간 동생놈을 찾아가 화해를 한 후 맛있는 송어회나 실컷 먹고 와야겠다는 생각을 했다.

그리고 잠시 동생놈 생각을 하자 그놈도 참 별난 놈이라는 생각이 들었다. 그놈은 한번은 사슴을, 또 한번은 노루를, 그리고 또 한번은 양을 방목하는 등 네발 달린 대부분의 짐승들을 사육하더니 급기야는 두 발 달린 타조를 키우더니 이번에는 발 대신 지느러미가 달린 물고기로 종목을 바꿔 키우고 있었다. 그놈은 딱히 사육에 실패한 것도 아닌데도 때가 되면 때가 되었다는 듯 다른 뭔가를 키워왔다. 확실히 별난 데가 있고, 그래서 확실히 별난 데가 있다고 할 수 있는 놈이었다.

그때 종업원이 술을 가져왔다. 이번에도 그녀는 아무 말 없이 술병을 소리 나게 내려놓고 갔다. 주인한테 얘기를 해서 내쫓으라고 해야겠군, 하고 나는 생각했다.

그때 아들놈이 내가 하기 싫어하는, 그리고 그 역시도 내가 하기 싫어한다는 것을 알고 있는 얘기를 꺼냈다. 녀석은 내 전처인, 녀석의 어머니 얘기를 꺼낸 것이다.

"어머니 상태가 별로 좋지 않은 것 같던데요." 녀석이 말했다.

전처는 요양원에 있었는데 얼마 전 좋지 않던 청력이 악화되어 귀가 완전히 멀어버린 상태였다.

"한번 찾아가보는 건 어때요?" 아들놈이 말했다.

나는 얼마 전 그녀를 찾아가보았다는 얘기는 하지 않았다. 그녀가 건강이 악화된 후로 나는 가끔 그녀를 찾아가곤 했다.

나는 마지막 방문에 대한 기억을 떠올렸다. 전처는 내가 갔을 때 이제 막 잠에서 깬 듯 눈에 눈곱이 껴 있었다. 정겹게 보이는 눈곱은 아니었다. 눈곱이 껴 있으니 떼는 게 좋을 것 같군, 하는 말을 할까 하다가 말았다. 오랜만에 만나 먼저 그런 얘기를 하는 것은 아무래도 우습게 여겨졌다.

그녀가 입원한 병실에는 병상이 네 개 있었는데 그중 하나는 비어 있었다. 무슨 병 때문인지는 알 수 없었지만 얼굴이 구릿빛을 띤 한 환자는 잠이 들어 있었고, 다른 한 환자는 침대를 비스듬히 해 몸을 기댄 채로 앉아 있었다. 그 환자는 내가 병실을 들어서는 순간부터 아무 말 없이 적대감이 담긴 시선으로 나를 쏘아보았다.

마주앉은 우리는 필담을 주고받았다. 나는 별로 할말이 없었다. 그래서 잠시 연필을 굴리고만 있었다.

이곳 생활은?

내가 먼저 종이 위에 연필로 글을 썼다.

그냥 그래요.

종이를 돌려 내가 쓴 글을 본 후 그녀가 썼다.

그녀는 귀는 멀었지만 아직 말은 할 수 있었고, 그래서 글로 쓸 필요는 없었지만 그렇게 했다.

같이 지내는 환자들은 어때?

그냥 그래요.

잠시 우리는 종이에서 시선을 떼고 서로를 쳐다보았다. 나는 고개를 돌렸고, 옆에 있는 환자를 보았다. 그녀는 나를 쳐다보고 있었다. 그녀의 노골적인 시선은 반감과 의혹을 담고 있었다. 나는 똑같은 반감과 의혹을 담은 시선으로 그녀를 노려보았다. 우리의 두 시선이 우리 사이의 어느 곳에서 부딪치는 것 같았다. 나는 다시 고개를 떨구었다.

종이의 여백은 많았지만 더이상 써내려갈 적당한 말이 떠오르지 않았다.

저 여자는 왜 나를 노려보는 거지?

전처는 옆에 있는 여자를 흘깃 쳐다보았다.

정신이 오락가락하는 여자예요.

보기에도 그렇게 보이는군.

나는 다시 말문이 막혔다.

귀머거리가 된 기분은?

나는 글씨를 또박또박 썼다. 하지만 내가 보기에도 대단한 악필이었다. 그래도 알아볼 수는 있었다.

무슨 질문이 그래요? 딴사람이 된 것 같아요.

전처는 글씨를 또박또박 썼다.

서로 아무런 상관도 없는 사이임에도, 어떤 사이라도 되는 듯 종이에 글을 써 주고받는 것이 한심하게 느껴졌다.

여긴 늙은이들뿐이군.

나는 이번에는 글씨를 휘갈겨 썼다.

요양원이니까요.

전처는 어떤 서류를 작성할 때처럼 글씨를 또박또박 썼다. 그녀의 글씨는 예뻤다.

다시 우리는 서로를 쳐다보았다.

별로 할말이 없군.

나는 큼직한 글씨로 그 문장을 썼다.

나도 그래요.

전처 역시 비슷한 크기로 썼다.

나는 그녀를 위해 사간 과일주스 캔 하나를 꺼내 마셨다. 나는 그녀에게 하나를 권했지만 그녀는 사양했다.

덥군.

나는 벌써 자리에서 일어날 핑계를 생각하고 있었다.

그렇게 덥지는 않은데요.

필요한 건?

없어요.

그래도 필요한 게 있다면?

글자가 자꾸 비뚤어졌다.

없어요.

나는 우리 앞에 놓인 종이에 적힌, 우리가 쓴 문장들을 다시 읽어보았다. 나는 수화를 할 줄 알아 수화로 말할 수 있다면 좋으리라는 생각을 했다. 나는 주스 캔 하나를 더 꺼내 마셨다.

다시 우리는 아무 말 없이 앉아 있었다. 나는 무슨 말을 더 해야 좋을지 생각이 나지 않았다. 그녀는 내게 아무 질문도 하지 않았다. 그편이 나았다. 나 자신에 관해서라면 나는 아무런 할 말이 없었다.

나는 나 또한 깊이 생각할 필요가 없으며, 상대 또한 대답을 하는 데 오래 생각할 필요가 없는 단답형 질문을 던지는 것도 좋을 거라는 생각을 했다.

특별히 아픈 데는 없어?

없어요.

가렵거나 쑤시는 데는?

없어요.

저리거나 뻐근한 데는?

없어요.

이제 나는 좀더 황당한 질문을 하고 싶어졌다.

요즘도 그게 하고 싶기도 해?

그녀는 내가 무슨 말을 하는지 모르겠다는 듯 나를 쳐다보았다.

내가 왜 갑자기 그런 질문을 하게 되었는지 알 수 없었다. 하지만 전에 그녀가 꽤나 밝히는 여자였던 것은 사실이었다. 그럼에도 나는 한심한 생각이 들었다.

몸을 비스듬히 하고 있던 여자는 계속해서 나를 쏘아보고 있었다.

나는 창 쪽으로 고개를 돌렸지만 커튼이 쳐져 있어 커튼 외에는 아무것도 보이지 않았다. 그렇다고 커튼이라도 볼만한 것이었느냐 하면 그렇지가 않았다. 아무 무늬도 없는 그냥 하얀 커튼이었다. 그 너머로 뭔가가 어른거리기는 했다.

나는 몇 가지 단답형 질문을 더 했다. 종이에는 아직 여백이 남아 있었고 그것을 모두 채워야 할 것 같았다.

시력은 어때?

괜찮아요.

산책은 해?

가끔요.

나는 계속해서 질문을 던졌다. 그녀는 내가 질문을 하기 무섭게 대답을 했다. 나는 별생각 없이 아무 질문이나 던졌다. 이러다가는 자칫 3×3은, 4×7은, 하는 식으로 구구단을 물을 수도 있겠군, 하고 나는 생각했다. 그런 다음 나는, 아니면 말잇기 놀이를 하는 것도 괜찮을 것 같군, 하고 생각했다.

나는 잠시 질문을 멈췄다. 나는 아무것도 쓰지 않으면서 마치 뭔가를 쓰는 것처럼 연필을 종이 위로 굴렸다. 그녀는 내가 하는 짓을 가만히 바라보고 있었다. 그때 자고 있던 환자가 잠꼬대를 했다. 나는 잠시 그 소리에 귀를 기울였다. 전처는 그 소리를 듣지 못하는 것 같았다. 하지만 그것은 상관없는 것이었다. 자고 있는 환자가 하는 잠꼬대는 아무 내용도 없는 것이었다.

결국 나는 그녀를 위해 사간 과일주스나 먹고 돌아와야 했다. 나는 박스에서 포도와 당근과 토마토 주스 캔을 꺼내 종류별로 하나씩 마셨다. 그녀는 내가 사간 주스는 손도 대지 않았다. 나는 남은 주스를 도로 가져갈까 하다가 말았다. 내가 가고 난 후면 그녀는 그것을 먹을지도 몰랐다. 아니면 친구들에게 나눠주겠지, 하고 나는 생각했다.

나는 다시 아들놈을 쳐다보았다. 녀석은 아직도 뭔가를 먹고 있었다. 아직도 뭔가 먹을 것이 남아 있었던 것이다.

"시간이 나는 대로 한번 찾아가보도록 하마." 내가 말했다.

"저랑 같이 가도 좋고요." 아들놈이 말했다.

"가더라도 나 혼자 가겠다." 내가 말했다.

잠시 우리는 아무 말 없이 앉아 있었다. 아들놈은 술을 한 잔 따라 홀짝거렸다. 뭐라고 한마디 할까 하다가 참았다.

"무슨 생각을 하세요?" 아들놈이 말했다.

나는 바로 대답을 하지 않았다. 나는 그 순간 무덤가에서 마지막으로 본 도롱뇽 생각을 하고 있었다. 하지만 도롱뇽 얘기는 하고 싶지 않았다.

"뱀딸기 말이다." 내가 말했다.

아들놈은 나를 못 믿겠다는 듯 쳐다보았다.

"뱀딸기 맛은 어떨까?" 내가 말했다. "빨간 게 단맛이 날 것 같은데 실제로는 아주 이상한 맛이 날 것 같기도 하구나. 네 생각은 어떠냐?"

나는 아들놈을 빤히 쳐다보았다. 녀석은 가끔 내가 무슨 얘기를 하면, 또 그 얘긴가요, 혹은, 도대체 그게 어떻다고 계속 그 얘긴가요, 하고 저도 모르게 응수를 해오거나 이죽거리는 경우가 있었다. 녀석이 그렇게 하지 못하게 하기 위해서는 그럴 틈을 주지 않고 몰아붙여야 했다.

"아무 맛도 안 날 것 같기도 하고." 내가 말했다. "혹시 뱀딸기를 먹어본 적은 없느냐?"

아들놈은 고개를 저었다.

"아무래도 보기와는 달리 아무 맛도 안 날 것 같구나." 내가 말했다.

아들놈은 아무 말도 하지 않았다. 아까 아들놈에게 한번 먹어보게 할걸, 하고 나는 생각했다.

"한 가지 얘기드릴 게 있는데요." 아들놈은 화제를 돌렸다.

아들녀석은 자신이 만나는 여자가 있다고 했다. 나는 다시 도롱뇽에 대한 생각을 했다. 아들놈은 내가 묻지도 않았는데도 그 여자를 어떻게 만나게 되었고, 어떻게 해서 좋아하게 되었는지를 상세하게 얘기했다. 나로서는 약간 궁금한 것도 없지 않았지만 녀석이 다 말해버려 따로 물을 게 없었다. 나는 계속해서 도롱뇽에 대한 생각을 했지만 도롱뇽에 대해서라면 무슨 생각을 더 해야 할지가 생각이 나지 않았다.

자신의 연애담을 털어놓을 때면 모든 사람들이 그러하듯 녀석은 신나게 떠들었다. 녀석이 하는 얘기는 다 그냥 그저 그렇고 그런 얘기였다. 아주 뻔한 얘기였다. 그 모든 시시콜콜한 얘기가 내게는 얼토당토않게 느껴졌다.

나는 다른 얘기를, 이를테면 아들놈에게 훈계가 될 만한 얘기를 찾고 있었다. 훈계가 필요한 부분에서 훈계를 하는 것을 나는 좋아했다. 하지만 아들놈은 내가 생각할 틈을 주지 않고 그가 하던 얘기를 계속했다.

아들놈은 그 여자를 내 집에 한번 데려오고 싶다는 말을 했다. 나는 굳이 그럴 필요 없다고 했다. 나는 그 여자는 네 여자이니 네가 알아서 결혼을 하거나 말거나 하라고 했다. 녀석은 그래도 며느리가 될 수도 있는 여자인데 한번 봐야 되지 않겠냐고 했다. 나는 안 봐도 된다고 했다. 녀석은 나를 째려보았다.

"나를 그렇게 째려봐서 어떻게 하겠다는 거냐?" 내가 말했다.

녀석은 나를 흘겨보았다. 나는 술이 아직 반쯤 든 술병의 바닥을 내려다보았다. 갑자기 마구 주정을 부리고 싶어졌다. 이성을 잃는 건 즐거운 일이었다. 하지만 그렇게 되면 몸이 힘들어졌다. 그것은 괴로운 일이었다.

다시 아들놈이 뭐라고 했다. 나는 녀석이 자꾸 옆에서 쫑알쫑알대는 게 싫었다. 녀석은 잘도 떠들어댔다. 나는 녀석이 그렇게 수다스러운 줄은 미처 몰랐다.

“너 이제 알고 보니 아주 수다쟁이구나.” 내가 말했다.

녀석은 딴 얘기를 계속했다. 하지만 나는 더이상 녀석의 얘기를 듣고 있지 않았다. 녀석의 얘기는 들을 만한 것이 못 되었다. 하지만 녀석은 계속해서 나불거렸다.

나는 술을 한 잔 따랐다. 한데 급하게 따르느라 술잔이 넘쳤다. 그리고 넘친 술이 내가 어떻게 할 사이도 없이 테이블 아래로 흘러내려 내 바지를 적셨다. 냅킨을 찾았지만 눈에 띄지 않았다. 아들놈은 자신은 도울 일이 없다는 듯 가만히 내가 하는 짓을 바라보고 있었다.

“이놈아, 빨리 종업원을 불러 냅킨을 가져오게 해.” 내가 소리쳤다.

아들놈은 자기가 급할 것은 없다는 듯 천천히 종업원을 불렀다. 하지만 종업원의 모습은 보이지 않았다.

“그냥 있지 말고 가서 종업원을 불러오란 말이다.” 내가 소리쳤다.

아들놈이 천천히 자리에서 일어났다. 그때 종업원이 모습을 나타냈다. 아들놈은 그녀에게 냅킨을 갖다달라고 소리쳤다. 종업원은 그 소리가 안 들리는 듯 여유를 부리며 느릿느릿 걸어왔다.

"여기 냅킨 좀 갖다줘요." 아들놈이 말했다.

종업원은 마찬가지로 느릿느릿 걸어갔다가 역시 느릿느릿 돌아왔다. 그사이 술은 바지에 완전히 흡수된 상태였다. 속옷뿐만 아니라 그 아래의 살갗도 축축하게 느껴졌다.

나는 냅킨으로 바지를 문지르며 느릿느릿 돌아가는 종업원의 뒷모습을 쳐다보았다. 기가 막힐 노릇이군, 하고 나는 생각했다. 나는 따른 술을 단숨에 들이켰다. 그런 다음 또다시 술이 넘치지 않도록 조심해서 한 잔을 따랐다. 아들놈은 자기도 술이 한 잔 먹고 싶은 듯 내가 따른 술을 쳐다보았지만 먹겠다고 하지는 않았다.

"내가 무슨 얘기까지 했었지?" 내가 말했다.

아들놈은 기억이 안 난다고 했다. 하지만 나는 기억이 났다. 그 와중에도 하던 얘기를 잊지 않고 있었던 것이다.

"그리고 제발 부탁이니 나를 자주 찾아오지는 마라." 내가 말했다. "어쩌다가, 아주 어쩌다가 한 번 오는 건 괜찮아. 네 동생처럼."

녀석의 동생인 내 막내놈은 무슨 짓을 하며 살아가는지 늘 집을 비웠는데 아주 어쩌다가 나를 찾아오곤 했다. 막내놈은 젊었을 때의 나와 닮은 구석이 상당히 많았다. 이번에도 녀석은 몇 달째 집을 비운 후 소식이 없었다. 녀석을 못 본 지 오래되었다는 생각이 들자 녀석의 안부가 궁금해졌다.

"아니면 내가 없다고 생각하고 더이상 나를 찾아오지 않으면 더 좋고." 내가 말했다.

"제가 아버지를 자주 찾아뵙지 못한다는 건 알아요." 녀석이 말했다.

"그런 뜻으로 한 말이 아냐." 내가 말했다. "진심으로, 네가 나한테 신경을 덜 써주면 좋겠구나. 그게 네가 나를 위하는 길이고, 네가 너를 위하는 길이다."

녀석은 나를 쳐다보며 미소를 지었다.

"왜 징그럽게 웃고 그러는 거냐? 뭘 잘못 먹기라도 한 거냐?" 내가 말했다.

녀석은 계속해서 나를 쳐다보며 웃었다. 녀석은 웬만큼 심한 말을 해도 꿈쩍도 하지 않았다. 그 점 또한 내가 녀석에 대해 마음에 들어하지 않는 점이었다. 나는 남은 술을 마저 비웠다.

아직도 대낮이었고, 그 얼마 전에 먹은 술이 아직 완전히 깨지 않은 상태에서 다시 술을 마시자 취하는 것 같았다. 나는 어디 가서 드러눕고 싶어졌다. 그사이 아들녀석은 내가 남긴 식사까지 다 먹어치운 상태였다. 나는 다시 한 병을 더 시키려 했지만 아들놈이 뜯어말렸다.

"쫀쫀하고 치사한 놈 같으니라고." 내가 말했다.

"여기서 더 마시면 주정밖에 더 하겠어요?" 아들놈이 말했다.

녀석의 말이 틀린 건 아니었지만 말하는 투가 마음에 들지 않았다. 나는 술김에 그에게 달려들어 따귀라도 한 대 때릴까 하다가 참았다. 술주정은 우리 집안의 남자들에게서 대를 이어 이어져온 악습이었다.

식당을 나오자 머리가 어질어질했고, 걸음이 비틀거리는 것이 느껴졌다. 아들놈이 손을 내밀어 나를 부축하려 했지만 나는 그 손을 뿌리쳤다. 관자놀이에서, 마치 그 안에 시계가 내장되어 있어 초침이 움직이고 있는 듯 탁, 탁, 하는 소리가 났다. 나는 길바닥에 대자로 드러눕고만 싶었다. 이왕이면 도랑 같은 곳에 드러눕고 싶었다.

우리는 다시 차에 탔고, 나는 곧 졸기 시작했다. 아들놈은 다시 고전음악을 듣고 있었다. 나는 한마디 해줄까 하는 생각을 했지만 입을 벌리는 것도 귀찮았다. 만사가 귀찮을 때는 입을 벌리는 것도 힘든 일이었다.

나는 밖을 내다보았다. 딱히 나의 시선을 끌지 못하는 풍경들이 꿈속에서처럼 아득하게 지나갔다. 모두 동정의 여지가 없는 풍경들이군, 하고 나는 취기와 졸음 속에서 중얼거렸다. 결국 나는, 식당 주인한테 그 종업원을 내쫓으라는 얘기를 한다는 것을 깜빡했군, 하는 생각을 하며 잠이 들었다.

식당 옆에 있던 가게의 주인이 술을 담그려는 듯 나를 마취시킨 다음 내 간을 떼어내는 아주 가슴 아픈 꿈을 꿨다. 나는 간을 떼이면서도, 술에 찌든 간으로 담근 술은 맛이 어떨까, 하는 생각을 했다.

내가 다시 깼을 때에는 우리는 다시 강가를 달리고 있었다. 아들놈은 계속해서 그 음악을 듣고 있었다.

"이 음악은 제목이 뭐냐?" 내가 말했다.

"달에 홀린 광대요." 아들놈이 말했다.

"제목이 뭐라고?" 내가 말했다.

"달에 홀린 광대요. 달의 광대, 혹은 달에 올려진 광대로 번역되기도 하지요." 아들놈은 다시 제목을 얘기해주었다.

"제목은 마음에 드는구나." 내가 말했다.

"쇤베르크라는 현대 작곡가가—"

나는 아들놈이 하는 얘기를 가로막았다.

"됐어." 내가 말했다.

제목에 작곡가의 이름까지 외는 것은 아무래도 내게 무리였던 것이다.

"제목이 뭐라고?" 내가 말했다.

녀석이 작곡가의 이름까지 얘기하는 바람에 제목까지 잊어버린 것이었다.

"달에 홀린 광대요." 녀석은 자신이 아는 것을 질문받았을 때 어린 학생이 그러는 것처럼 또박또박, 큰 소리로 대답했다. 녀석은 귀여울 것까지는 없지만 그래도 그렇게 얘기해도 좋을 만한 구석이 있었다.

잠시 나는 음악에 귀를 기울였다. 음악은 어떤 정점을 향해 가파르게 치닫고 있는 것 같았다. 그리고 그것은 갑작스런 종결을 기대하게 했다. 나의 머릿속이 혼란스럽게 소용돌이쳤다. 뭔가가 가슴을 압박해오는 것 같았다.

"그런데 너 정말로 결혼을 할 거냐?" 나는 무슨 말인가를 해야 했다.

"솔직히 잘 모르겠어요." 아들놈이 말했다.

"되도록 하지 말거라. 할 거면 다 늙어서 하든가." 내가 말했다.

아들놈은 생각해보겠다고 말했다. 그사이 음악은 정점을 지난 듯 다시 잔잔해졌다. 하지만 머릿속의 소용돌이는 그대로였다.

그때 문득 차창 밖으로 멀지 않은 곳에서, 제방 위, 버드나무 아래에서 암소 한 마리가 풀을 뜯고 있는 것이 보였다. 그 암소가 내가 그전에 본 암소인지 다른 암소인지는 확실치 않았다.

나는 아들녀석에게 차를 세우라고 했다.

"무슨 일이세요, 오줌이 마려우세요?" 녀석이 말했다.

"누가 오줌이 마렵댔느냐?" 내가 말했다. "오줌이 마렵기도 하지만 오줌이 마려워서는 아니다."

아들놈은 오줌이 마려워서가 아니면 무슨 이유 때문이냐고 했다. 나는 그냥 차나 세우라고 했다. 아들놈은 차를 세웠다.

나는 잠시 차 안에 그대로 앉아 있었다. 밀폐된 차 안에서 울려

퍼지는 그 난해한 음악을 듣고 있자 이상하게도 조금씩 마음이 편해졌다. 아들놈은 나를 빤히 쳐다보았다. 나는 녀석을 거들떠보지도 않았다.

"나는 여기서 내릴 테니 혼자 가거라." 잠시 후 나는 어떤 결정을 내린 사람처럼 천천히 말했다.

나는 그 말을 신중하고도 위엄 있게 말했다. 그렇게 하자 그 순간 내가 그렇게 한 데에는 분명한 까닭이 있는 것처럼 여겨졌다.

"왜 그러세요?" 아들놈이 말했다.

"아무 일도 아니다. 나는 나대로 알아서 갈 테니 혼자 가도록 하거라." 내가 말했다. "그리고 출발한 다음에는 뒤도 돌아보지 말고 그냥 가도록 하거라."

아들놈은 알 수 없다는 듯한 표정으로 나를 쳐다보았다. 녀석은 그렇게 가끔 알 수 없다는 표정으로 나를 쳐다보는 경우가 있었다.

나는 차에서 내렸다. 시키지도 않았는데 아들녀석도 차에서 내렸다.

"누가 너도 차에서 내리라고 했느냐?" 내가 말했다.

아들놈은 영문을 모르겠다는 표정을 지었다. 나는 그에게 다시 차에 타라고 했다.

"무슨 이유인지는 알아야겠어요." 아들놈이 말했다.

"여기에 이유 같은 건 없다." 내가 말했다. "혼자 먼저 가란 말이다."

아들놈은 아주 난처한 표정을 지었다.

"지금 내 말 듣고 있지?" 내가 말했다.

"네." 녀석은 풀이 죽어 기어들어가는 목소리로 말했다.

"너 내가 이성을 잃으면 어떻게 되는지 알지?" 내가 말했다.

녀석은 아무 말도 하지 않았다.

"그렇게 되면 눈에 보이는 게 없게 되지." 내가 말했다.

멀뚱멀뚱 나를 쳐다보는 녀석의 모습이 실물보다 크게 다가왔다.

"내가 눈에 보이는 게 없게 되면 어떻게 되는지 알지?" 내가 말했다.

하지만 녀석은 아무 대답도 하지 않았다. 사실 내가 눈에 보이는 게 없게 된다 하더라도 어떻게 되는 것은 없었다. 다만 그럴 때면 격분해서 혼자서 씩씩거릴 뿐이었다.

"험한 꼴을 보고 싶으냐?" 내가 말했다.

하지만 그는 머뭇거렸다. 녀석은 아주아주 난처한 표정을 지었다. 나는 험악한 표정을 지어 보였다. 하지만 녀석은 나를 조금도 무서워하지 않았다. 어려서부터 그렇게 나를 무서워하도록 키웠는데도 말이다.

"가란 말이다." 나는 다시 말했다.

하지만 여전히 그는 내 말귀를 알아듣지 못했다. 그는 내 말이 떨어지기가 무섭게 움직여야 했는데도 계속해서 지체하고 있었다.

"가라니까." 나는 호통을 쳤다.

갑자기 큰 소리를 지르느라 발음이 제대로 되지 않았다.

"가라니까." 나는 목소리에 힘을 실어 이번에는 낮은 목소리로 말했다.

그리고 그것으로 모자라 그의 뒤통수를 한 대 갈겼다. 그가 피할 겨를을 주지 않고 갈겼다. 얼마나 세게 갈겼는지 내 손이 다 얼얼했다.

"자업자득이다." 나는 소리쳤다.

나의 갑작스런 가격에 눈이 휘둥그레진 아들놈은 기분이 몹시 상한 듯 인상을 찌푸리며 다시 차에 탄 후 문을 세게 닫았다. 그런 다음 차를 급하게 출발시켰다. 먼지가 풀썩 일었다.

나는 얼얼한 내 손을 비비며, 모든 힘이란 어느 정도는 부당하게 행사되기 마련이지, 하는 생각을 했다.

나는 아들놈이 멀어져가는 모습을 지켜보았다. 녀석은 마치 달아나듯 가고 있었다. 아들놈에게 약간 심하게 굴었다는 생각이 들었다. 하지만 후회는 되지 않았다.

나는 잠시 그 자리에 그대로 선 채로 마치 조금 전 아무 일도 없었다는 듯이 하늘을 바라보았다. 하지만 손은 계속해서 얼얼했고, 그 얼얼한 손은 조금 전 무슨 일이 있었다는 것을 말해주고 있었다. 나는 아무렇지 않은 듯 두 손을 꽉 쥐었다.

한데 그때 아들녀석이 차를 후진시켜 다시 내가 있는 곳을 향해

왔다. 녀석은 후진을 하면서도 똑바로 차를 몰았다.

"누가 오랬다고 다시 온 거냐?" 내가 말했다. "왜, 한 대 더 맞고 싶어 다시 온 거냐? 아까 맞은 걸로 모자란 거냐?"

"정말 고집불통에 구제불능이라니까, 어떻게 잘해보고 싶어도 잘할 수가 없다니까, 다 자업자득인 줄 알아요." 아들놈이 소리쳤다.

그런 다음 녀석은 내가 뭐라고 할 사이도 없이 다시 차를 급하게 출발시켰다.

나는 그가 멀어져가는 모습을 가만히 지켜보았다. 그는 화가 단단히 난 듯 차를 급하게 몰았다. 화가 나기도 하겠지, 그런데 저렇게 급하게 차를 몰다가는 자칫 사고가 나는 수가 있지, 나는 혼잣말을 했다.

잠시 후 나는 암소가 있는 곳으로 걸음을 옮기기 시작했다. 암소는 한가롭게 꼬리로 등을 쳐 파리를 쫓으며 풀을 뜯고 있었다. 암소 옆에는 예쁜 송아지도 한 마리 있었다. 그것들과 나 사이의 거리는 얼마 되지 않았다. 암소는 나를 발견하고는 풀을 뜯으면서도 자기를 향해 다가가고 있는 나를 예의주시했다.

나는 천천히 그 암소가 있는 곳을 향해 걸어갔다. 암소는 송아지와 나를 번갈아 쳐다보았다. 나는 암소와 송아지를 번갈아 쳐다보았다. 송아지는 암소와 나를 번갈아 쳐다보았다. 나는 조용히 오른손 손바닥으로 뺨을 어루만졌다. 거칠한 손바닥에 닿은 얼굴이 거칠하게 느껴졌다.

잠시 나는 그 자리에 그대로 서 있었다. 현기증이 났던 것이다. 가만 서 있는데도 갈팡질팡하고 있는 것 같았다.

한데 그때 내게 무슨 일인가가 벌어졌다. 내가 입고 있던 바지의 윗단추가 떨어져나간 것이다. 나는 떨어진 단추를 집어 호주머니 속에 넣은 다음 바지춤을 붙들었다.

바람이 불었고, 하늘이 흐려지기 시작하고 있었다. 먹구름이 빠른 속도로 모여들고 있었다.

나는 혁대를 하지 않아 자꾸 흘러내리는 바지춤을 붙든 채로 계속해서 암소가 있는 곳으로 갔다. 어쩌면 나는 암소의 뒷발에 챌 수도 있다는 기대를 갖고 그것에게 다가가고 있었는지도 모르겠다. 하지만 그 때문은 아니었다. 어쩌면 암소의 눈망울이 보고 싶었는지도 모르겠다. 아니, 그 때문도 아니었다. 거기에는 이유 같은 것은 없었다.

나는 약간의 거리를 둔 곳에서 걸음을 멈췄다. 문득 눈을 들었을 때 제방 위에 심어진 버드나무의 잎사귀들이 바람에 가볍게 흔들리고 있는 것이 보였다. 하지만 그 잎사귀들 중 어떤 것들은 전혀 움직이지 않고 있었다.

무수한 잎사귀들이 바르르 흔들리고 있는 사이로 또다른 무수한 잎사귀들은 꼼짝 않고 있었다. 신기한 광경이었다. 아마도 잎사귀의 각도의 차이 때문인 것 같았다. 그때 문득 어릴 때 강가에서 그와 똑같은 광경을 조용히 바라봤던 기억이 났다.

오래된 물레방앗간이 근처에 있고, 논두렁을 따라 작은 개울이 강물과 나란히 흐르고 있는 강둑에서였다. 아마도 여름의 늦은 오후 무렵이었을 것이다. 주위에는 아무도 없었고, 물레방앗간에서 물이 떨어지는 소리만 조용히 들려왔다.

그런데 어느 순간 나는 그것을 본 것이다. 기적처럼 버드나무의 잎사귀들이 흔들리거나 흔들리지 않고 있었던 것이다. 그때 나는 그것을 바라보며 무슨 생각을 했던 것일까?

나는 잠자코 서서 흔들리거나 흔들리지 않는 잎사귀들이 내게 불러일으키는 생각들에 잠겼다. 그사이 암소는 송아지를 데리고 천천히 어딘가로 걸어가고 있었다. 아마도 집으로 가고 있나보군, 하고 나는 생각했다. 아니면 아직은 집에 가기에는 이른 시간이고, 그래서 가까이 있는 딴 곳으로 가고 있는지도 모르겠군. 아니면 어디로 가야 좋을지 모르면서도 어디로 가고 있는 걸까? 나는 그런 생각들을 하며 조용히 눈을 감았다.

그런데 그 순간 뭔가가 내 위로 떨어졌다. 나는 눈을 감고도 그것이 무엇인지 알 수 있었다. 빗방울이었다. 나는 빗방울의 서늘한 감촉을 느꼈다.

여전히 나는 내가 그곳에서 무엇을 하고 있는지, 또는 무엇을 하려는지 알 수 없었다. 나 자신이, 그것이 무엇인지는 정확히 알 수 없지만, 내게 주어지지 않은 역할을 충실히 하고 있는 것 같았다. 그럼에도 몸의 어디에선가 작은 흥분이 느껴졌다.

그렇지만 그 순간에도 나는 계속해서 바지춤을 붙들고 있어야 했다. 문득 나 자신이 달에 홀린 광대처럼 느껴졌다.

계속해서 바람이 일고 있었다. 하지만 바람소리는, 또는 바람이 뭔가를 뒤흔들 때 나는, 나야 하는 소리는 들리지 않았다. 그 순간 내 귀에는 아무 소리도 들리지 않았다. 다만 내가 다시 눈을 떴을 때에는 강의 수면 위로 굵은 빗방울이 떨어지며 무수한 파문이 이는 것이 눈에 들어올 뿐이었다.

산책

나는 그녀의 집을 향해 간다. 그녀의 집은 꽤 떨어져 있지만 나는 걸어간다. 나는 천천히 걸어가며 주위를 구경한다. 하지만 주변에는 별로 볼만한 것이 없다. 그녀의 집에 가는 길에는 공장지대가 있고, 그래서 공장지대를 지나가야 한다.

여기저기 높고 커다란 굴뚝들이 보인다. 굴뚝들은 볼만하다. 그리고 뒤엉켜 있는 커다란 은빛 알루미늄 배관들도 자세히 보면 볼만하다. 공장 안의 여기저기에 작업복을 입고 작업모를 쓴 인부들이 일을 하고 있는 모습도 눈에 띈다. 그들은 처음에는 눈에 띄지 않다가 잠시 길을 멈추고 자세히 보면 보인다. 그들은 용접을 하고 있거나, 자재들을 운반하고 있다.

나는 이 순간에도 끊임없이 그 공장들에서 만들어지고 있는 것들을 생각한다. 그것들에 대한 생각을 끊임없이 하려 한다. 나는 신발과 섬유와 플라스틱 제품들이 만들어지고 있는 모습을 상상한다. 나의 상상 속에서 제품들은 산더미처럼 쌓여간다.

나는 B에 대한 생각을 한다. 나는 그녀의 집에 가면서 그녀를 생각한다. 그녀는 나의 유일한 친구이다. 그리고 우리는 오랜 친구이다.

나는 계속해서 길을 걷는다. 어떤 공장들은 문이 닫혀 있다. 그 공장들의 굴뚝에서는 더이상 연기가 솟아오르지 않는다. 이곳 공장지대는 머지않아 폐쇄될 것이다. 이곳은 주거단지로 변경될 것이다. 나는 벤젠과 아황산과 카드뮴 같은 오염물질을 배출하는 이곳의 공장들이 사라지는 것이 아쉽기도 하다. 이곳에서는 안개가 끼는 날에는 외출을 삼가는 게 좋다. 스모그 때문이다.

곧 나는 B의 집 가까이에 이른다. 나는 가끔 그녀의 집에 들르곤 한다. 자주는 가지 않는다. 어쩌면 지금 그녀는 흔들의자에 앉아 밖을 내다보고 있는지도 모른다. 나는 우리가 만나게 되면 우리 사이에 오갈 이야기들을 생각해본다.

"날씨는 어때?" 내가 집안에 들어서자 그녀가 묻는다.

"비가 갠 후 구름이 빠른 속도로 물러나고 있더군. 아주 빨리. 소용돌이를 치며. 그것을 바라보고 있자니 머리가 어지러울 정도였어." 내가 말한다.

어느새 나는 공장지대를 벗어나 주택가 골목에 이른다. 그리고 조금 후에는 그녀의 집에 도착한다. 이제 그녀의 집에 다 왔으니

들어가는 일만 남았군, 하고 나는 생각한다. 하지만 나는 그녀의 집 앞에서 그녀의 집으로 들어가는 대신 계속해서 길을 간다. 나는 잠시 바람 때문에 벗겨지려고 하는 모자를 바로 쓴다. 먼저 산책을 갔다가 돌아오는 길에 그녀의 집에 들르면 될 것이다. 그리고 나는 산책은 되도록 혼자 하는 편이다.

골목을 빠져나오자 길모퉁이에 이발소가 보인다. 거울 앞의 의자에 눈을 감고 앉은 채로 머리칼을 다듬는 가위 소리에 귀를 기울이다 어느 순간 가위 소리가 멈춰 눈을 뜨고 바닥에 떨어져 있는 머리카락을 바라보며 그사이 내게 무슨 일이 있었는지를 짐작하는 일은 몇 가지 되지 않는 즐거운 일 중의 하나이다. 나는 머리칼을 쓰다듬어본다. 아직 짧다. 머리를 깎은 지가 얼마 되지 않은 것이다.

조금 더 가자 길가의 철물점이 한 곳 보인다. 한 어린 소녀가 허리에 손을 얹은 채로 뭔가를 바라보고 있다. 고무호스이다. 그때 뒤엉킨 고무호스에서 물이 뿜어져 나온다. 아마 안에서 누군가가 물을 튼 모양이다. 물이 솟구치며 호스가 이리저리 꿈틀거린다.

"고양이네, 고양이야." 소녀가 소리친다.

나는 소녀와 함께 소용돌이치는 호스를 바라본다.

"가만있어, 고양이야." 소녀가 말한다.

"이게 고양이라고?" 내가 말한다. "이건 고양이가 아니라 고무호스야."

소녀가 나를 의심스런 눈으로 쳐다본다.

"이건 고양이예요." 소녀가 말한다.

"고양이가 아니라 고무호스라니까." 내가 말한다.

소녀가 다시 나를 쳐다본다.

"이건 고양이예요." 소녀가 말한다.

"고양이가 아니라 고무호스라니까. 이걸 보고도 모르겠니?" 내가 말한다.

"고양이를 보고도 모르겠어요?" 소녀가 말한다.

"그래, 그래, 그건 고양이구나." 나는 그녀의 말에 동의한다. "너의 고양이를 잘 돌봐주려무나."

나는 자신의 고양이와 놀고 있는 소녀를 뒤로하고 걸음을 옮긴다. 나는 곧 바다로 가는 길과 야산으로 가는 길이 갈리는 곳에 이른다. 바다로 가게 되면 야산에는 가지 못할 것이다. 나는 야산으로 향하는 길을 몇 발자국 가다가 곧 발길을 돌려 바다로 향하는 길로 들어선다. 어쨌든 야산은 바다에서도 바라보이고, 원하면 그곳에서도 갈 수 있다. 하지만 바다에 갔다가 야산에까지 가지는 않을 것이다. 그것은 너무 먼 거리이다. 나는 하루에 일정한 거리 이상은 걷지 않는다는 원칙을 세워놓고 있다.

내가 걷고 있는 이 길이 바다로 통한다는 사실이 나의 걸음을 재촉하지만 나는 천천히 걷는다. 나는 서두를 것이 없으며, 그 사실을 내게 주지시킨다. 나는 산책을 나온 사람이지 일을 하러 가는 사람이 아니다.

곧 나는 바다에 접한 언덕에 이른다. 내 앞의 바다는 탁 트인 바다는 아니다. 앞쪽으로는 해변이 있고, 거기서 꽤 떨어진 곳에 있는 부두의 앞바다에는 배들이 떠 있다. 너무 멀리 있어 제대로 볼 수는 없지만 부두의 하역장에서는 해변의 한산함과는 대조적으로 화물들이 부산하게 오르내리고 있을 것이다.

언덕 위에는 한 노인이 자전거의 안장에 걸터앉은 채로 바다를 바라보고 있다. 노인은 어린아이의 자전거처럼 보이는 노란 작은 자전거를 타고 있는데 그는 실제로 아이처럼 체구가 작다. 아이처럼 체구가 작으니 아이들이 타는 자전거를 타는 것도 당연하겠군, 하고 나는 생각한다.

나는 잠시 계단이 시작되는 곳에 있는 난간에 엉덩이를 걸친 채로 바다를 바라본다. 문득 내가 가끔 이곳의 이 난간에 걸터앉아 생각에 잠기곤 한다는 생각이 떠오른다. 실제로 나는 이 난간에 걸터앉아 많은 생각을 하곤 한다. 이 난간은 이곳에 앉아 많은 생각을 하기에 적당한 곳처럼 여겨지는 곳이다.

한데 내가 다시 고개를 돌리자 노인의 모습은 보이지 않는다. 그의 자전거도 그것이 있던 자리에 더이상 없다. 그의 자전거는 그가 끌고 가버렸군, 그의 자전거는 그에 의해 끌려가버렸군, 하고 나는 생각한다. 그리고 어느새 보이지 않는 노인은 어느새 가버렸군. 어느새 가버린 노인은 어느새 보이지 않는군, 나는 말의 반복이 주는 효과를 생각하며 같은 내용의 이야기를 천천히 말한다. 그러자 그가 자전거를 타고 가버린 사실이 아무것도 아닌 사실처럼 되어버린다. 대체로 내가 하는 말의 반복은 그 말의 의미를 희미하게 해주거나 중화시켜준다.

그때 한 소녀가 풍선이 매달린 실을 한 손에 쥔 채로 계단을 올라오고 있는 것이 보인다. 소녀는 계단을 오르는 것이 힘들지도 않은 듯 가벼운 걸음으로 올라온다. 그녀는 초록색의 가벼운 옷차림에 하얀 신발을 신고 있으며, 빨간 가방을 한쪽 어깨에 메고 있다. 그리고 그 가방에는 무슨 글씨가 쓰여 있다.

나와 가까운 곳에 이른 그녀는 잠시 걸음을 멈추고 나를 쳐다보더니 다시 계단을 오르기 시작한다. 계단을 모두 오른 그녀는 잠시 걸음을 멈추고 나를 쳐다본다. 그녀의 머리에는 나비 모양의 보라색 핀이 꽂혀 있다. 나는 그녀의 가방에 쓰인 글씨를 마치 그것이 꼭 알아내야 하는 어떤 것이라도 되는 듯 읽으려 한다. 하지만 나는 그 글씨를 읽을 수가 없다. 돋보기가 없이는 볼 수 없을 정도로 글씨가 작기 때문이다.

"그 가방에는 뭐라고 쓰여 있는 거니?" 내가 말한다.

소녀는 내가 가방을 잘 볼 수 있게 몸을 돌려주지만 대답은 하지 않는다. 대신 그녀는 나를 쳐다보며 눈을 깜박거린다. 그녀가 눈을 깜박거리는 모습은, 이 여자아이는 어린 여자아이들이 그러듯이 눈을 깜박거리는군, 하는 생각이 들게 한다.

한데 그 순간 소녀는 내가 생각지도 못한 짓을 한다. 그녀는 나를 놀리기라도 하듯 불쑥 혀를 내민다. 그리고 그녀의 입에서는 또 다른 풍선이 나온다. 풍선껌이다. 순간 나는 약이 오른 사람처럼 그녀의 풍선을 터뜨리고 싶은 충동을 느낀다. 하지만 풍선을 터뜨린 것은 그녀이다. 그녀는 부푼 풍선껌을 터뜨리며 웃는다. 나도 그녀를 따라 웃는다. 그녀는 나를 쳐다보며, 마치 내가 그것을 부탁하기라도 한 듯 다시금 풍선껌을 분 후 그것을 터뜨린다.

나는 마치 그것이 무서운 어떤 것이라도 되는 듯, 아이가 또다시 풍선껌을 분 다음 그것을 터뜨리기 전에 재빨리 그곳을 떠난다. 나는 해변으로 향해 있는 계단을 질주하다시피 내려간다.

계단 아래에 이르러서 뒤를 돌아보았을 때에는 소녀의 모습은 보이지 않는다. 나는 어떤 위험에서 벗어난 사람처럼 안도의 한숨을 쉰다. 그런 다음 나는 어떤 결심이 선 사람처럼 모자를 눌러쓰고, 어떤 노래를 흥얼거리며 모래 위를 걷는다.

나는 해변을, 바닷물이 들어오며 모래 위에 만든 경계를 따라 걷는다. 회색의 갈매기들이 한낮의 하늘을 환영처럼 날아다니고 있다. 어떤 갈매기들은 물위에 앉아 있다. 쉬고 있는 모양이군, 하고 나는 생각한다. 갈매기도 가끔은 쉬어야 하겠지. 파도는 거의 치지 않는다. 그래서 나는, 파도가 치면 좋을 텐데, 심하게는 아니더라도 조금만이라도, 하는 생각을 한다. 하지만 그곳의 바다는 늘 잔잔한 편이다.

오래전에는 겨울이면 그 바다 위로 얼음이 떠다니곤 했다. 지형적인 영향 때문이었다. 만으로 둘러싸인 그곳에는 겨울이면 한류가 흘렀다. 하지만 바다는 얼마 전부터 더이상 얼지 않았다. 기상이변 때문인 것 같다.

멀지 않은 곳에 작은 섬 하나가 보인다. 나는 그 섬을 잠시 바라본다. 언젠가 그 바닷가에 선 채로 헤엄을 쳐서 그 섬까지 가보고 싶다는 생각을 한 적이 있다. 물은 항상 나를 그 안으로 들어오라고 유혹한다.

문득 오래전 언젠가, 그때는 젊은 시절이었다, 꽤 넓은 어떤 강을 헤엄쳐 건너간 기억이 떠오른다. 나는 옷을 모두 입은 채로 물속에 뛰어들었다. 상당히 위험할 수도 있는 그 무모한 짓을 왜 했는지는 기억이 나지 않는다. 괜히 호기를 부렸던 것일까? 모르겠다. 결국 강을 건너긴 했지만 강을 건넜을 때에는 기진맥진한 상태였다. 강 중앙의 빠른 물살 때문에 건너편에 도착했을 때에는 훨씬 아래쪽에 닿아 있었다. 떠내려가다시피 해 강 건너편에 도착했던 것이다. 건너편에 있던 사람들이 나를 이상하다는 듯 바라본 기억이 난다.

그리고 언젠가 B와 함께 그 섬을 도는 유람선을 탄 적이 있다는 기억이 떠오른다. 유람선은 섬 주위를 한 바퀴 돌 뿐 섬에 정박하거나 하지는 않았다. 나는 섬 뒤편의 모습은 어떨지 궁금했다. 하지만 섬 뒤편도 이쪽 편과 별로 다르지 않았다. 바위투성이인 섬은 무인도이다. 섬 주위를 도는 데 삼십 분 정도 소요되었다. 배에는 우리 말고는 아무도 없었다. 몹시 추운 날씨였고, 추위에 심하게 몸을 떨었다는 기억밖에는 나지 않는다.

그리고 또다른 어떤 기억이 떠오르는데, 그것은 항상 바닷가에 오게 되면 되살아나는 것이다. 물은 내게 많은 기억들을 되살려준다. 아직 그다지 따뜻하지 않은 어느 날 저녁 바닷가를 산책하던 중 물에 빠져 죽은, 사람들에게 에워싸여 있는 사람을 본 기억이다. 그가 어떻게 해서 물에 빠져 죽었는지, 그리고 어떻게 시신이 수습되었는지는 알 수 없다. 내가 본 것은 모래 위에 누워 있는, 퉁퉁 불어 있는 사체였다. 죽은 자는 반바지만 입고 있었다. 남자는 배가 아주 불렀는데, 물을 많이 먹어서이기도 했겠지만 본래 배가 많이 나온 사람 같았다.

사람들은 죽은 상어를 구경하듯 그를 구경하고 있었다. 불행하게 죽은 그는 불행해 보였다. 아니면 죽었기 때문에 불행하게 보이는 것인가? 나는 불행해 보이는 그의 마찬가지로 불행해 보이는 얼굴과 목과 배와 다리를, 그냥 그것들이 바라보이기 때문에 바라볼 수밖에 없다는 생각으로 바라보았다. 하지만 그 순간 누군가가 뭔가로 그의 시신을 덮어버렸고, 그의 불행은 내 앞에서 사라져버렸다.

나는 모래 위를 천천히 걷는다. 그때 줄무늬가 그려진, 똑같은 체육복을 입은 아이들이 누군가의 호루라기 소리에 맞춰 뛰어오고 있다. 어떤 학교의 야구부인 것 같다. 그런데 약간 살이 찐 한 아이가 뒤처져 있다. 그는 운동을 하기에는 적당치 않은 체격으로 보인다. 그래서 오히려 운동을 더 열심히 해야 할 것 같다.

선생인 듯 보이는 사람이 기운을 내라고 하자 아이는 더이상은 못 뛰겠다고 한다. 선생은 아이를 호되게 나무라리라는 나의 예상과는 달리 아이들을 먼저 가게 한 다음 뒤처진 아이를 부축해 걷기 시작한다. 선생 역시 지쳐 보인다.

나는 아이들 일행을 보면서 천천히 걷기 시작한다. 나는 산책은 내게 의미 있는 일이야, 하는 생각을 한다. 하지만 그 생각을 입을 벌려 말로 하고 나자 그것은 의미 없는 일로 여겨진다. 나는 그건 상관없는 일이라는 생각을 한다.

조금 더 가자 누군가가 모래 위에, 작은 접의자에 앉아 있는 것이 보인다. 그의 앞에 화구처럼 보이는 것이 있는 걸로 봐서 그는 화가인 것 같다. 나는 그의 옆으로 다가간다. 하지만 그의 이젤 위에 놓인 캔버스에는 아무것도 그려져 있지 않다. 아니, 자세히 보니 연필로 그은 희미한 수평선 하나만이 그려져 있다. 나는 그가 그어놓은 그 단순한 선이 별로라는 듯 고개를 젓는 시늉을 한다.

화가는 계속해서 그가 화폭 위에 희미하게 그려놓은 수평선을, 그리고 실제의 수평선을 번갈아가며 바라보고 있다. 깊은 생각에 잠긴 듯 그는 내게는 신경을 쓰는 것 같지 않다. 나는 그의 옆에 꼼짝 않고 서서 마치 그를 위해 함께 생각을 해주기라도 하듯 앞쪽의 바다를 골똘히 바라본다.

그리고 나는 마치 내가 화가라도 된 듯 마음속으로 전경을 세 개의 면으로 분할한다. 그 한 면에는 화물선 한 척이 떠 있고, 다른 한 면에는 태양이 있으며, 또다른 한 면은 텅 비어 있다. 나는 곧 구상을 마치고, 이제 작업을 시작하면 된다는 생각을 한다. 하지만 화가는 구상이 끝나지 않은 듯 아무것도 하지 않는다. 그는 잠이 든 것처럼 보이지만 잠이 들어 있지는 않다. 아무것도 하지 않고 있는 그를 보자 내가 초조해지기 시작한다.

잠시 후 나는 어떤 생각에 그의 앞쪽으로 가 조금 떨어진 곳에 있는 모래 위에 앉는다. 그의 시야 속에 들어간 내가 그의 화폭 속에도 들어가게 될 것인가? 나는 그에게서 등을 돌린 채로 가만히 앉아 있는다. 그는 그의 시야를 가로막은 내게 화를 낼 것인가? 하지만 뒤에서는 아무 소리도 들리지 않는다. 나는 세 개의 면으로 분할했던 것을 다시 다섯 개의 면으로 분할한다. 새로 만들어진 두 개의 면에는 작은 어선 두 척이 각각 한 척씩 들어가 있다. 그런데 그 두 개의 면에 들어가 있는 사물들은 계속해서 움직이고 있어 면을 고정시키기가 어렵다. 그리고 그 두 개의 사물은 서로 반대 방향으로 이동중이다. 이제 배 한 척은 태양이 있는 면에 들어가고, 다른 한 척은 텅 빈 면으로 들어가고 있다.

나는 내 뒤에 있는 화가가 점차 신경이 쓰이기 시작한다. 그는 내가 분할한 그 면들을 어떻게 표현할 것인가? 그 역시도 그의 앞에 있는 내가 신경이 쓰이는 것일까? 신경이 쓰이는데도 내색을 하지 않고 있는 것일까? 결국 나는 뒤를 돌아본다. 하지만 내가 뒤를 돌아보았을 때 그의 모습은 보이지 않는다. 그는 화구를 챙겨 딴 데로 가버린 것이 틀림없다. 그런데 그는 너무도 깨끗이 가버려 조금 전에 그곳에 있었는지조차 의심스럽다.

좀더 인내력을 갖고 조용히 그가 일을 하는 것을 지켜볼걸, 하고 나는 생각한다. 나는 심각한 잘못을 저지른 것도 아닌데도 심각한 잘못을 저지른 것처럼 스스로를 나무란다.

나는 다시 모래 위를 걷기 시작한다. 그런데 그 순간 갑자기 바람이 일면서 바닷가에 버려져 있던, 펼쳐진 낡은 우산 하나가 이리저리 굴러가는 것이 보인다. 나는 굴러가는 우산을 뒤따라 천천히 걸어간다. 노란색의, 흔히 볼 수 있는 우산이다. 우산이 멈춰 선다.

우산은 우산이라기보다는 여자들이 햇빛을 가릴 때 쓰는 양산처럼 보인다. 살이 하나 부러져 있고, 천이 찢어져 있다. 나는 잠시 그 우산 또는 양산에 대해 보고할 의무라도 있는 사람처럼 그것을 꼼꼼히 살펴본다. 하지만 부분적으로 망가진 우산 또는 양산의 완벽한 형태를 보고 있군, 이라는 생각이 들며 그것에 대한 관심을 잃는다.

그런데 그 순간 내가 쓰고 있던 모자가 바다로 날아가버린다. 그것은 내가 애착을 갖고 쓰고 다니고, 모자걸이에 걸어둘 때에도 애착을 갖고 바라보는 모자이다. 나는 외출을 할 때면 어떤 기대되는 일을 앞둔 사람처럼 모자를 쓰고 거울을 보며 그 모자를 살짝 눌러보곤 한다.

나는 물속에 빠진 모자를 건지기 위해 신발과 양말을 벗은 후 바닷물 속으로 몇 걸음 걸어들어간다. 하지만 내 앞에서 모자는 파도에 떠밀려 점점 먼 곳으로 간다. 나는 멀어져가는 모자를 속수무책으로 바라본다. 어쩐지 내가 바닷가에 나온 후 지금까지 일어난 서로 무관한 일들이 전체적으로는 이해할 수 있는 어떤 사건의 이해할 수 없는 일부로서 전개되고 있다는 생각이 든다.

결국 나는 모자를 포기한 채로 물속에 가만히 서 있는다. 잔잔한 파도가 발목 부근에서 부서진다. 갑자기 커다란 만족감이 엄습한다. 나는 만족스럽다는 표시로 가만히 서 있는다. 그리고 그것으로 모자란다는 듯, 그냥 만족스럽다고 말하는 것만으로는 이 만족감을 부족하게밖에는 담을 수 없지만 그럼에도 그렇게 말해야겠어, 하고 말한다. 결국 나는 이 만족감을 부족하게밖에는 표현하지 못하는군, 하고 나는 생각한다.

나는 천천히 눈을 감는다. 문득 언젠가 어느 들판에서 본, 바람에 흔들리는 푸른 보리 이삭들의 바다가 떠오른다. 나는 바람이 불어 한쪽 방향으로 일제히 기울어지는 그 이삭들의 춤을 보며 천천히 걸음을 옮기다가 갑자기 그 움직이는 것들 사이에 가만히 서서 어떤 새로운 사실에 눈을 뜬 사람처럼 놀란 표정을 지으며 그 거대한 움직임을 바라보곤 했다. 그때도 지금과 비슷한 어떤 만족감을 느꼈던 기억이 난다.

나는 눈을 뜬다. 나는 한낮의 태양을 바라본다. 갑자기 붉은 원이 내 눈 속으로 들어온다. 그리고 그 원은 점차 붉은 색채를 잃어간다. 마침내 그것은 하얗게 된다. 순간 심한 현기증이 느껴진다. 요즘 들어서 현기증은 더욱더 빈번해졌다. 금방이라도 쓰러질 것만 같다. 현기증이 날 때면 이것으로 끝이라는 생각이 들곤 한다.

나는 현기증을 이기기 위해 조금 전 만난 소녀의 모습을 떠올린다. 그녀가 입고 있던 원피스는 붉은색이었던가, 아니면 하얀색이었던가, 아니면 초록색이었던가? 신발이 하얀색이었나? 가방은 무슨 색이었지? 하나도 기억이 나지 않는다. 다만 머리에 꽂고 있던 나비 모양의 핀은 보라색이었던 것 같다. 그리고 그녀가 들고 있던 풍선이 떠오른다. 아니, 그녀가 들고 있던 풍선 대신 그녀가 껌으로 만든 풍선이 자꾸만 생각난다. 그것은 금방이라도 터질 것만 같다. 그리고 그것이 터지는 순간 나는 쓰러질 것만 같다. 나는, 곧 괜찮아질 거라고, 확신에 찬 목소리로 말한다. 그러고 나자 오히려 그 확신이 빠르게 빠져나가는 것이 느껴진다. 나는 이 순간을 넘기지 못할 것이다.

그런데 그때 뭔가가 모래 위에서 꿈틀거리고 있는 것이 보인다. 나는 풍선에 대한 생각을 멈추고 내 앞에 있는 것을 본다. 죽어가고 있는 갈매기이다. 날개 한쪽이 찢어진 그것은 계속해서 퍼덕이고 있다. 나는 그것에 온 신경을 집중한다. 그러자 점차 현기증이 사라진다. 죽어가는 갈매기가 나를 살려놓은 것이다. 겨우 정신을 수습한 나는 갈매기를 바라보며, 죽어간 다른 모든 것들처럼 죽어가고 있군, 하고 생각한다.

그리고 나는 그 갈매기 옆에서 또다른 뭔가를 발견한다. 녹이 슨, 고장난 손목시계이다. 모래 위에 있는, 죽어가는 갈매기와 고장난 손목시계는 내가 서 있는 공간을 비현실적인 곳으로 만들어 준다. 나는 그곳에 깨진 석고상이나 낡고 무거워 보이는 여행가방이라도 하나 있다면 완벽할 것이라는 생각을 한다.

손목시계의 시간은 두시 무렵에서 정지해 있다. 그리고 그 순간 옆에 있던 갈매기가 숨을 거둔 것이 보인다. 나는 의사가 환자의 가족에게 그러듯, 갈매기가 두시 이 분 전에 사망했다고 선언한다. 그리고 이번에는 환자의 가족처럼 담담한 슬픔의 표정을 짓는다. 그런 다음 나는 갈매기를 고장난 시계와 함께 모래 속에 묻어준다. 그리고 잠시 어떤 생각에 모래 위에 앉아 모래 속 깊이 손을 찔러넣는다. 모래 속은 모래 표면과는 달리 차갑다. 그 차가움은 지하세계를 떠오르게 한다.

"뭘 하고 있었어?" B의 집에 들어선 내가 말한다.

"잤어." B가 눈을 비비며 말한다.

"난 당신이 이 시간이면 흔들의자에 앉아 몸을 천천히 흔들며, 이따금 창밖을 내다보며 뜨개질을 하고 있을 걸로 생각했어."

"난 뜨개질 같은 건 하지 않아. 흔들의자가 있어 흔들의자에 앉아 이따금 창밖을 내다보는 경우는 있지만."

나는 그녀의 손등에 긁힌 자국이 나 있는 것을 발견한다.

"손이 왜 그래?"

"고양이가 할퀴었어."

"고양이가 왜 할퀸 거야?"

"모르겠어. 그것을 안아주었는데 갑자기 품안에서 빠져나가며 손등을 할퀴었어."

"갑자기?"

"무슨 소리가 들렸던 것 같기도 해. 고양이가 그 소리를 듣고 반사적으로 몸을 움직였던 것 같기도 해."

B는 아주 큰 소리를 내며 하품을 한다.

"내가 언젠가 그 고양이 때문에 문제가 생길 거라고 했지." 내가 말한다.

"그런 얘기를 들은 적 없는 것 같은데." B가 말한다.

나는 내가 정말로 그런 얘기를 한 적이 있는지 생각해본다.

"맞아. 그런 얘기를 한 것 같지는 않아. 그런 생각을 하기는 했지만. 괜찮겠어?"

"괜찮겠지."

그녀는 계속해서 하품을 한다.

"졸려? 덜 잔 거야?"

"아니. 깨고 있는 중이야."

나는 마치 내가 와 있는 곳이 어디인지 새삼스럽게 자각하려는 듯 B의 집안을 한 바퀴 둘러본다. 내가 알고 있는 그녀의 집안 그대로이다.

"고양이는 어디 있어?"

"부엌에 있을 거야."

나는 부엌 쪽으로 눈길을 돌린다. 귀를 기울이지만 고양이의 기척은 들리지 않는다. 자고 있는지도 모르겠다.

"며칠 전에 당신 집에 갔었어." B가 말한다.

"그랬어?" 내가 말한다.

"집에 없더군."

"집에 없었어. 어딜 좀 갔다 왔지."

"어딜?"

"어딜."

그녀는 더이상은 묻지 않는다.

"외출은 안 했어?" 내가 말한다.

"산책을 갔었어. 돌아오는 길에 어떤 공장의 운동장에서 사원들이 축구를 하고 있는 걸 봤어." B가 말한다.

"그랬어?"

"점심식사를 한 후 잠시 운동을 하는 거였나봐."

"그런 사람들이 있지."

"그런데 축구는 몇 명이서 하는 거야?"

"열한 명."

"그런데 인원이 굉장히 많아 보였어."

"얼마나?"

"어쩌면 그렇게 많지는 않았는데도 운동장이 좁아서 그렇게 보였는지도 모르겠어. 그런데 그 사람들 모두가 작은 공 하나를 쫓아다니는 것이 어쩐지 이상하게 보였어."

"그래, 그건 충분히 이상해 보일 수도 있는 광경이었겠군."

나는 우리가 나누고 있는 얘기에 대해 생각해본다. 그 얘기들은 오랜 친구들이 만나 나누기에 마땅한 얘기들로 느껴진다.

그때 고양이가 거실로 나온다. 고양이는 우리 앞에서 사지를 뻗으며 기지개를 켠다. 아마도 잠을 자고 난 것 같다. 나는 고양이가 기분좋은 듯 꼬리를 흔드는 것을 본다. 문득 아까 소녀가 고무호스를 고양이라고 얘기한 것이 납득이 가는 것처럼 느껴진다.

나는 고양이의 꼬리를 보며, 항상 축축이 젖어 있는 고양이의 눈은 오늘도 축축이 젖어 있을 거야, 하는 생각을 하며 실제로 고양이의 눈을 본다. 그것은 축축이 젖어 있다. 고양이는 오늘따라 배가 부른 것 같다.

"고양이가 새끼를 밴 거 아냐? 배가 부른 것 같아." 내가 말한다.

"그럴 리 없어. 집밖을 나간 적이 없거든." B가 말한다.

"배를 봐. 어쩐지 새끼를 밴 것 같아."

"내가 보기엔 전혀 아닌데."

내가 고양이를 안으려 한 것도 아닌데도 고양이가 내게 안겨온다. 나는 고양이의 등을 쓰다듬어준다. 털이 묻어난다.

"털갈이를 하는 것 같은데." 내가 말한다.

"그렇지 않아." B가 말한다.

"이렇게 털이 묻어나는데."

"보통 때에도 그 정도는 털이 묻어나."

나는 고양이의 털을 계속해서 쓰다듬는다. 그리고 손바닥에 묻은 털을 턴다.

"일부러 그렇게 털을 뽑을 필요는 없어." B가 말한다.

"털을 뽑고 있는 건 아냐. 묻어나는 털을 털어내고 있는 거지."

나는 고양이의 배에 손바닥을 댄 채로 내 손가락 위로 만져지는 고양이의 뱃속을, 그 안의 심장이 뛰고 있는 것을 느낀다. 그것은 아주 이상한 느낌이다.

"이상한 느낌이야."

"뭐가?"

"고양이 배 말야."

"뭐가 이상하다는 거야? 어떻게 이상하다는 거야? 여기서 이상하다는 게 뭐야?"

"여기서 이상하다는 건 내가 이렇게 고양이의 배를 만지고 있으면서 그것이 이상하다고 느끼고 그렇게 말할 때의 이상한 느낌이야. 뭔가 따뜻한 것이 뭉클하며 뛰는 것이."

B는 나를 쳐다보며, 내 말을 이해한다는 듯 웃는다. 우리는 잠시 아무 말 없이 앉아 서로를 염탐을 하듯 바라본다.

"여기 오기 전에 산책을 갔었어. 부두로. 그런데 무슨 일인가가 있었지." 내가 말한다.

"무슨 일이?" B가 말한다.

"갈 때도 올 때도 무슨 일이 있었어."

"얘기해봐."

"이건 갈 때 얘기야. 내가 부두로 가고 있는데 누군가가 내게 다가와 바다로 나가는 길을 묻더군. 그래서 나는 바다는 왜 가냐고 그랬어. 그는 볼일이 있다고 하더군. 그러면서 그는 그건 나와는 상관없는 일이라고 했어. 아주 불쾌한 목소리로. 마치 시비를 거는 것 같았어. 그는 다시 바다로 가는 길이나 가르쳐달라고 하더군. 빨리 얘기해주지 않으면 화를 낼 수도 있다는 듯이. 그런 거라면 내가 도와드리죠, 하고 나는 말했어. 길을 모르고는 어디를 갈 수는 없죠. 나는 그 모르는 사람 앞에서 갑자기 호들갑을 떨고 싶어졌어. 어디를 가는 길이라면 길은 알고 가야죠. 나는 설명을 해줬어. 내 딴에는 아주 성실하게. 누군가가 길을 물어오면 최대한 친절하게 가르쳐줘야 한다는 게 평소의 내 신조이니까. 여기서 곧장 걸어가면 커다란 공장이 나오고, 거기서 곧장 걸어가면 작은 공원이 하나 나오고, 그 공원을 가로질러가면 넓은 길이 하나 나오고,

거기서 곧장 걸어가면 언덕이 시작되는데, 그 언덕길을 따라 곧장 가면 가파른 계단이 나온다고 했지. 그는 내가 하는 말을 잘 듣고 있는 것 같았어."

"그냥 곧장 직진하면 된다고 하지 그랬어?"

"나는 자세히 얘기해주고 싶었던 거야. 만일 내 얘기대로 하지 않으면 바다에는 영영 못 간다고 했지. 아니, 영영 못 가는 건 아니지만 아주 큰 어려움이 따를 거라고 했지. 그러니 방향을 잘 생각하며 가라고 했지. 그러자 그는 거기서 어떻게 해야 되냐고 묻더군. 거기 바다가 있소, 하고 내가 말했지. 그 계단에 서면 바다가 한눈에 들어오죠. 한눈에 들어오는 바다를 보지 않을 수가 없죠. 눈을 감는다면 모르겠지만. 그러자 그는 거리가 멀지는 않은지 물었어. 버스를 타고 갈 수도 있지만 그냥 걸어가라고 했지. 걷는 게 몸에도 좋을 거라고. 그는 혼잣말로 뭔가 욕을 하는 것 같았어. 그는 아주 화가 난 듯 보였어. 그래서 나는 생각했지. 이거 원, 마음 놓고 길도 못 가르쳐주겠군, 하고."

B가 내 말을 끊으려 하지만 나는 계속해서 이야기를 한다.

"그는 먼저 갔어. 고맙다는 인사도 않고. 고맙다는 인사 정도는 할 수도 있었을 텐데도. 빠른 걸음으로 가더군. 나는 그의 뒤를 밟으며 천천히 갔지. 우리 사이는 점점 벌어졌지만 그의 모습을 놓치지는 않았어. 마침내 내가 바다가 한눈에 보이는 계단까지 갔을 때 그는 그 계단에 멈춰 서 있더군. 그는 계단을 내려가지는 않았어.

나는 잠시 그의 앞에 서 있었지. 하지만 그는 나를 못 알아보는 것 같았어. 나는 잠시 계단이 시작되는 곳에 있는 난간에 엉덩이를 걸친 채로 앉아 바다와 옆에 있는 사내를 번갈아가며 쳐다보았지. 하지만 사내는 바다 쪽으로 시선을 향한 채로 꼼짝 않고 있었어. 나는 그가 어떻게 하기를 바랐어. 하지만 그는 미동도 하지 않았어. 그의 부동의 자세는 나까지 그렇게 만드는 힘을 갖고 있었던 것은 아니지만 나 또한 꼼짝 않고 있었어. 뭔가 좋은 생각이 떠오를 것만 같았어. 그리고 어떤 생각이 떠올랐어. 하지만 그것은 좋은 생각이 아니었어. 그래서 나는 다리를 꼬고 앉았어. 그러자 문득 내가 가끔 이곳의 이 난간에 걸터앉아 생각에 잠기곤 한다는 생각이 떠올랐지. 실제로 나는 그 난간에 걸터앉아 많은 생각을 하곤 했어. 그 난간은 그곳에 앉아 많은 생각을 하기에 적당한 곳이었으니까."

"지금 무슨 얘기를 하고 있고, 무슨 얘기를 하고자 하는 거야?"

"나는 엉덩이를 난간에 걸친 채로 이렇게라면 언제까지나 걸터앉아 있을 수 있겠군, 하는 생각을 했어. 그러면서 나는 우리가, 다시 말해 나와 그 사내가 얘기를 나누는 상상을 했어. 주로 그가 얘기를 했어. 하지만 알아듣기가 어려웠어. 그래서 나는, 당신이 내게 이런 얘기를 하는 건 괜찮소, 다만 나는 당신이 내게 무슨 얘기를 하고 있는지를 모르겠소, 내가 무슨 얘기를 하는지 알겠소, 하고 말할 수밖에 없었지. 그런데 그때 그가 갑자기 계단을 내려가기 시작했어.”

“이 모든 얘기가 지어낸 것 아냐?”

“사실이야.”

나는 잠시 내가 한 얘기가 사실인지 자문해본다. 그것은 사실일 수도 아닐 수도 있다. 하지만 그것은 상관없는 일이다. 나는 사실만을 말하는 데 흥미를 잃었으며, 또한 내게는 사실과 사실이 아닌 것 간의 차이란 없다.

“나는 어떻게 해야 좋을지 몰랐어. 그래서 그대로 엉덩이를 걸친 채로 앉아 있었지. 조금 후 계단을 내려간 그의 모습이 보이지 않았어. 그래서 나는 풀이 죽은 표정을 지어야 했어.

나는 계속해서 엉덩이를 걸친 채로 난간에 앉아 있었어. 수평선에 의해 어쩔 수 없이 분할되어 있는 바다를, 다시 말해, 바다와 하늘을, 그리고 수평선을 가만히 바라보며 앉아 있었지. 그런데 그렇게 가만히 앉아 있자 졸음이 느껴지더군. 그와 동시에 내가 무척이나 외롭게 또는 비참하게, 하지만 그 어느 쪽인지 분명치 않게, 느껴졌어. 그래서 나는 이건 그냥 잠이 들고 싶어서일 뿐이야, 하고 생각했지. 나는 눈을 감았어. 하지만 잠이 들지는 않았지. 그래서 나는 지금 자고 있기에 아무 생각도 할 수 없다는 생각을 할 수 없었지. 난간 앞에는 벤치가 있었고 정말 잠이 들고 싶으면 그 벤치에 앉아 잠을 청할 수도 있었지. 하지만 나는 벤치에 편안하게 앉는 대신 불편한 난간에 걸터앉아 있었어. 나는 다시 눈을 뜨고 내 앞의 바다를 바라보았어. 나는 곧 노을이 진다면 노을이 지기를 기다리며 앉아 있을 수도 있을 거라는 생각을 했지만 노을이 지기까지는 너무 많은 시간이 남아 있었어."

이번에는 B가 말을 끊은 것도 아닌데도 나는 잠시 얘기를 멈춘다. 그런 다음 내가 하는 이야기를 어떤 식으로 마무리지을지 생각한다.

"그때 누군가가 내 옆으로 다가와 바다를 바라보며 마치 나를 위해서인 듯 노래를 부르기 시작하더군. 그는 가수라도 되는 듯 열창을 했어. 가수가 따로 없군, 하고 나는 생각했지. 그 노래는 바닷가에서 아무 이유 없이 부르기에는 적당치 않은 노래로 들렸어. 나는 그를 보며, 눈이라도 멀었다면 잘 어울릴 것 같은데, 하는 생각을 했어. 하지만 그는 눈을 똑바로 뜬 채로 앞을 바라보고 있었어. 그리고 그는 어느 시점에서 갑자기 노래를 그쳤어. 그러고는 나를 쳐다보더군. 마치 나 때문에 더이상 노래를 할 수 없게 된 것처럼. 그러고는 서둘러 그곳을 떠났어. 별 이상한 사람도 다 있군, 하고 나는 생각했지."

"노래를 한 건 당신 아니었어?" B가 말한다.

"한참이 지난 후 그전에 내게 길을 물었던 사내가 다시 계단을 올라오는 것이 보이더군. 나는 그가 계단을 다 올라오면, 갑자기 그의 앞으로 나서서, 내가 당신을 놀라게 했습니까, 그럴 생각이 었는데 그렇게 됐군요, 하고 말할 생각이었지. 그런 다음 그가 별로 놀란 기색을 보이지 않으면, 갈매기를 보았습니까, 특히 물위에 떠 있는 갈매기를 보았습니까, 하고 물을 작정이었지. 그러면 그는 바다가, 그 빛이, 마음을 어지럽히다가도 가라앉히는 파도가, 하고 분명치 않은 그의 생각을 말할 것이 틀림없었어. 그는 아까의 위협적인 태도는 보이지 않을 거였어. 우리는 잠시 얘기를 나누게 되지. 그는 주로 바다에 관한 얘기를 하지. 그러면서 그는 말끝마다, 내 말을 이해하겠소, 하고 말하지. 그러면 나는 당신이 왜 바다 얘기를 하는지는 알겠소, 하고 말하지. 바다 앞에서는 바다를 생각하게 되죠. 그게 자연스럽죠. 바다에서 호수를 생각하긴 어려우니까요. 물론 호수처럼 느껴지는 바다 앞에서는 호수를 생각하게 되기도 하겠지만요. 그럴 때면 이 바다는 바다보다는 호수에 가깝군, 하는 생각을 할 수도 있겠죠. 그는 계속해서 바다에 관한 얘기를 하지. 그런 다음 그는 갑자기 화제를 바꿔 그에게 일어난 어떤 얘기를 하지. 나는 공격할 의사가 없음을 분명히 했소, 그가 말하지. 누구에게 말이오, 하고 내가 묻자 그는, 그 모두에게, 그 모든 것들에게 말이오, 하고 말하지. 그러다가 문득 그는 자신이 왜 나와 얘기를 나누고 있는지 알 수 없다는 듯 갑자기 얘기를 멈추고 나를 쳐다본 다음 내게 제대로 인사도 하지 않고 떠날 것이었어. 나는 그의 팔꿈치를 잡아 그를 멈춰 세우지만 마땅히 할말을 생각해내지 못하지. 그러자 그는 조금 전과는 달리 위협적인 시선으로 나를 쏘아보지. 내가, 이 사람의 위협적이기까지 한 태도가 마음에 드는군, 하는 생각을 하는 걸 보면 그는 틀림없이 위협적인 태도를 내게 보이고 있는 거야. 하지만 실제로는 그는 계단을 오르는 것이 힘이 든 듯 아주 천천히 올라왔고, 결국 그가 계단을 모두 올라왔을 때에는 나는 아무것도 묻지 못했어. 계단을 올라온 그는 잠시 숨을 고른 후 멀어져갔어. 나를 뒤로하고, 나를 떠나, 내게서 멀어져갔어. 나는 어떻게 해야 좋을지 알 수 없었고, 그래서 어떻게 해야 좋을지 모르겠는 채로 있는 것도 생각만큼 나쁘지 않군, 하는 생각을 해야 했어."

"또 어디로 나아갈지 알 수 없는 얘기를 잘도 지어내는군." B가 말한다.

"그리고 이건 올 때 얘기야. 공원 근처에 이르렀을 때 개 한 마리를 만났지. 처음 보는 개였어. 길가에 엎드려 있더군. 추위에 떨고 있지는 않았어. 춥지는 않았으니까. 나는 그것 앞에 잠시 멈춰섰지. 그놈은 나를 빤히 올려다보았어. 나 역시도 그놈을 빤히 쳐다보았어. 그리고 생김새를 자세히 보았지. 정말 개처럼 생겼군, 하고 나는 생각했어. 내가 옆으로 고개를 돌리자 그것도 옆으로 고개를 돌렸어. 지나가는 누군가가 우리를 쳐다보았어. 나는 다시 고개를 돌려 개를 내려다보았어. 그러자 그것은 나를 다시 올려다보았어. 나는 나를 올려다보는 개를 내려다보며, 이 개는 개로밖에는 보이지 않는군, 개가 아닌 것으로도 보이면 좋을 텐데, 하고 생각했어. 개는 몸을 일으키지는 않았어. 이 개는 혼자서는 몸도 일으킬 수 없는 건가, 하고 나는 생각했어. 그때 개가 몸을 일으켰어, 내게서 시선을 떼지 않으면서. 그때 나는 종이에 싼 뭔가를 먹고 있었지."

나는 잠시 말을 멈춘다.

"뭘?" B가 말한다.

"오징어 다리를. 나는 가끔 오징어를 종이에 싸가지고 다니면서 먹곤 하니까."

"그래? 몰랐던 사실인걸? 내가 알기로 당신은 오징어라곤 먹지 않는데."

"그놈은 계속해서 나를 쳐다보더군. 군침을 흘리면서. 눈을 끔벅이며. 하지만 짖거나 꼬리를 흔들지는 않았어."

"그래서?"

"그래서 나는 개에게 짖어보라고, 만일 정말 짖으면 다리 하나를 줄 수도 있다고 했지. 하지만 그것은 짖지 않았어. 그래서 나는, 짖지 않았으니 이건 먹을 생각을 말라고 하며 오징어 다리를 그것이 보는 앞에 흔들어 보였지. 그놈은 흔들리는 오징어 다리를 보며 고개를 좌우로 돌렸지만 짖지는 않았어."

"그래서?"

"그래서 나는 오징어를 씹으면서 그놈을 가만히 바라보았지. 그러자 그놈은 군침을 흘리며, 눈을 끔벅이며, 오징어를 씹으면서 그놈을 가만히 바라보고 있는 나를 바라보았어. 문득 나는 지금 내가 뭔가의 다리를 통째로 먹고 있다는 사실을 깨달았지만, 그 사실이 또다른 자각으로 이어지진 않았어. 나는 다시 내가 먹고 있는 다리를 먹고 싶어하는 개를 바라보았어. 나는 오징어 다리 하나쯤은 줄 수도 있었지만 주지 않았어. 그렇게 되면, 내가 먹는 걸 개도 먹고 있군, 하는 생각을 하게 될 거였기 때문이었어. 아니 그보다는 개가 먹고 있는 걸 내가 먹고 있군, 하는 생각을 하게 될 것이기 때문이었어. 아니, 내가 그것에게 아무것도 주지 않은 건 그 때문은 아니었어. 그냥 주지 않았어. 주고 싶지가 않았던 거야."

"그래서?"

"그놈은 군침을 흘리며 눈을 끔벅이긴 했지만 가만히 서 있었어. 짖지도 꼬리를 흔들지도 걸음을 떼지도 않고. 그래서 나는, 이 개는 몸을 일으킬 수는 있지만 걸음을 떼지는 못하는 개인가, 하고 생각했지."

"그래서?"

"그런 다음 나는 조용히 그곳을 떠났지. 아냐, 그사이 무슨 일인가가 있었어. 나는, 이제 이 불쌍한 개를 혼자 놔두고 나는 내 길을 가야지, 하고 생각했지. 그런데 그 순간 무릎 쪽에 뭔가 찌르는 듯한 통증이 갑자기 느껴지며 걸음을 뗄 수가 없었어. 꼼짝도 할 수가 없었던 거야. 얼굴에서는 경련이 느껴졌어. 그리고 눈앞이 캄캄해지더군. 마침내 내가 어떤 한계에 이르렀다는 생각이 들었어. 그에 따라 나는 어떤 반응을 보였는데, 보여야 했는데……"

"어떤 반응을?"

"아무 반응도 보일 수 없었어."

"그래서 어떻게 되었어?"

"나는 그 어려운 상황에서의 나의 크나큰 어려움을 생각하며, 이러한 상황에 처하게 된 나 자신을 생각하며, 이럴 때 나라면, 다른 누구도 아닌 나라면 어떻게 할까, 라는 도움이 되지 않는 생각을 했지. 그러면서 나는 가만히 서 있는 개를, 그것에게서 눈을 떼지 않고 바라보았어. 그러면서 나는, 지금 내 앞에 있는 개 한 마리가 뭔가 간절한 눈으로 나를 쳐다보고 있으니, 내 앞에 있는 개 한 마리가 뭔가 간절한 눈으로 나를 쳐다보고 있군, 이라고 말을 해야겠군, 하는 생각을 했지. 그러면서 어떤 엉뚱한 생각을, 내가 생각하는 단어 혹은 문장의 반복이 갖는 효과에 대해 생각을 했지. 그런데 나의 그 생각이 또는 그 행위가 도움이 되었는지 어느 순간 통증이 사라지며 나는 다시 걸을 수 있게 되었어. 하지만 곧장 다시 걷지는 않았어. 잠시 그대로 선 채로, 내게 앞으로 닥칠 더 큰 어려움에 대비하는 차원에서 조금 전 내게 일어난 일을 고스란히 기억 속에 새겨넣었지."

그녀는 이번에는 그래서, 라고 묻지 않고 그냥 나를 쳐다본다.

"그래서 그놈을 그대로 내버려두고, 녀석으로 하여금 눈을 끔벅이며 군침을 흘리게 하고는 그냥 그곳을 떠났지. 그리고 마지막으로, 그게 좋으면, 또는 그게 싫더라도 계속해서 군침을 흘리며 그대로 서 있어, 라고, 한마디 해주었지. 그런데 내가 꽤 멀리 간 다음 뒤를 돌아보았을 때 녀석은 어디론가 걸어가고 있더군."

"그게 산책을 갔을 때 있었던 일이란 말이지?"

"그래. 그놈이 어떻게든 나를 따라오려는 걸 어떻게든 따라오지 못하게 하지는 않았어."

"어쩐지 당신은 실제로 있었던 일은 하나도 얘기하지 않은 것 같아."

나는 잠시 아무 말도 않고 조금 전 내가 한 얘기를 생각해본다. 그 얘기를 하고 나자 실제로 그런 일이 있었던 것처럼 느껴지지는 않는다.

"그리고 당신의 얘기는 주제가 없어." B가 말한다.

"말하고자 하는 바가 없으니까."

"말하고자 하는 바가 없는 한에서 당신은 누구보다도 이야기를 잘해."

B는 나를 이해한다는 듯, 또는 이해하고자 하는 듯 나를 쳐다본다.

"뭘 좀 먹겠어?" B가 나를 쳐다보며 말한다.

"모르겠어. 먹을 수는 있어." 나는 그녀를 쳐다보며 말한다.

"먹겠다는 거야, 말겠다는 거야?"

"먹겠다고는 하지 않았어. 먹을 수는 있다고 말했지."

잠시 B는 아무 말이 없다.

"뭘 먹을까? 뭘 먹고 싶어?" B가 말한다.

"아무거나."

하지만 그녀는 먹을 것을 가지러 가기 위해 자리에서 일어나지 않는다.

"그냥 있지. 아무것도 먹지 말고." 내가 말한다.

"아니면 차나 한잔 마실까?"

"좋은 생각이야."

그녀는 자리에서 일어나 부엌으로 간다. 조금 후 그녀는 차와 함께 과자를 내온다.

"나, 과자는 안 먹는 거 알잖아."

"과자는 내가 먹을 거야. 그런데 왜 과자는 안 먹어?"

"내가 당뇨가 있다는 거 몰라?"

"몰랐어."

"하긴 나도 최근에 알았지."

"심해?"

"심한 정도는 아냐. 하지만 자칫 악화될 수도 있지. 그러니 과자는 내가 손도 못 대게, 쳐다보지도 못하게, 마음속으로 생각지도 못하게 해줘."

그녀는 과자를 하나 집어먹은 후 차를 잔에 따른다. 나는 차를 한 모금 마신다.

"좋은 차군. 좋은 차 같아. 내가 차에 대해 좀 아는 건 아니지만." 내가 말한다.

"그렇게 좋은 차는 아냐."

"그렇게 나쁜 차 같지도 않군."

"내가 직접 차밭에 가서 사온 거야."

"차밭이라니?"

"남쪽에 있는 차밭에 갔었지."

"누구랑?"

"친구랑."

"내가 아는 친구야?"

"당신이 모르는 친구야."

"언제?"

"얼마 전에."

"그런 얘기 안 했잖아."

"그때 이후로 당신을 처음 만났으니까."

나는 차를 다시 한 모금 마신다.

"맛이 나쁘지는 않은데." 내가 말한다.

"그보다 더 좋은 차도 많이 있어."

나는 잠시 밖을 내다본다. 골목은 조용하고, 지나다니는 것은 아무것도 눈에 띄지 않는다.

"아까 산책을 하다가 길모퉁이에 서서 눈을 감은 채로 내가 만약 맹인이 된다면 어떨까를 생각했어." 내가 말한다.

"얼마 전 텔레비전에서 어떤 맹인에 관한 프로그램을 봤는데 재미있었어. 앞을 보지도 못하는데도 그는 자신의 집 지붕도 고쳤어. 사다리를 타고 지붕에 올라가 기와를 새로 단장하는 거였어."

"딴 애기를 하는군."

"그리고 그는 자전거도 탈 줄 알아. 비틀거리긴 했지만 넘어지지는 않았어. 그리고 갓난아기도 혼자서 키웠어."

"아내는 없어?"

"아내는 아기가 태어난 지 육 개월이 되었을 때 집을 나갔지."

"그런데 정말 눈이 멀게 되면 어떨까?"

"밤인지 낮인지도 구분 못하겠지."

"길에서 신호등을 기다리며 서 있는 자신을 누군가가 옆에서 애처롭다는 표정으로 바라보고 있는 것도 알 수 없게 되겠지."

"자신의 옷에 얼룩이 묻은 것도 모르겠지."

"누추한 모습의, 앞을 보지 못하는 걸인이 손을 내밀고 있는 것도 모르겠지."

"그건 모르는 게 나을 것 같은데."

멀리서 공사장의 소음이 희미하게 들려온다.

"이제 이곳도 많이 변하겠지?" 내가 말한다.

"그래."

"공장이 들어서기 전, 이곳 들판을 뛰어다니던 기억이 나. 네잎 클로버를 찾아다니곤 하던 것도. 그리고 습지의 갈대밭 속을 헤매던 것도."

"그때만 해도 어디에나 갈대가 지천으로 널려 있었지."

"어디에나 있지는 않았어. 갈대는 강이 바다로 흘러드는 근처에나 있었지."

"그랬었나?"

"강에서는 철이 되면, 아마 가을이었을 거야, 하구 쪽으로 올라오는 장어를 잡느라 어부들의 손길이 바빴지."

"그랬었나?"

"장어는 참 맛있지. 먹으면 기운도 나고."

"나는 시간이 날 때마다 언덕에 올라 그 아래로 내려다보이는 모든 것들을 보곤 했어. 바다와, 그 바다로 흘러드는 강을, 그리고 그 강이 만들어낸 삼각주를, 그리고 철이 되면 그 삼각주를 찾는 홍학떼를. 홍학들이 무리를 지어 춤을 추는 모습은 장관이었지."

"그곳에 홍학들이 찾아왔다고?"

"그래. 하늘을 뒤덮을 정도로 많이."

"나는 한 번도 본 적이 없는데."

"그 많은 홍학들을 보지 못했다니 알 수가 없군. 그런데 홍학이 왜 분홍색인지 알아?"

"몰라."

"그건 홍학이 분홍색 새우 유충을 먹기 때문이야."

"정말이야?"

"그래."

"대학 시절 나는 바다가 내려다보이는 그곳에서 예이츠의 시를 읽곤 했어. 그곳은 그의 시를 읽기에 안성맞춤이었지."

"그보다도 그의 시는 그런 곳에서 읽었다고 얘기하기에 좋은 시지."

"그러다가 잠이 들기도 했지. 아냐, 완전히 잠이 들지는 않고, 눈을 감은 채로 몰려오는 졸음에 온몸이 휩싸이는 그 아늑한 순간에 몸을 맡겼지. 잠들기 직전의, 온몸이 저릿해오는 그 느낌을 느꼈던 거야."

잠시 우리는 아무 말 없이 앉아 있다.

"바다로 흘러드는 강을 파 운하를 건설하겠다던 계획이 백지화되었대." B가 말한다.

"그래. 운하가 만들어져 그곳을 지나다니는 배를 보는 것도 좋은 일일 텐데."

나는 계획이 무산된 운하를 생각한다.

"가끔 우리가 같이 강이 내려다보이는 언덕에 가곤 했었던 거 기억나?" B가 말한다.

"우리가 처음 입을 맞춘 곳도 그곳이었지."

"그랬었나? 나는 기억이 없는데."

"지금도 나는 기억이 나. 나는 입을 맞춘 채로 당신의 한쪽 젖가슴을 어루만졌지. 그러면서, 이게 말로만 듣던 여자의 젖가슴이군, 그런데 생각보다 작군, 하는 생각을 했지. 그러고는, 두 개로도 충분하다는 듯이 두 개뿐이군, 하는 생각을 했지."

"마지막 얘기는 지어낸 얘기 같은데."

"그래, 그건 지어낸 얘기야."

"그곳에서 우리는 파란 하늘을 보며 우리의 앞날을 얘기하기도 했지. 서로의 포부에 대해서도."

"그런 것 같지는 않은데. 그때도 포부 같은 것은 없었으니까."

나는 우리가 얘기하는 그 시절이 너무나 멀게만 느껴진다.

"대체로 나는 그곳에서 바다를 멍하니 바라보곤 했지." 내가 말한다.

"바다는 멍하니 바라보기에 좋지."

"그리고 때로는 강가로 내려가 강물 위로 떠내려가는 것들을 바라보며 마음속으로 그것들을 떠내려보내기도 했지."

"왜 갑자기 어릴 적 얘기를 하게 된 거지?"

"지금도 기억나는 게 있어. 어느 날 비가 내렸고, 구름이 걷히며 구름 사이로 환한 빛의 기둥이 만 위로 비치는 것을 언덕 위에서 본 기억이 나."

B는 그사이 눈을 감은 채로 있다.

"이따금 나는 그 시절을 생각하곤 해. 그 시절의 우리는 어땠는지를." 눈을 뜨며 B가 말한다.

"언제 바구니에 먹을 것을 싸서 바다가 내려다보이는 그 언덕에

소풍을 가는 건 어떨까?"

"술도 한 병 챙겨서."

하지만 막상 그 얘기를 하고 나자 그것은 아주 서글픈 일처럼 여겨진다.

"서른 무렵 되었을 때 언젠가 내가 그 두 배의 나이, 즉 육십이 되면 어떨까를 상상했던 것이 지금 이렇게 육십이 되어서 기억이 나." B가 말한다.

"목소리 또한 사람의 나이와 함께 늙는다는 거 재미있는 것 같아. 때로 내가 말하는 소리를 듣고 있으면 이건 늙은 사람의 목소리군, 하는 생각이 들지."

잠시 우리는 아무 말 없이 앉아 있는다. 잠시 후 B가 자리에서 일어나 침실로 들어갔다가 뭔가를 가지고 나온다.

"책상을 정리하다가 이 사진을 발견했어." B가 말한다.

그녀는 내게 사진 한 장을 건네준다. 두 소녀가 야산에서 소나무 한 그루를 배경으로 서 있다.

"누구야?"

"나야. 그런데 내 사진 같지가 않아. 잘 납득이 안 돼, 내가 이런 사진을 찍은 적이 있다는 게. 사진 속의 배경도 낯설고, 표정도 어색하고."

"옆에 있는 건 당신 언니 아냐?"

"맞아."

"문득 당신 언니 생각이 나는군. 그녀가 죽었을 때 일도."

"오래전 일이지."

"그래, 오래전 일이지. 그런데 당신 언니, 어떻게 해서 죽었지? 기억이 안 나."

"심장마비로 죽었지. 갑자기."

"맞아, 그랬지. 나도 그 소식 듣고 조금 놀랐어. 알던 사람이, 그 며칠 전에도 건강한 모습을 본 것은 아니었지만, 갑자기 죽었으니까."

"커다란 충격을 받았지."

"당신 집안 식구들 심장이 안 좋은 건 아냐?"

"모르겠어."

나는 사진 속의 얼굴을 유심히 바라본다. 사진 속의 한 사람은 죽었고 다른 한 사람은 살아 있다. 하지만 사진 속의 얼굴들은 생사를 달리한 사람들처럼 보이지 않는다.

"당신 언니가 한 어떤 말들은 잊지 않고 있어. 잊을 수 없는 어떤 말들을 했으니까."

"어떤 말들을?"

"어떤 말들을."

나는 우리가 어떤 연극무대의 배우들처럼 이야기하고 있는 것처럼 느껴진다.

"나에 관한 얘기는 아니었겠지?"

"아니었어." 내가 말한다. "당신 언니에 대한 어떤 기억이 나. 이건 당신 언니를 떠올릴 때면 항상 나는 기억이지. 그날 우리는 들판에 있었어. 밤이었고, 쥐불놀이를 하고 있었을 거야. 어쩌면 설날이었는지도 몰라. 누군가가 횃불로 들판에 불을 질렀어. 바람이 불었고, 불은 삽시간에 주위로 번졌지. 그런데 어떻게 하다가 불이 당신 언니의 치마에 옮겨붙었지."

"그런 일이 있었어? 나는 몰랐는데."

"몰랐다고? 당신도 그곳에 있었을걸."

"아닐 거야. 그곳에 있었다면 왜 그것을 몰랐겠어?"

"그녀가 그 때문에 엉덩이에 화상을 입었는지 입지 않았는지는 모르겠어."

"언니 엉덩이에서 상처 흔적을 본 적이 없는데."

"어쨌든 나는 그후로 당신 언니 엉덩이에 났을 수도 있는 작은 화상 흉터를 상상하곤 했지. 엉덩이에 화상 흉터가 난 사람이 있다면 그건 바로 당신의 언니야, 라고 말야."

"엉큼하군. 당신 내 언니를 좋아했었지?"

"좋아했었지."

"그리고 나도 좋아했었지?"

"좋아했었지."

"언니는 당신을 좋아한다고 말한 적이 있어."

"나한테는 한 번도 말하지 않았지."

나는 그 시절로 돌아가기 위해 애를 쓴다.

"어느 날 저녁 우리가 길에서 우연히 마주친 적이 있었어. 짙어 가는 어둠 속에서 우리는 잠시 서 있었지." 내가 말한다.

"그래서?"

"나는 그녀에게 어떤 질문을 했어."

"뭘 물어보았는데? 무슨 말을 했어?"

"어디에서 오는 길이냐고 했어. 그러자 시장에서 오는 길이라고 하더군. 그러고 나자 나는 무슨 말을 해야 좋을지 알 수가 없었어. 당시 나는 당신 언니와 마주치면 괜히 마음이 떨렸어. 그 순간에도 손바닥이 젖어오는 것이 느껴졌어. 용기가 필요한 순간이었고, 그래서 나는 소위 말하는 용기라는 게 뭘까 하는 생각을 했지."

"그때 그런 생각을 했었다고?"

"그 순간 내가 떠올릴 수 있었던 것은 그것뿐이었어. 그녀도 나도 아무 말 없이 서로를 쳐다보았지. 그녀도 나도 무슨 말을 해야 좋을지 몰랐던 거야. 그런데 그녀는 손에 봉지를 들고 있더군. 그래서 나는 봉지에 든 게 뭐냐고 물었지."

"그랬더니?"

"그녀는 뭐처럼 보이냐고 했어. 나는 그냥 봐서는 뭔지 모르겠다고 했지. 그러자 그녀는 그것이 생선이라고 했어. 하지만 무슨 생선인지는 말하지 않았어. 내가 묻지 않았으니까. 그녀는 생선이 들어 있는 봉지를 살짝 들어 보이며 저녁거리라고 했어. 약간 비린 내가 말아지는 것 같았어. 나는, 오늘 저녁에는 생선을 먹겠구나, 가족 모두가, 하고 말했지. 그러자 그녀는 고개를 끄덕였어."

"그러고는?"

"그런 다음 우리는 헤어졌어. 나는 잠시 그 자리에 서서 그녀가 멀어져가는 것을 지켜보았지."

"그게 다야?"

"그래. 나는 그녀에게 손에 든 게 뭔지 물어봤을 뿐이었어. 그런데도 그 기억이 잊혀지지 않아. 아무것도 아닌 그 기억이. 서로 할 말이 있으면서도 끝내 그 말을 꺼내지 못하고 머뭇거렸던, 별일이 있었던 것도 아닌 그날 밤의 일이."

나는 이제는 완전히 식어버린 차를 한 모금 마신다.

"당신이 다녀왔다는 차밭에라도 한번 다녀오고 싶군."

"지금은 철이 아냐. 물론 내가 갔을 때에도 철은 아니었지만. 하긴 철이 아니어도 괜찮아. 물론 철일 때가 더 낫겠지만."

창밖으로 트럭 행상이 지나가는 소리가 들린다. 우리는 고개를 돌려 창밖을 내다본다.

"어느 날 저녁 이렇게 흔들의자에 앉아 골목에서 나는 소리를 들으며 오늘 저녁은 뭘 먹을까, 라는 생각을 하는 사이 조용히 죽을 수 있게 되면 좋겠어." B가 말한다.

"오늘 저녁은 뭘 먹을 건데?"

"모르겠어."

나는 이제 집에 돌아가고 싶다. 나는 자리에서 일어난다.

"이제 그만 가야겠어."

B는 나를 잡지 않는다. 그녀는 내게 저녁을 먹고 가라는 얘기도 하지 않는다.

B의 집을 나온 나는 그 앞에 서 있다. 나는 그녀의 집을 뒤돌아본다. 그녀의 집에서는 불빛이 새어나오고 있다. 창문 너머로 그녀의 모습은 보이지 않는다. 대신 커튼 너머로 어떤 가족이 거실에 앉아 있는 것이 보인다. 그들은 내가 모르는 사람들이다. 내가 모르는 그들이 그녀의 집에 살고 있다. 이제 그 집에 B는 없다. 그녀는 오래전에 죽었다. 지금까지의 B와의 대화는 내가 바다에서 그녀가 살던 집에 오는 동안 떠올린 것일 뿐이다.

나는 걸음을 재촉한다. 사람들이 퇴근을 한 공장지대는 거의 텅 비어 있다. 나는, 평소에 내가 알고 지내는 거리와 다르지 않군, 하는 생각을 한다. 한 술집에서 취한 듯 보이는 두 사람이 나오면서 문틈으로 잠시 실내의 불빛이 비쳤다가 문이 닫히며 사라진다.

그 순간 내가 아는 어떤 사람이 내 앞을 지나쳐간다. 나는 그를 알아보지만 그는 나를 보지 못한다. 그는 내 몇 발자국 앞에서 걸어가고 있다. 우리는 같은 방향을 가고 있다. 하지만 나는 그에게 알은척을 하지 않는다. 사실 그는 딱히 아는 사람이라고 할 수 없다. 나와 같은 동네에 사는지 몇 번 길에서 그를 본 적은 있지만 서로 인사를 나눈 적은 없다. 하지만 나는 그의 뒤를 따라간다. 딱히 그럴 생각은 없지만 그는 나보다 몇 발자국 앞서 길을 가고 있고 딱히 어딜 갈 생각은 없는 나는 그의 뒤를 따라가기로 한다. 나는 내가 이럴 만한 상당한 이유가 없다는 사실에 고무되어 그의 뒤를 밟는다. 그는 횡단보도를 건넌 후 모퉁이를 돌고 다시 횡단보도를 건넌 다음 얼마를 더 간 뒤 어떤 건물로 들어간다. 나는 그 앞에서 그가 나오기를 기다린다. 하지만 그는 이내 나오지 않는다. 나의 머릿속은 온갖 생각들로 넘쳐나기 시작한다.

그때 한 남자가 내게 부딪히며 그냥 지나가지만, 나는 그를 용서한다. 나는 그가 더이상 보이지 않게 될 때까지 그를 지켜본다. 나는 갑자기, 누군가가 지나가는 행인을 아무 이유 없이 때리듯 내 뺨을 한 대 갈긴 다음 다시 걷기 시작한다. 나는 내가 조금 전 건물 안으로 들어간 남자를 기다리고 있었다는 생각을 하지만 그냥 계속해서 걷는다.

밤이 되었고 비가 내리기 시작한다. 나는 비를 맞으며 천천히 걸어 집에 돌아온다. 나는 젖은 옷을 갈아입는다. 바람이 불면서 창문이 흔들리는 소리가 요란하다. 거실의 벽지가 젖어 있는 것이 눈에 띈다. 벽 사이로 빗물이 새는 것 같다.

나는 침대에 누워 내 가까이 있지 않은 것들을, 아주 먼 곳에 있는 것들을, 이를테면 달의 표면이나 태양의 흑점 또는 토성의 띠 같은 것을 마음속으로 떠올린다. 나는 침대에 가만히 누운 채로 천장을 바라본다. 아주 오랫동안 그렇게 한다. 문득 내가 뭔가를 본다는 행위에 집착할 때는 천장을 바라볼 때라는 생각이 든다.

빗소리는 더욱 거세진다. 빗물의 일부는 땅속으로 스며들고 일부는 물줄기가 되어 흐르고 있을 것이다. 나는 창가로 다가간다. 누군가가 우산을 쓴 채로 걸어가고 있다. 나는 그에게 어떤 신호를 보내듯 창문을 가볍게 몇 번 두드린다. 하지만 그 소리를 듣지 못하는 그는 그냥 지나쳐간다.

나는 더이상 아무 생각도 할 수가 없다. 나는 눈을 감는다. 파란 풍경들이 떠오른다. 바다와 차밭. 그리고 바람이 불어 수많은 파란 보리 이삭들이 한쪽 방향으로 일제히 기울어지는 장면이 떠오른다. 그 광경은 언제나 그것을 떠올릴 때면 잔잔한 슬픔을 느끼게 해주는 것이다. 나는, 푸른 보리 이삭들을 떠올리는 것은 그 푸른 보리 이삭들이 떠올려주는 잔잔한 슬픔을 떠올리는 것이다, 라는 문장을 떠올림으로써 그 슬픔을 그냥 하나의 평이한 문장일 뿐인 문장 속에 가둔다.

숲에서 길을 잃다

오전에 막내놈이 찾아왔다. 같이 내 아버지의 제사에 가기로 했던 것이다. 제사는 내 동생녀석의 집에서 지내기로 되어 있었는데, 그것은 그동안 죽 그래왔던 일이었다. 형이 있는데도 아버지의 제사를 동생의 집에서 지내는 것은 이상할 수도 있는 일이었지만 우리는 그것을 당연한 것으로 받아들였다. 실제로 아버지가 죽은 후 집안에서 장남 역할을 해온 건 내가 아닌 동생녀석이었다.

아들놈은 찢어진 청바지에 알록달록한 셔츠를 입고 있었는데 꼭 차림이 계집애 같았다. 녀석은 생긴 것도 약간 계집애 같았는데 머리까지 길게 길러 뒤로 묶고 있어 어떤 때는 영락없는 계집애로 보이기도 했다. 어쨌든 키가 커 머리를 묶은 것이 잘 어울리기는 했다.

아들놈은 연신 하품을 해댔다. 이제 일어난 건 나인데도 하품은 아들놈이 했다. 녀석은 꿈을 꾸는 듯한 시선으로 나를 쳐다보았다. 마음에 들지 않는 시선이었다. 아무래도 녀석은 마약을 한 것 같았다. 녀석은 그전에도 마약을 한 적이 있었고, 그 사실을 내게 털어놓은 적도 있었다. 녀석은 어려서부터 늘 사고를 치고 다녔다. 녀석은 일부러 그렇게 키운 것도 아닌데도 약간 망나니 같은 데가 있었다. 하지만 나이가 들면서 차츰 철도 들었다.

"참견하길 좋아하는 노인네가 괜히 참견하는 말로 들릴 수도 있겠지만 마약 같은 건 하지 않도록 해라." 내가 말했다. "몸에 좋을 게 하나도 없는 거니까."

그렇게 말해놓고 보자 한때 마약을 했지만 이제 마약을 끊은 사람이 하는 말처럼 들렸다. 녀석은 나를 쳐다보았다.

"하더라도 적당하게 하도록 해라. 뭐든 적당하게 하는 게 좋으니까." 내가 말했다.

녀석은 나를 어이없다는 듯 쳐다보았다. 나도 내가 무슨 말을 하고 있는지 잘 알 수 없었다. 나는 내가 듣기에도 가끔 정신 나간 얘기를 하곤 했다. 나 자신이 꼭 마약에 취한 사람처럼 여겨졌다. 나는 아들놈을 시켜 차를 한 잔 만들어 오게 했다. 녀석은 귀찮다는 듯 느릿느릿 일어나 부엌으로 갔다. 녀석은 동작이 굼떴고, 말도 느릿느릿 했다. 그사이 나는 화장실에 가 세수를 했다. 거울을 보자 전날 먹은 술 때문에 아직도 얼굴이 벌겋게 보였다. 화가 덜 풀린 사람 같았다. 나는 물을 한번 찍어 바르는 걸로 세수를 끝냈다. 머리를 감아야 할 것처럼 보였지만 귀찮게 생각되어 그만두었다. 나는 머리는 가능한 한 자주 감지 않았다.

"그래, 그동안 무슨 짓을 하며 어딜 돌아다닌 거냐?" 아들놈이 만들어 온 차를 마시며 내가 말했다.

몇 달 동안 우리는 한 번도 본 적이 없었다.

"여기저길 돌아다니며 이런저런 일을 했죠." 녀석이 말했다.

녀석은 그 이상은 말해주지 않았다. 녀석이 그렇게 말한 후면 더 물어보아도 소용이 없었다. 녀석은 늘 그런 식이었다. 하지만 나는 녀석에 대해서는 아무런 걱정도 하지 않았다. 녀석은 총기가 있었다. 그는 어리바리하지 않았고, 그래서 나를 꼭 빼닮아 어리바리하다고 말할 수는 없었다. 녀석은 뭐든 하려고만 들면 잘해냈다. 다만 뭐든 하려고 들지 않는 게 문제라면 문제였다. 녀석은 녀석의 형과는 달리 나와 닮은 데가 많이 있었다. 그런데 우리가 서로 닮은 것은 주로 좋지 않은 점에서였다. 게으른 것도 그중의 하나였다.

우리는 집을 나와 녀석의 차에 탔다. 우리는 출발을 했고 별말이 없었다. 나는 차 안이 덥게 여겨지면 차창을 내려달라고 했고, 바람이 너무 많이 들어오면 다시 차창을 올려달라고 했다. 그는 말없이 문을 내렸다가 올리곤 했다.

시내를 빠져나오자 슬슬 졸리기 시작했다. 전날 밤잠을 설쳐서였다.

나는 호주머니에서 술병을 꺼내 술병째로 마시기 시작했다. 아들놈은 놀라는 시늉을 했지만 거기에 대해 뭐라고 하지는 않았다. 녀석은 내가 시도 때도 없이 술을 마신다는 것을 알고 있었다. 나로서는 술에 의지하지 않고 지내는 게 힘이 들었다. 술의 효과가 서서히, 그리고 빠르게 나타났다. 조금씩 홀짝거렸는데도 어느새 술병이 비어 있었다.

우리가 시골길을 가고 있는데 길가에 사람들이 모여 서 있는 것이 보였다. 아들놈은 속도를 줄였다. 두 남자가 웃통을 벗은 채로 싸우고 있었고, 사람들은 둘을 말리고 있었다. 싸우고 있던 두 사람이 잠시 싸움을 멈추고 우리를 쳐다보았다. 그들의 얼굴에 피가 묻어 있거나 하지는 않았지만 머리와 옷은 먼지로 하얬다. 땅바닥 위에서 한바탕 구른 것 같았다. 잠시 그들이 싸우고 있는 이유를 물어보고 싶었지만 그렇게 하는 것은 그들이 하고 있는 일을 방해할 것만 같았다. 그들은 우리가 그들을 지나쳐가자 다시 싸우기 시작했다. 나는 몸을 돌려, 점점 작아져가고 있는 그들을 바라보았다. 왜 남자들은 싸움을 할 때면 웃통을 벗는 경향이 있는지 궁금했지만 해답은 구하지 못했다. 일단 웃통부터 벗고 보는 남자들도 있었는데 그것은 남자인 나로서도 이해할 수 없는 것이었다. 아무튼 그건 아주 오래된 관습처럼 여겨졌다. 지금의 문명화된 사회에서도 싸움이 변형된 운동을 할 때면 선수들은 웃통을 벗고 했다. 권투가 그랬고, 레슬링이 그랬고, 씨름이 그랬다. 맨살을 최대한 드러내는 것만으로도 상대에 대한 도전을, 적의를 드러내는 것인가? 하지만 그 상대가 이성일 경우에는 그것은 도전이나 적의보다는 욕망을 드러냈다. 어쨌든 동성끼리든 이성끼리든 싸움을 하면서 성기를 드러내는 경우는 없었다. 이건 좀더 생각을 해볼 문제군, 하고 나는 생각했다. 그 생각을 하며 나는 나도 모르게 잠이 들었다.

얼마나 자고 났는지 알 수 없었다. 내가 깼을 때에는 이제 거의 목적지에 이른 것 같았다. 늦은 오후인 것 같았다. 멀리 산자락이 깎여나간 산 하나가 눈에 들어왔다. 동생놈이 알려준 바로는 그것은 비소 광산이었다. 자연이 만들어낸 치명적인 독이 인상적인 모습으로 드러나 있었다.

"저기 멀리 보이는 게 비소 광산이다." 내가 말했다.

"그래요?" 아들놈이 말했다. "언제 한번 가까이 가보고 싶군요."

녀석은 호기심이 가는 얼굴로 비소 광산을 쳐다보았다. 조금 후 우리는 읍내에 들러 술을 몇 병 샀고, 다시 출발했다.

오래지 않아 우리는 내 동생 집에 도착했다. 동생놈은 오는 데 힘은 들지 않았는지 물었다. 나는 얼마나 힘이 들었는지를 다분히 길게 얘기해주었다. 녀석은 내 애기를 듣다 말고 양어장 쪽으로 눈길을 돌렸다. 나는 말을 멈췄다.

동생놈이 하던 양어장의 물고기를 볼 수 없게 된 건 아쉬운 일이었다. 그리고 녀석의 양어장의 물고기들이 얼마 전 장마 때 홍수가 나 모두 떠내려가버린 건 안된 일이었다. 녀석은 얼마 전 그 사실을 전화로 알려왔다. 녀석의 집 근처 산자락은 수마로 깎여 있었다. 나는 양어장 쪽으로 발걸음을 옮겼다. 동생놈은 그대로 있었다. 양어장에 이른 나는 바닥에 물만 약간 고여 있는 양어장을 가만히 바라보았다. 그런데 물속이 훤히 들여다보이는 물에서 헤엄을 치고 있는, 내장이 훤히 들여다보이는 치어들을 볼 수 없게 된 건 아주 안타까운 일이군, 하고 나는 생각했다.

그때 동생놈 집 마당에서 닭이 내지르는 비명소리가 들렸다. 그 사이 동생놈은 제사에 쓸 닭을 잡고 있던 모양이었다. 나는 다시 마당으로 내려왔다. 한쪽에서는 솥에서 물이 끓고 있었다. 동생놈은 이미 죽은 닭을 끓는 물 속에 집어넣었다가 꺼냈다. 그는 익숙한 솜씨로 닭의 털을 뽑기 시작했다.

털이 모두 뽑힌 닭은 부끄러운 듯, 또는 부끄러움조차 잊은 듯 알몸을 드러낸 채로 누워 있었다. 동생놈은 칼로 닭의 목을 잘랐고, 배를 갈라 내장을 꺼냈다. 동생놈이 일을 하는 것을 지켜보며 나는 뭐라고, 뭐라고, 내가 생각기에도 별로 말이 되지 않는 얘기들을 했다. 계속해서 말이 주절주절 나오는 것을 막을 수가 없었다. 동생놈이 갑자기 화를 냈다. 그가 화를 내는 것도 당연한 것 같았다. 거기에서 그만두어야 했는데도, 나도 가만히 있지 않았고, 그래서 우리는 한바탕했다. 녀석을 만나게 되면 우리는 꼭 한바탕했다. 꼭 무슨 이유가 있어서는 아니었다. 우리가 한바탕하는 것은 일종의 인사치레 같은 것이었다.

그사이에도 마당을 돌아다니던, 아직 살아 있는 닭들은 자신들의 동료가 죽어 해체되어가는 것을 호기심 있게 바라보고 있었다. 그중 어떤 것들은 동생놈이 던져준, 죽은 닭의 내장을 서로 차지하기 위해 쟁탈전을 벌이고 있었다. 녀석들은 나름의 사육제를 벌이고 있었다. 그 가운데는 배 쪽의 털이 모두 빠진 녀석도 있었는데 동생놈의 말로는 닭이 지네를 먹게 되면 그 독으로 인해 그렇게 될 수 있다는 것이었다. 그런 닭은 특별한 약효가 있다던가 그랬다. 털이 빠진 그 닭은 주변 일대를 돌아다니며 들과 숲에서 먹을 수 있는 온갖 것들을 다 먹어치웠다.

나는 막내놈을 시켜 술상을 내오게 했다. 한바탕한 후라 한잔 안 할 수가 없었다. 동생놈은 내가 제사도 드리기 전에 미리 술을 마시기 시작하면 제사도 지내기 어려워질 거라며 말렸다. 하지만 나는 막내를 시켜 술상을 내오게 했다. 막내는 둘 사이에서 누구의 말을 들어야 할지 몰라하며 잠시 그대로 서 있었지만 결국에는 내 말을 따랐다.

막상 술상이 나오자 동생놈도 술상 앞에 자리를 잡고 앉았다. 녀석은 자기도 한잔 달라고 했다. 녀석도 술은 그냥 보고 지나치지 못했다. 녀석은 같이 늙어가는 처지에 자기를 무시하지 말라고 했다. 나는 그가 아무리 늙어도 내 동생이라는 사실에는 변함이 없다고 했다. 그 말에 그는 아무 대답도 하지 않았다. 가끔 나는 동생놈을 생각할 때면 우리의 우애가 싸움으로 다져진 것은 아닌가 하는 생각이 들곤 했다.

두 아들놈도 우리와 자리를 함께했다. 우리는 쓸데없는 얘기를 하기 시작했고, 무슨 얘기를 하다가 누군가가 최근에 문제가 되고 있는 인간 복제에 관한 얘기를 꺼냈다. 그 얘기를 꺼낸 건 막내가 아닌가 싶다.

"그래 그 문제에 대해서는 어떻게 생각하느냐?" 내가 말했다.

"뭐 생각해볼 게 있나요?" 동생놈이 말했다.

그는 한마디로 아무런 입장이 없었다. 큰아들놈은 어정쩡한 입장을 취했다. 작은아들놈은 조심스러우면서도 분명한 입장을 취했다. 그는 인간 복제를 허용해야 한다고 말했다. 나는 신중한 입장을 보였다. 다시 말해 아무런 입장이 없었다.

"부작용이 많이 있을 텐데?" 큰아들이 말했다.

"무슨 일에나 부작용은 있기 마련이죠." 막내가 말했다.

"심각한 부작용이 있을 수도 있지." 동생놈이 말했다.

"뭐든 되어가는 대로 놔두면 돼." 내가 말했다.

"완전히 금지해야 돼." 갑자기 동생놈이 말했다.

아무 입장도 없던 놈이 갑자기 반대 입장을 분명히 했다. 내용을 알고나 입장을 얘기한 건지 알 수 없었다.

"인간 복제 기술을 통해 지금까지의 인류와는 전혀 다른, 전혀 다른 감정과 의식을 가진 인간을 만들어내는 것도 괜찮아요." 막내가 말했다.

다들 그의 말은 수긍하기 어렵다는 표정이었다. 나는 그의 말을 수긍하기가 그렇게 어렵지는 않다는 표정을 지었다. 동생놈은 이제 술은 그만 마시고 제사를 지내자고 했다.

"제사상을 차리는 동안 나는 남은 술이나 마시겠다." 내가 말했다.

동생놈과 두 아들놈은 준비한 음식들을 제사상으로 날랐다. 나는 거실에 혼자 앉아 술을 홀짝였다. 이건 웃기는 짓이야, 하고 나는 중얼거렸다. 제사 같은 건 뭐하러 지내는 건지!

나는 맥주를 마시며 안주로는 말린 멸치를 먹었다. 일일이 내장을 제거하고 먹는 것이 성가셨지만 멸치는 내가 좋아하는 안주였다. 그리고 맥주 안주로는 멸치만한 것이 없었다. 그런데 꼭 내장을 제거하고 먹어야 하나, 하고 나는 생각했다. 가만 생각해보니 전에는 내장까지 포함해 통째로 먹은 적도 있는 것 같았다. 그리고 한때는 일부러 멸치의 내장을 꺼내 먹은 적도 있었다. 내장의 쓴맛이 좋았던 것이다. 그 쓴맛은 취하는 속도를 늦춰주는 것처럼 여겨졌다. 그것은 이상한 습관처럼 비칠 수도 있는 것이었지만 술꾼들이 장어나 다른 생선의 쓸개를 일부러 먹기도 한다는 점에 비춰보면 그렇게 이상할 것도 없는 것이었다.

나는 큰 잔으로 맥주를 벌컥벌컥 들이켰다. 취기가 빠르게 올랐다. 내가 술에 취하게 되는 데에는 몇 가지 단계가 있었다. 정신이 활성화되는 단계를 지나게 되면 허무맹랑한 생각들이 난립했다. 그다음에는 기분이 묘하게 되거나 걷잡을 수 없게 되고, 그 단계도 지나게 되면 울분이 끓어올랐는데 아직까지는 마지막 단계까지 이르지는 않은 상태였다.

거실 벽에 걸어놓은, 액자를 한 사진 속의 아버지가 나를 노려보고 있었다. 동생놈이 집안에 왜 그런 걸 걸어놓는지 알 수 없었다. 물론 집안에 그런 것을 걸어놓는 사람들이 있긴 했지만 그들이 왜 그러는지 또한 이해할 수 없었다. 사진 속의 아버지는 네놈이 지금 뭘 하고 있는지 생각해보라는 표정이었다. 나는 술상을 돌려 그를 등지고 앉았다. 더이상은 그가 하는 얘기가 들리지 않았다. 대신 생전의 그의 모습이 떠올랐다. 누구보다도 삶과 자신과 가족을 사랑했다고는 할 수 없는 삶을 살다 간 그의 모습이었다. 그는 한 인간으로서도 가장으로서도 별 볼 일 없는 삶을, 그다지 착실하게도 아니게 살다 갔다. 그는 내가 아는 누구보다도 괴팍했으며 이해할 수 없는 사람이었다. 어느 시기의 그의 삶에 대해서는 가족도 그 누구도 아무도 몰랐다. 나는 어두운 마당을 내다보며 그에 대한 어두운 생각을 떨쳐버렸다.

한데 그때부터 괜히 심술이 났다. 괜히 심술이 나는 날이 있었다. 그런 날은 괜한 심술이 나게 내버려두는 게 최선이었다. 나의 심술이 뭔가를, 또는 누군가를 향한 것은 아니었지만 끝내는 뭔가를, 또는 누군가를 향해 발산되어야 하는 데 내 심술의 문제점이 있었다. 술김에는 무슨 일이라도 저지를 수 있었고, 그래서 나는 무슨 일이라도 저질러버릴까 하다가 참았다. 나는 가까스로 심술을 가라앉혔다. 그사이 제사상이 모두 차려진 듯 막내가 나를 불렀다.

"이거나 마저 비운 다음에 시작하자." 내가 말했다.

맥주가 아직 반은 남아 있었다.

"천천히 오세요." 아들놈이 말했다. "아니면 그냥 그대로 있든가요."

아들놈은 안방으로 갔다. 하지만 나는 곧 자리에서 일어났다. 갑자기 내가 없이 제사를 지내는 건 안 될 일처럼 여겨졌다. 하지만 막상 자리에서 일어나자 어질어질했다.

제사상이라고 차린 상은 민망할 정도였다. 동생놈이 혼자 살아서이기도 했지만 제사에 모인 사람이 모두 남자들뿐이라 변변한 음식을 만들지 못했던 것이다. 제사 음식은 이미 죽은, 그래서 한동안 음식이라곤 입에 못 대본 망자라 하더라도 별로 식욕이 나지 않을 정도였다. 그리고 상 위에 차려놓은 음식들도 제자리에 있지 않고 아무렇게나 놓여 있는 것 같았다. 상도 제대로 닦지 않은 듯 먼지가 군데군데 묻어 있었다. 그 상 한가운데에 통째로 삶긴 닭이 커다란 접시에 담겨 자리하고 있었다. 마치 망자가 아닌 닭을 숭배하는 어떤 이상한 습속을 가진 원시 종족들이 지내는, 닭을 모시는 제사 같았다. 자세히 보자 뽑히지 않은 털이 몇 개 남아 있었다.

몇 개 남아 있지 않은 그 털이 신경이 쓰였고, 그래서 닭에게 달려들어 그것을 뽑아버릴까 하다가 참았다. 살이 모두 익은 닭은 이런 것쯤은 아무것도 아니라는 듯 태연히 엎드려 있었다.

동생놈은 어디서 났는지 한복을 차려입고 나와 제문을 병풍에 붙인 후 내 큰아들놈에게 술을 따르게 했다. 동생놈의 한복은 제대로 다려져 있지도 않았다. 나는 제사상 뒤로 둘러쳐진 병풍을 쳐다보았다. 네 겹으로 접을 수 있게 되어 있는 낡은 병풍에는 가파른 절경의 산 위로 구름이 흘러가고 있었고, 그 아래 계곡 옆의 정자에는 누군가가 비스듬히 누워 있었다. 좀더 자세히 보자 근처 소나무숲에서는 사슴이 뛰어놀고 있었다. 그리고 좀더 자세히 보니 강에서 낚시를 하는 사람도 있었다. 아주 한가로운 풍경이었다. 좀더 자세히 보면 하늘을 날아가고 있는 학도 볼 수 있겠군, 하고 나는 생각하며 좀더 자세히 바라보았지만 학은 보이지 않았다. 아무리 들여다보아도 보이지 않았다. 본래 학이라곤 없어 보이지 않는 건지, 내가 취한 나머지 내게는 보이지 않는 건지 알 수 없었다. 그리고 그것을 알 수 없다는 사실이 나를 괴롭혔고, 힘들게 만들었다.

하지만 그보다도 그전에 먹은 술 때문에 제대로 서 있기도 힘이 들었다. 다리가 부들부들 떨렸다. 몸속에서 뭔가 괴로운 일이 진행되고 있었다. 그리고 몸의 좋지 않은 상태는 한 가지로 모아져 표현되려 하고 있었다. 토할 것만 같았다. 나는 정신력으로 버텼다. 하지만 정신이 혼미한 상태에서 정신력으로 버티기란 어려운 일이었다. 결국 정신력은 몸이 스스로를 이기지 못하면서 무너지고 말았다.

그 순간 우려했던 일이 벌어지고 말았다. 제사상 위에 토하고 만 것이다. 정말이지 일부러 그런 것은 아니었다. 그것은 일부러 그럴 수는 없는 일이었다. 모든 것이 어떻게 해볼 사이도 없이 순식간에 일어나버렸다. 내가 게워낸 토사물이 제사상 위에 흥건히 뿌려져 있었다. 압권이군, 압권이야, 하고 나는 생각했다.

동생놈과 두 아들놈은 할말을 잃은 듯 나를 쳐다보았다. 나도 할말을 잃고 그들을 쳐다보았다. 뭐라고 변명을 해도 소용없는 상황이었고, 그래서 나는 아무런 변명도 하지 않았다. 동생놈은 얼굴이 벌게져 있었다. 이놈은 평소에도 얼굴이 벌건 편인데 지금은 더 벌겋군, 하고 나는 생각했다. 녀석은 여차하면 내 따귀라도 한 대 갈길 태세였다. 그렇다고 저의 형의 따귀를 갈기지는 못하겠지, 하고 나는 생각했다. 나는 동생놈에게, 화가 나는 것도 당연할 테니까 화를 내도록 해라, 하고 말해줄까 하다가 그만두었다. 그렇게 말하는 것은 화를 돋울 게 뻔했다.

집안 전체에서 좋지 않은 냄새가 났다. 내게도 좋지 않은 냄새이니 나머지 사람들한테는 아주 좋지 않게 맡아지겠군, 하고 나는 생각했다. 하지만 누구도 내 앞에서 코를 움켜쥐거나 하지는 않았다. 내가 그들의 형이자 아버지라는 사실이 새삼스럽게 부끄러웠지만 내색은 하지 않았다.

그 순간 작은아들놈이 나서서 사태를 수습하기 시작했다. 고마운 녀석이었다. 녀석은 그릇을 가져와 제사상에 차려진 음식들을 담아 내갔다. 그의 형도 그를 거들었다. 동생놈도 하는 수 없다는 듯 그들을 도왔다.

잠시 후 어느 정도 사태가 수습되고 나자 내 두 아들놈과 동생놈은 어떻게 할지를 숙의했다. 나설 만한 상황이 아니었던 나는 가만히 있었다. 그보다도 머리가 어질어질해 정신을 차릴 수가 없었다. 나는 옆방으로 가서 베개를 베고 누웠다. 가만히 누워 있자 그 제사에서 내가 할 수 있는 바는 다 했다는 터무니없는 생각이 들었다. 그리고 조금 전에 일어난 일도 별일이 아닌 것처럼 여겨졌다. 내게 있어 심각한 문제는 그 무엇도 심각하게 여겨지지 않는다는 것이었다.

그사이 나머지 사람들은 다시 제사를 지낼 준비를 마친 듯했다. 조금 후에는 제사를 드리는 소리가 났다. 그 역시 어지간히 술을 좋아했던 사람이니까 이해를 하시겠지, 하고 나는 생각했다. 그리고 조금 있자 제사를 끝내고 술상을 차렸는지 떠들고 웃는 소리가 났다. 그들은 내 아버지에 대한 얘기를 하고 있는 것 같았지만 그 얘기를 알아들을 수는 없었다.

문득 내 아버지에 대한 기억 하나가 났다. 죽기 전 마지막 순간 그가 한 말은 자신의 양말이 제대로 신겨져 있는지 물은 것이었다. 양말은 제대로 신겨져 있었지만 그는 그것이 마음에 놓이지 않는지 몇 번씩 그것을 확인했다. 죽어가면서 무슨 짓인들 못하겠어, 죽어가는 그를 바라보며 나는 생각했다. 그리고 그는 마지막 순간까지 배를 긁고 있었다. 나중에 안 것이지만 그의 배에는 모기에게 물린 자국인 듯 살이 빨갛게 부어오른 곳이 있었다.

밖에 있는 사람들은 이제 조금 전의 불상사는 까마득하게 잊은 듯 큰 소리로 떠들었다. 제사를 왜 지내나 했더니 저렇게 제사가 끝난 후 먹고 마시고 떠들기 위해서였군, 하고 나는 생각했다. 마치 그들은 가족이란 이런 거라는 것을 보여주듯 조금 전의 일에 대해서는 잊고 있었다. 가족이란 참으로 이상한 거야. 나는 그 생각을 하며 잠이 들었다.

아침에 일어났을 때에는 몸 상태가 아주 좋지 않았다. 배가 아주 묵직했다. 나는 아침 산책을 나섰다. 다른 사람들은 아직 자고 있었다. 다들 과음을 한 듯 방안에 아무렇게나 널브러져 코를 골며 자고 있었다. 그 모습을 보자 우리 집안 남자들의 어떤 내력을 보는 것 같았다.

마당으로 나간 나는 맑은 공기를 들이켰지만 머리는 맑아지지 않았다. 근래 들어 상쾌한 아침을 맞은 적이 없었지만 그날 아침만큼 상쾌하지 않은 아침을 맞은 적도 근래 들어 드물었다.

나는 집 뒤쪽으로 나 있는 오솔길로 접어들었다. 아주 화창한 날씨였다. 산책을 하기에 아주 좋은 아침이었다. 하지만 나는 산책을 하기에는 아주 좋지 않은 상태였다. 나는 다시 돌아갈까 하다가 그만두었다. 잠은 완전히 달아났고, 다시 집안으로 들어간다 해도 할일도 없었다.

한데 동생놈의 집이 더이상 보이지 않는 곳까지 갔을 때 갑자기 설사가 나오려고 했다. 그것은 술을 먹고 난 다음날이면 매일같이 겪어온 일이었다. 주위에 화장실 같은 것은 없었다. 아니, 주위가 모두 화장실이었다. 나는 오솔길에서 조금 벗어난 잡목 속으로 들어가 자리를 잡았다. 앉자마자, 아니, 채 앉기도 전에 설사가 터져 나왔다. 하마터면 큰일날 뻔했군, 하고 나는 생각했다.

그런데 그 순간 무슨 기척이 났고, 뭔가가 내 앞에 나타났다. 동생놈이 집에서 키우는 개였다. 나는 녀석을 가까이 못 오게 하려고 했지만 녀석은 태연하게 가까이 다가왔다. 그것은 똥냄새에 이끌려 온 것 같았다. 개는 내 뒤쪽으로 돌아가 땅에 쌓인 설사 똥을 핥으려 했다. 저리 가라고 소리쳤지만 녀석은 말귀를 알아듣지 못했다.

참으로 난감한 상황이었다. 내게는 마저 눠야 할 똥이 남아 있었다. 녀석은 내 엉덩이 밑으로 주둥이를 밀어넣었다. 녀석은 막무가내였다. 나는 할 수 없이 오리걸음을 하며 옆으로 비켜줘야만 했다. 그러자 녀석은 똥을 입맛을 다시며 맛있게 핥았다. 자신은 염치 같은 것은 모르니 염치불구하고 먹어야겠다는 식이었다. 염치가 없기도 하지만 그보다는 대책이 없는 녀석이군, 하고 나는 생각했다.

나는 똥을 핥아먹고 있는 녀석 옆에서 다시 배에 힘을 주었다.

다시 설사가 나왔다. 녀석이 주둥이를 다시 내 엉덩이 쪽으로 들이밀었다. 나는 다시 옆으로 비켰다. 녀석은 김이 나는 내 배설물을 또다시 먹기 시작했다. 내 몸속에서 나온 뭔가를 누군가가 먹고 있는 게 묘하게 느껴졌다. 지금껏 살면서 별 황당하고 희한한 일을 많이 겪었지만 이렇게 황당하고 희한한 일은 처음이군, 하고 나는 생각했다. 그것은 누구에게나 한 번쯤 있을 수도 있는 경험은 아니었다. 그것은 내가 십대의 어느 여름 강물 속에서 자위행위를 해 사정을 했을 때 물고기들이 몰려와 정액을 먹는 것을 본 이후로 가장 황당하고 희한한 일이었다. 그때 그 짓을 한 것은, 갑자기 흥분해서는 아니었고, 물속에서도 그것이 가능한지 보기 위해서였다.

가까스로 일을 끝낸 나는, 닦지 못한 내 항문도 핥게 할까, 하고 생각했다. 하지만 그럴 수는 없는 노릇이었다. 나는 땅에 떨어진 나뭇잎으로 밑을 대충 닦았다. 이건 오래전 사라지긴 했지만, 인류의 아주 오래된 관습 중의 하나였을 거야, 하고 나는 생각했다. 나는 약간 민망한 상황을 그런 식으로 얼버무렸다.

그사이에도 개는 누런 배설물을 먹고 있었다. 녀석은 완전히 잡종으로 똥개였다. 그것은 생긴 것도, 하는 짓도 똥개 같았다, 똥개다웠다. 자신이 누구인지, 무슨 짓까지도 할 수 있는지를 모두 보인 녀석은 만족스러운 듯 꼬리를 흔들었다. 그러면서도 자신에게 더 줄 것은 없는지 묻는 표정으로 나를 쳐다보았다. 다음에 기회가 되면 또 선심을 쓰마, 녀석을 향해 내가 말했다. 녀석은 그게 언제

쯤이 될 것 같은지 묻는 듯 눈을 끔벅이며 나를 올려다보았다. 나는 그것까지는 말해줄 수 없다는 듯 녀석을 내려다보았다.

녀석은 사람을 잘 따르지 않았다. 사람들이 그놈을 가까이 오게 하면 무신경한 태도를 보이며 한번 쳐다본 후 자기의 갈 길을 갔다. 그럼에도 녀석은 마음에 드는 구석이 있었다. 녀석은 동생놈이 거의 방치해 키운 덕분에 이제는 거의 야생의 개에 가깝게 변해 있었다. 동생놈 말로는 최근에는 집 근처의 언덕에 굴을 파 그곳에서 지내기도 한다는 것이었다. 굴을 파 생활하는 것은 개의 선조인 늑대들이나 하는 짓이었다. 녀석은 인간들이 늑대를 길들여 개로 만들기 시작한 사만 년 전의 과거로 돌아가고 있는 것 같았다.

나는 녀석이 조용히 사라져주기를 바랐지만 녀석은 나와의 볼일이 끝나지 않은 듯 머뭇거렸다. 그러더니 갑자기 짖기 시작했다. 나는 그것을 먹을 것을 준 데 대한 감사의 표시로 받아들였다. 문득 언젠가 이 개를 잡아먹게 될 수도 있을 거라는 생각이 들면서 그때 오늘 아침의 이 황당한 일을 떠올리게 될 것 같았다.

나는 다시 걸음을 옮겼다. 개는 잠시 나를 따라오다가 내가 그것이 따라오는 것에 신경을 쓰지 않자 어느새 딴 곳으로 가버렸다. 조금 더 가자 오래전에 제재소로 사용되었던 건물이 나타났다. 나는 그런 곳에 그런 것이 있을 줄 몰랐다는 듯이 제재소를 바라보았다.

오랫동안 사용되지 않아 이제는 천장이 무너지고, 건물 내부에까지 잡초가 자라고 있었다. 나는 그 폐허가 된 장소를 가만히 바라보았다. 너무도 한참을 바라보았고, 그래서 마침내는, 내가 왜 저곳을 이렇게 한참 동안 바라보고 있는 거지, 하는 생각을 하기에 이르렀다. 본래 나는 쓰러질 듯한 모습으로 서 있는 것들을 바라보길 즐기지, 하고 나는 생각했다. 하지만 그 때문은 아니었다. 나는 그저 아무 생각 없이 그것을 바라보았다.

물론 나는 내가 바라보는 것과 하나가 되고자 할 때, 또는 그것이 차마 바라보기 어려운 것임에도 뭔가를 바라보는 경우가 있었다. 하지만 이번의 경우에는 그냥 아무 생각 없이, 아무 생각도 들지 않아 바라보았을 뿐이다. 그럼에도 나는 어떤 변명이라도 하듯, 하지만 저기에는 저곳의 어떤 측면에 주목하게 되는 측면이 없지 않아, 하고 중얼거렸다. 하지만 곧, 말도 안 되는 말이군, 하고 다시 중얼거렸다.

산책에서 돌아오자 그사이 일어난 듯 동생녀석이 마당에서 도끼질을 하고 있는 모습이 보였다. 녀석은 기운이 펄펄 나는 모양이었다. 나도 한번 해보고 싶었지만 나는 스스로를 말렸다. 동생놈은 마지못한 듯 잘 잤는지 물었다. 나는 전날 아무 일도 없었다는 듯 그에게도 잘 잤는지 물었다. 그러고 나자 전날 아무 일도 없었던 것처럼 여겨졌다.

녀석이 왜 이 시골에 내려와 사는지는 알 수 없었다. 녀석은 도시생활이 자기에게는 잘 맞지 않는다고 했다. 하지만 내가 그전에 시골생활은 잘 맞는지 묻자 그는 잘 모르겠다고 했었다. 나는 동생놈이 나무를 패는 것을 우두커니, 우두커니라는 말에 합당하게 우두커니 바라보았다.

조금 후 맏이놈이 아침상을 차려왔다. 역시 먹을 만한 게 별로 없었다. 나는 몇 순갈을 뜨다 말았다. 다들 전날 술을 과음한 탓인지 음식을 들다 말았다.

식사가 끝나자 맏이놈은 일이 있다며 먼저 떠났다. 그는 얼마 전 다니던 회사를 그만두고 자기 사업을 시작한 상태였다. 그가 무슨 사업을 하는지는 정확히 알 수 없었지만, 그리고 그럴 리는 없을 테지만 꼭 무슨 밀매 사업을 하는 것 같았다. 동생놈도 일이 있다며 나가봐야겠다고 했다.

"나는 산책이나 갔다 와야겠다." 내가 말했다.

막내놈은 자기도 함께 가겠다고 했다.

"그냥 혼자 가고 싶구나." 내가 말했다.

"그럼 나는 사진이나 찍어야겠네요." 녀석이 말했다. "어제 본 비소 광산에나 한번 가봐야겠어요."

"비소 가루가 콧속에 들어가지 않도록 조심해라." 내가 말했다.

"무슨 맛이 나는지 맛을 한번 봐야겠어요." 아들놈이 말했다.

"맛이 괜찮으면 나도 좀 갖다주거라." 내가 말했다.

녀석은 곧 차에 타 떠났다. 맞은편 산 정상 부근에는 쉽게 산을 넘어가지 못하는 구름이 머물러 있었다. 나는 집 뒤로 난 오솔길로 접어들었다. 아들놈과 함께 올 걸 그랬나, 하고 나는 생각했다.

한참을 걸었고, 이제 좀 쉬었다가 갔으면 좋겠는데, 하는 생각을 하는 순간 절이 하나 눈에 들어왔다. 이런 곳에 절이 있는 줄 몰랐는데, 하고 나는 생각했다. 그리고 나는 이런 곳에 절이 있는 줄을 몰랐다는 식으로 절을 바라보았다. 절은 볼품이 없었고, 허름했다. 풍경 소리만이 이곳이 여느 절과 다르지 않다는 듯 맑은 소리를 내며 울리고 있었다.

절간에 들어서자 중 하나가 마당을 쓸고 있는 것이 보였다. 중은 약간 나이가 들어 보였는데, 그렇다고 주지로는 보이지 않았다. 행색이 초라했다. 언뜻 보아서도 수양이 깊은 중으로는 보이지 않았다. 절이 누추한 것으로 보아서는 주지인지도 몰랐다.

한데 그가 쓸고 있는 마당에는 별로 쓸 것도 없었다. 나뭇잎 몇 개가 떨어져 있을 뿐이었다. 누가 시켜서 하는 것 같지는 않았다. 누가 시키지도 않았는데도 하고 있는 것 같았다. 힘이 남아돌아서인가, 아니면, 재미로 쓸고 있는 건가, 나는 생각했다. 마당 쓰는 일이 재미있는 일이기는 어려우니 마당을 재미로 쓸기는 어렵겠지. 아니면 비질을 하는 게 수양의 한 방법인가? 하지만 그렇게도 보이지 않았다. 그는 건성으로 마당을 쓸고 있는 것 같았다. 괜히 마당을 쓸지 말라는 법은 없지, 나는 생각했다. 그렇다고 괜히 마당을 쓰는 일은 괜한 짓이지. 괜한 짓은 괜한 짓일 뿐이지. 하긴 괜한 짓은 괜히 하게 되지. 괜히 해야만 괜한 짓이 되지. 괜히 하지 않으면 괜한 짓일 수가 없지. 그렇게 생각하자 중이 마당을 쓰는 일이 이해가 되기도 했다.

내가 옆에 있는 것을 본 중은 나를 힐끔 쳐다보았지만 아무 말 없이 다시 하던 일을 했다. 그가 내게 먼저 인사라도 하면 인사를 해줄 수도 있었지만 그는 먼저 인사를 하지 않았다. 나는 무슨 말이라도 붙여볼까 했지만 적당한 말이 생각나지 않았다. 별로 쓸 것도 없는 마당을 쓸고 있는 사람에게 마당을 쓰는 이유를 물어보는 것은 아무래도 어색하게 여겨졌다.

나는 대웅전이라고 해봤자 그다지 크지도 않은 대웅전 앞에 있는 섬돌에 앉아 잠시 대웅전 안의, 그늘 속에 앉아 있는, 밖에서는 잘 보이지도 않는 부처를 잠시 쳐다보다가 다시 몸을 돌려 그에게 등을 돌린 채로 너무도 환한 햇살 속에서 마당을 쓸고 있는 중을 보았다. 그러자 쓸데없는 일을 하고 있는 것처럼 보였던 중이 어떤 깊은 의미가 있는 일을 하고 있는 것으로 보이기는커녕 여전히 쓸데없는 짓을 하고 있는 것처럼 보였다.

다른 중의 모습은 보이지 않았다. 절에 한두 마리 있기 마련인 고양이도 보이지 않았다. 그사이 마당을 다 쓴 듯 중은 빗자루를 마당 한켠에 갖다놓고는 딴 데로 가버렸다. 마당에는 비질을 한 자국이 선명하게 남아 있었다. 언뜻 보아서는 어지러운 것 같은 자국은 일정한 형태를 갖추고 있었고, 전체적으로 보아서는 어떤 거장이 종이에 붓질을 한 것처럼 인상적이기도 했다. 거기에는 어떤 심오한 뜻이 새겨져 있는 것처럼 여겨졌다. 나도 마당이나 쓸어볼까 하는 생각을 했지만 그것은 생각에 그쳤다.

나는 자리에서 일어나 절 뒤쪽으로 나 있는 오솔길로 접어들었다. 조금 더 가자 누워 있기에 안성맞춤처럼 보이는 평평한 바위 하나가 나타났다. 나는 그 바위 위에 누웠다. 낮잠을 잘 생각은 없이 잠시 누워 있으려 했지만 졸음이 찾아왔고, 그래서 낮잠을 청했다. 그리고 어떤 꿈을 꿨다. 부처가 등장하는 꿈이었다. 조금 전 내가 들른 절은 아닌, 하지만 그와 비슷하게 허름한 어떤 절에 가 대웅전 안을 들여다보고 있는데 갑자기 가부좌를 하고 앉아 있던 부처가 자리에서 벌떡 일어나더니 너무 오랫동안 꼼짝 않고 앉아 있어 다리가 뻐근한 듯 다리를 주무르더니 밖으로 나와 마당을 가로질러가는 꿈이었다. 마당에는 어떤 중 하나가 비질을 하고 있었지만 그것이 하나도 이상할 것 없다는 듯 하던 일을 태연히 계속했다. 그사이 부처는 어깨가 결리기라도 한 듯 어깨를 주무르며 절 밖으로 걸어나갔다. 나는 중에게 달려가 어떻게 이런 일이 일어날 수 있는지 물었지만 중은 아무것도 아니라는 듯, 가끔 저 부처는 가만히 앉아 있는 게 지겨워지면 저렇게 외출을 나갔다가 돌아오기도 한다는 얘기를 했다.

나는 눈을 뜨며, 별 시시한 꿈을 다 꿨군, 하고 생각했다. 이런 정도로 시시한 꿈은 잘 꾸지 않는데. 시시하기가 그야말로 시시하군. 모로 누워 자 어깨가 결렸고 한참을 주무른 후에야 괜찮아졌다.

바위에서 내려온 나는 바위 아래에 어떤 작은 굴 하나가 파여 있는 것을 발견했다. 크기로 보아 두더지 굴 같아 보였지만 두더지 굴을 본 적이 없는 나로서는 그것이 두더지 굴이라고 단정지을 수는 없었다. 어쨌든 땅에 굴을 파고 사는 동물의 굴이겠지, 하고 나는 생각했다. 나는 그 굴을 유심히 보며 그 굴에서 어떤 생각을 이끌어내려 했지만, 여기 어떤 동물이 판 굴이 하나 있군, 하는 생각밖에는 할 수가 없었다. 하지만 그 굴속 깊은 곳에 뭔가가 아늑하게 쉬고 있을 거라는 생각을 하자 기분이 좋아졌다. 나는 그 굴속에 있을, 서로 만난 적이 없는 짐승에게 안녕, 하고 인사를 하고 그 장소를 떠났다.

숲속 오솔길을 조금 더 가자 무슨 새 한 마리가 가까운 곳에 있는 나뭇가지에 앉아 지저귀고 있었다. 새는 노래를 하고 있었다. 아무튼 시끄럽게 노래했다. 나는 시끄럽게 노래하는 새를 가만히 바라보았다. 작고 까만 새였다. 무엇을 노래하는지는 알 수 없었다. 그런데 그 새를 바라보다가 나도 모르게 나 또한 노래를 흥얼거리기 시작했다. 역시 무슨 노래인지 알 수 없는 노래였다. 새는 노래를 멈추고 나를 가만히 바라보았다. 나는 새가 들으라고 노래를 한 것은 아니지만 새는 내 노랫소리를 듣고 있었다. 그러다가 갑자기 공중으로 날아올라 딴 데로 가버렸다. 내가 노래하는 게 마음에 들지 않은 건가, 하고 나는 생각했다.

나는 잠시 어떤 고목 아래에 서서 손을 뻗으면 닿는 곳에 있는 가지들을 부러뜨리며, 마치 조금 전 나를 두고 떠나버린 새에 대한 섭섭함을 달래듯, 하지만 실제로는 그런 이유가 아닌 다른 이유로, 아니, 아무 이유 없이, 서 있었다. 그리고 조금 후 조금 전 그 새인지 다른 새인지 알 수 없는 어떤 새가 날아와 다시 노래를 하기 시작했을 때 그곳을 떠났다.

조금 더 가자 숲 한가운데 빈터가 나왔다. 나는 빈터 한가운데에 서서 주변의 나무들을 보며, 저 나무들의 뿌리가 사방에 뿌려져 있겠지, 하고 생각했다. 주위는 아주 고요했다. 나는, 그 누구에게 들으라고 하는 소리처럼, 이곳에서는 그 누구도 아무도 아니다, 라고 소리쳤다. 자연 속에 있었지만 별 느낌은 들지 않았다. 대체로 자연은 내게 별다른 감흥을 주지 못했다. 그것은 악의도 선의도 갖고 있지 않은, 그냥 무심한 존재에 지나지 않았다.

빈터에는 밝은 햇살이 가득했다. 나는 그 햇살 한가운데 막연히 서 있었다. 어느 날 내가 죽게 되면 이 숲속의 빈터에서 햇살 속에 막연히 서 있던 것이 마지막 기억으로, 내 생의 한 집약처럼 떠오를 것 같았다. 그 순간이면 외로움도 공허도 아닌, 다만 약간의 쓸쓸함을 느끼면서 죽어가게 되겠지, 하고 나는 생각했다. 그러자 숲속의 빈터에서 햇살을 가득 받으며 서 있는 것이 감동적으로 다가왔지만 한낱 어떻게 해서 숲속의 빈터에서 햇살을 받으며 서 있게 된 것에 지나지 않는 것으로 받아들일 수 있었다.

그 생각이 들면서 나는 문득 춤이 추고 싶어졌다. 춤을 추게 만드는 그 무엇도 없는 곳에서 춤을 추는 것도 괜찮겠지, 하고 나는 생각했다. 하지만 실제로 춤을 추거나 하지는 않았다. 그 순간 누군가가 나타날 수도 있었다. 그는 내가 혼자 춤을 추는 것을 보고는 내가 정신이 나갔다고 생각할 것이 틀림없었다. 그래서 나는 내가 햇살 가득한 그 빈터에서 혼자 춤을 추는 상상을 했다. 그것은 상상만으로도 충분히 신나는 일일 수 있는 것처럼 여겨졌다. 그럼에도 전혀 신이 나지 않았다. 실제로 춤을 추는 것과 춤을 추는 것을 상상하는 일은 전혀 달랐다. 아니면 나의 상상력이 별로여서인지도 몰랐다.

그때 벌 한 마리가 날아와 내가 무슨 꽃이라도 되는 듯 내 머리에 내려앉으려 했다. 나는 그것이 머리에 내려앉지 못하게 머리를 흔들었다. 하지만 그것은 딴 데로 가지 않고 내 주위를 맴돌았다. 내가 바람에 흔들리는 꽃으로 보이나, 하고 나는 생각했다. 벌은 어떻게든 내 머리 위에 내려앉으려 했다. 문득 새들이 날아와 머리 위에 앉기도 했다는 어떤 성자에 관한 이야기가 떠올랐지만 그 순간 내게 일어나고 있는 일은 그 일과는 아무런 상관이 없는 것처럼 생각되었다. 이렇게 해서 얻어지는 건 아무것도 없을 텐데, 하고 나는 벌을 향해 소리쳤다. 하지만 그것은 물러가지 않았다. 결국 나는 벌을 피해 그곳을 떠났다.

나는 뒤쪽으로 꽤 큰 산이 버티고 있는 숲속으로 좀더 들어갔다. 개울이 하나 흐르고 있었고, 나는 그 옆으로 난 길을 따라 걸어갔다. 숲은 갈수록 깊어졌고, 길은 한낮인데도 어둑했다. 아름드리 나무들이 자라고 있었다. 나는 그 가운데서도 둥치가 큰 나무 한 그루 앞에서 멈춰 섰다. 그 아래에는 이끼들이 자라고 있었고, 그 사이사이로 버섯들이 약속이나 한 듯이 무리를 지어 자라고 있었다. 독버섯들이었다. 독버섯들이 다른 무엇도 아닌 독버섯처럼 자라고 있군, 하고 나는 생각했다.

독버섯 외의, 먹을 수 있는 버섯은 보이지 않았다. 대체로 먹을 수 있는 버섯은 눈에 잘 띄지 않는 곳에서 자라지, 하고 나는 생각했다. 나는 독버섯을 좀더 자세히 들여다보았다. 색상이 화려한, 무리를 지어 자라고 있는 독버섯은 묘한 느낌을 주었다. 그것을 먹으면 묘한 기분에, 그리고 야릇한 상태에 빠질 것 같았다. 그래서 한번 먹어보고 싶기도 하지만 먹어서는 안 되겠지, 하고 나는 생각했다.

독이란, 물론 이건 인간들이 만들어낸 기준에 의한 것이지만, 자연이 만들어낸 참으로 신기한 물질이란 말야, 하고 나는 생각했다. 어떤 점에서 그렇다는 거지? 독이 곧 약이 되기도 하니까 그렇지. 나는 누군가와 말을 주고받는 것처럼 혼자 생각을 했다.

그리고 또다른 상상도 했다. 그것은 내가 평소에도 자주 하는 상상이었다. 누군가에 의해, 또는 자신에 의해 독살을 당해, 삽시간에 독이 온몸으로 퍼져 신경이 마비되고, 근육이 경직되며, 심장이 멈추며 죽어가는 것은 내가 나의 죽음의 방식으로 생각하는 몇 가지 중의 하나였다.

나는 바위 하나에 앉았다. 주위는 조용했고, 나는 그 조용함에 압도당한 사람처럼 조용히 앉아 있었다. 하지만 내가 침묵을 지키고 있을 때면 평소에 그런 것처럼 누군가와 심한 언쟁을 하고 있는 듯한 기분은 들지 않았다.

그때 갑자기 무슨 인기척이 들렸다. 나는 깜짝 놀랐다. 그리고 그다음 순간에는 홀연히, 홀연히라고밖에 할 수 없게, 내 앞에 어떤 사내 하나가 서 있었다. 수염을 무성하게 기른 그는 얼굴이 우락부락한 게 산사람 같았다. 아니 그보다도 꼭 산적 같았다. 손에 도끼라도 하나 쥐고 있으면 어울릴 것 같은 모습이었다. 도끼 대신 그는 낫을 한 자루 쥐고 있었다. 그리고 그의 허리에는 소형 트랜지스터라디오가 매달려 있었고, 그 라디오에서는 나도 아는 흘러간 어떤 노래가 흘러나오고 있었다. 신나는 노래였고, 그만큼 시끄러운 노래였다. 산에서 혼자 듣기에는 아주 적당치 않은 노래처럼 여겨졌다.

그는 왼쪽 어깨에 망태기 하나를 메고 있었다. 그는 내게 무슨 할말이라도 있는 것처럼 나를 쳐다보았다. 나는 그가 말을 꺼내기를 기다렸다. 하지만 그는 아무 말도 하지 않았다. 나도 아무 말도 하지 않았다. 그는 계속해서 나를 쳐다보면서도 아무 말도 하지 않았다. 할말도 없으면서 왜 자꾸 쳐다보는 거지, 하고 나는 생각했다.

나는 그가 어깨에 걸치고 있는 것을 쳐다보았다. 그 역시 나를 쳐다보았다. 하지만 나는 그의 시선을 끌 만한 것을 들고 있지 않았다. 나는 아무것도 들고 있지 않았다. 그는 마치 나의 전신이 시선을 끌기라도 하듯 나를, 고개는 움직이지 않고 눈알만 굴려 내 머리끝에서 발끝까지를 훑어보았다. 하지만 그가 그런다고 해서 몸둘 바를 모르게 되거나 하지는 않았다.

"안녕하시오?" 내가 말했다.

하지만 그는 역시 아무 말도 하지 않았다. 그에게서 나는 말을 하는 것을 귀찮아하는 사람에게서 보여지는 태도를 엿볼 수 있었다.

"그건 뭔가요?" 나는 그가 들고 있는 망태기를 가리켰다.

그는 이자에게 이걸 보여줄까 말까 하고 망설이는 듯 잠시 가만히 있었다. 저 안에 뱀이 든 건 아니겠지, 하고 나는 생각했다. 그렇다면 보여주지 않아도 되는데. 조금 후 그는 그 안을 봐도 좋다는 건지 싫다는 건지 알 수 없게 망태기 속을 살짝만 보여주었다. 뭔지 알 수 없는 것들이 가득 들어 있었다.

"이게 뭐죠?" 내가 말했다.

"보고도 모르겠소?" 그가 말했다.

"잘 보이질 않아서." 내가 말했다.

그는 망태기를 조금 더 열어주었다. 나는 안을 들여다보려고 애를 썼다. 하지만 그는 내가 안을 들여다보려고 애를 쓰는 만큼 안을 보여주지 않으려고 애를 쓰는 것 같았다.

"이래도 모르겠소?" 그가 말했다.

"여전히 뭔지 모르겠는데요. 그냥 봐서는 뭔지 모르겠소." 내가 말했다.

그는 망태기를 다시 닫아버렸다. 나는 어이가 없었고, 그래서 어이가 없다는 표정을 지었다.

"약초요." 그가 말했다.

"아, 약초란 말이죠?" 내가 말했다.

나는 그를 쳐다보았다. 그에게서는 약초를 캐는 사람에게서 나는 특이한 냄새가 나는 것 같았다.

"그렇소." 그가 말했다.

"그러니까 당신은 약초를 캐는 분이시군요." 내가 말했다.

"약초 캐는 사람은 아니오. 어쩌다가 약초를 캐는 일은 있지만." 그가 말했다. "그러니 약초 캐는 사람이라고는 할 수 없소. 그리고 약초는 캐기도 하지만 따기도 하지. 따야 하는 약초도 있으니까."

그가 하는 얘기는 일리가 없지 않았지만 내게는 하나도 일리가 없게 여겨졌다.

"다른 무슨 일을 하시나요?" 내가 말했다.

"다른 일은 하지 않소. 가끔가다 약초를 캘 뿐이오." 그가 말했다. "가끔가다 약초를 캐긴 하지만 다른 일은 하지 않소."

그는 나를 쳐다보았다. 내가 뭐하는 사람인지를 물어오면 어떻게 말해버릴까를 나는 생각했다. 하지만 그는 내가 뭘 하는 사람인지는 묻지 않았다. 내가 뭘 하는 사람인지 물어오지 않았으므로 나는 나에 관해서는 아무 말도 하지 않을 수 있었다.

"여기서 뭘 하고 있는 거요?" 그가 말했다.

그의 말투는 마치 그의 영역 안에서 내가 뭘 하고 있는지 따지는 듯한 것이었다. 나는 솔직히 내가 여기서 뭘 하고 있는지 모르겠다고 말했다. 그는 이해한다는 표정으로도, 이해하지 못하겠다는 표정으로도 읽힐 수 있는 표정을 지으며 나를 쳐다보았다. 잠시 그는 아무 말 없이 우두커니 서 있었다. 나는, 실례가 되지 않는다면 옆으로 비켜서줄 수는 없을까요, 하는 말을 할까 하다가 말았다. 그는 내 바로 앞에, 나를 가로막고 서 있었다. 그 순간 그는 내 마음을 읽기라도 한 것처럼 망태기를 내려놓으며 내 옆에 앉았다.

우리는 잠시 아무 말 없이 바위 위에 앉아 있었다.

"혹시 담배 가진 거 있소?" 그가 말했다.

나는 못 들은 척 가만히 있었다.

"내 말 못 들었소? 혹시 담배 가진 거 있소?" 그가 다시 말했다.

나는 호주머니에서 담뱃갑을 꺼냈다. 남는 게 있으면 줄 수도 있지, 하고 나는 생각했다. 나는 담뱃갑 안을 들여다보았다. 아직 여러 대가 있었다. 한 대밖에 남아 있지는 않군, 하고 나는 생각했다. 나는 그에게 담배 한 대를 건네주었다. 그는 맛있게 담배를 피웠다. 나도 한 대 붙였다.

"그래 이 고장 사람 같지는 않은데 여긴 뭐하러 온 거요?" 그가 말했다.

그의 말투는 누군가를 나무라는 사람의 말투로 들렸다. 나는 내가 방문한 동생 얘기를 했다. 그는 내 동생을 아는 척을 했다.

"그 사람이라면 잘 알지. 좋은 사람이지. 그리고 훌륭한 친구지." 그가 말했다.

"좋은 녀석이긴 한데 훌륭하기까지 한지는 모르겠군요." 내가 말했다.

"훌륭한 친구요. 사심이 없는 친구지." 그가 말했다.

"사심이 없긴 하죠." 내가 말했다.

"그에게 괴팍한 성격의 형이 있다더니, 그래, 당신이 그 형인 모양이군." 그가 말했다.

"동생이 날 두고 괴팍하다고 했단 말이죠?" 내가 말했다.

"그렇소. 내가 보기에도 그래 보이는걸." 그가 말했다.

그에 의해 괴팍한 사람이 되어버린 나는 부끄러운 듯 시선을 내리고 가만히 그의 너덜너덜한 신발을 쳐다보았다. 괴팍한 건 내가 아니라 그 사내처럼 여겨졌다.

"나는 저 아래, 숲에 살고 있소." 그가 말했다.

"누구와 같이 살고 있나요?" 내가 말했다.

"혼자 살고 있소." 그가 말했다.

"아, 혼자 사시는군요?" 내가 말했다.

"돼지 한 마리와 함께 살고 있소." 그가 말했다.

"돼지라!" 나는 짐짓 감탄한 듯 말했다.

"수놈이오." 그가 말했다.

"수놈이라!" 나는 자못 감탄해 말했다.

"발정기가 머지않았소." 그가 말했다.

"발정기라!" 나는 정말로 감탄해 말했다.

그는 나를 이상하다는 듯 쳐다보았다. 나는 이상할 것도 없다는 표정을 지었다. 다시 우리는 말없이 앉아 있었다.

"자식은 있소?" 그가 말했다.

나는 고개를 끄덕였다.

"둘 있소." 내가 말했다.

그는 별 감흥이 없는 표정으로 고개를 끄덕였다.

"쓸 만한 녀석들이지요." 내가 말했다.

그는 무덤덤한 표정을 지었다.

"숲을 아오?" 그가 말했다.

그는 숲에 대해 알고 있는지 묻지 않고 숲을 아는지 물었다. 그 두 가지는 다른 것 같았다. 하지만 무슨 차이가 있는지는 알 수 없었다.

"안다고는 할 수 없겠고, 그래서 안다고는 할 수 없겠는데요. 내가 숲에 대해 아는 거라곤, 숲을 보면 그것이 숲이라는 건 아는 정도인 것 같군요." 내가 말했다.

"숲에는 숲에서 살아가는 사람이 필요로 하는 모든 것이 있소." 잠시 후 그가 말했다.

그는 그 말을 대단한 진리처럼 말했다. 나는, 그건 도시에서 사는 사람도 마찬가지지요, 라고 해줄까 하다가 말았다.

이자는 사람들과의 접촉이라곤 거의 없어 대화에 굶주린 사람 같군, 하고 나는 생각했다. 하지만 노인네들이 곧잘 그러듯 회한에 잠겨, 또는 감격스런 표정으로 젊은 시절의 그렇고 그런 얘기를 늘어놓거나 하지는 않는군. 그 점은 마음에 드는군. 그 점에서는 나와 비슷한 데가 있어.

한데 그 순간 그는 내가 생각지도 못한 짓을 하기 시작했다. 그는 벌레한테 물려 등이 가려운 듯 등을 긁기 시작했다. 내가 옆에 있었지만 아랑곳하지 않고 손을 옷 속에 넣고 북북 긁어댔다. 뭔가가 그의 옷 속에서 기어다니고 있는 것 같았다. 예의를 모르는 양반이군, 하고 나는 생각했다. 아니면 오랫동안 씻질 않아서 가려운 건가? 그는 등 위쪽의, 손이 닿지 않는 곳에 손을 뻗으려 안간힘을 썼다. 정중하게 부탁을 하면 내가 긁어줄 수도 있으련만, 하고 나는 생각했다. 하지만 그는 부탁 같은 것은 해오지 않았다. 그러면서도 보는 사람마저 근질근질한 느낌이 들게 계속해서 등을 긁었다. 이가 있는 건 아니겠지, 하고 나는 생각했다. 이가 있을지도 모른다는 생각을 하자 더이상 그의 옆에 있고 싶지 않았다.

나는 자리에서 일어났다. 그 역시 자리에서 일어났다. 망태기를 다시 멘 그가 앞장을 섰다. 하지만 나는 그와는 가는 방향이 달랐다.

"그럼, 이만." 내가 말했다.

"내려가는 길이 아니오?" 그가 말했다.

"올라가는 길이오." 내가 말했다.

나는 그가 내려온 길로 걸음을 옮겼다. 그는 나와 헤어지는 것이 아쉬운 듯 나를 쳐다보았다. 나는 그가 홀연히 내 앞에 나타난 것처럼 홀연히 사라지기를 기대했지만 그는 그렇게 하지 않았다.

"그 위로 뭐하러 가려는 거요?" 그가 말했다.

"모르겠소." 내가 말했다.

그는 잠시 제자리에 서 있었다.

"모르겠다, 좋은 대답이군." 그가 말했다.

나는 고개를 끄덕였다.

"그 길을 따라 계속 가면 바위가 하나 나오는데 그곳에서 왼쪽으로 접어들어 계속 가면 오래전에 산적들의 은신처로 이용되던 동굴이 있소." 그가 말했다.

그는 자신만이 아는 사실을 자랑하는 표정과 그 사실을 말해준 것이 후회된다는 표정이 섞인 표정을 지었다. 그 순간 그는 산적의 후예처럼 여겨졌다.

"내가 가끔 비를 피하는 장소이기도 하지요." 그가 말했다. "어쩌면 먹을 것이 남아 있을지도 모르겠소. 다 상했을지도 모르겠지만."

"꼭 한번 들러보죠." 내가 말했다.

"비가 오면 거기로 피하면 돼요. 비가 올 것 같지는 않지만." 그가 말했다.

"비가 오면 거기로 피하죠. 비가 올 것 같지는 않지만." 내가 말했다.

"그 동굴에는 박쥐도 있소." 그가 말했다.

"박쥐가 있는 동굴이라." 내가 말했다.

"그리고 개울을 따라 계속 올라가면 이 개울이 흘러내려가 이루게 되는 강의 발원지가 있소. 거기에는 작은 늪이 있지. 늪이라기에는 너무 작은." 그가 말했다.

"그런 걸 얘기해줘서 고맙소." 내가 말했다.

늪이 있단 말이지, 하고 나는 생각했다. 나는 그에게 얘기해주지 않은 또다른 것이 있는지 물어보려 했지만 어느새 그의 모습은 보이지 않았다.

나는 그가 내려온 길을 따라 올라갔다. 바위 하나가 나왔다. 그리고 그곳에서 길이 갈렸다. 나는 어느 쪽 길로 접어들지 잠시 망설였고, 나의 선택을 존중해 왼쪽 길로 접어들었다. 개울은 그 길을 따라 흐르고 있었다. 나는 개울가로 내려갔다. 약간 더웠고, 나는 신발을 벗고 발을 개울물에 담갔다. 바위에 앉아 발을 담근 채로 가만히 있자 기분이 좋았다. 그런데 발 옆으로 뭔가가 지나가는 것이 보였다. 가재였다. 커다란 가재 두 마리가 모래 위를 걸어가고 있었다. 나는 그중 한 마리를, 나를 물지 못하도록 조심하며, 집어들었다. 가재는 집게와 다리를 움직이며 허둥댔다. 허둥대는 모습이 꼭 가재 같군, 하고 나는 생각했다. 배를 뒤집자 작은 알들이 다닥다닥 달라붙어 있는 것이 보였다. 암놈이군, 하고 나는 중얼거렸다. 나는 가재를 내려놓은 다음 다른 가재를 집어들었다. 이건 수놈이겠지, 하고 나는 생각했고, 그것이 수놈인 것을 확인한 다음 다시 내려놓았다. 두 마리는 그사이 아무 일도 없었던 것처럼 갈 길을 갔다.

나는 계속해서 발을 담근 채로 앉아 있었다. 이제 발이 약간 시리기도 했지만 무슨 인내력을 시험하는 사람처럼 참았다. 그리고 또다시 뭔가가 보였다. 송사리의 아주 어린 새끼들이 무리를 지어 헤엄을 치고 있었다. 새끼 물고기들은 내 발을 자연물로 생각한 듯 태연히 그 곁을 지나갔다. 나는 두 손을 아주 살며시 물속에 담갔다. 물고기들이 갑자기 우왕좌왕하며 도망을 쳤지만 조금 후에는 다시 돌아왔다. 새끼 물고기 몇 마리가 내 손바닥 안에 들어왔고, 나는 갑자기 손바닥을 들어올렸다. 손바닥 안에 담긴 물속에서 물고기들이 다시 우왕좌왕했지만 조금 후에는 그것이 사람의 손바닥이라는 사실도 잊은 듯 그 작은 물웅덩이 속에서 태연히 헤엄을 쳤다. 나는 물고기들을 다시 살며시 내려놓아주었다. 그것들은 다시 아무 일도 없었던 것처럼 태연히 헤엄을 치기 시작했다. 그 물고기들을 보고 있자 내가 개울물에 발을 적신 그 몇 분 동안 그곳에서는 정말이지 아무 일도 없었던 것 같았다.

이제 더이상 발을 담그고 있는 것이 참을 수 없었고, 나는 자리에서 일어났다. 개울을 떠나 조금 더 가자 또다시 바위 하나가 나왔고, 그곳에서 또다시 길이 갈렸다. 조금 전 만난 사내가 말한 바위가 그 바위인지 그 아래에 있는 바위인지 알 수가 없었다. 나는 또다시 왼쪽 길로 접어들었다. 이제 개울은 보이지 않았다. 멀리서 개울이 흐르는 소리 같은 소리가 들리긴 했다. 조금 후 길이 갈라지는 곳에 이르게 된 나는 다시 왼쪽 길로 접어들었다. 조금 후에도 그 과정이 반복되었다. 그렇게 해서 길을 따라 올라갔지만 동굴 같은 것은 나오지 않았다. 나는 나뭇가지 하나를 분질러 지팡이를 만들었다. 지팡이는 가지가 굵지 않았고, 그래서 쉽게 휘어졌다. 지팡이로서는 그만인 지팡이는 못 되었지만 나는 그것을 지팡이처럼 들고 갔다.

숲은 더 울창해졌다. 그리고 몇 갈래의 길들이 나뉘어 있었지만 그 길들은 제대로 된 길이라고 할 수 없었다. 그리고 조금 더 가자 갑자기 더이상 길이 나오지 않았다.

결국 나는 숲속에서 길을 잃었다. 나는 지팡이를 짚은 채로, 아니, 짚기보다는 그냥 든 채로, 숲속에서는 흔히 길을 잃게 되지, 그리고 숲은 길을 잃기에 좋은 곳이지, 하고 생각했다. 상황에 어울리지 않는 생각이었지만, 그런 생각이라면 내가 잘 할 수 있는 것이었다. 그리고 그것은 그 상황에서는 도움이 되지 않는 생각이었지만 어느 점에서는 도움이 되었다. 그런 생각을 하고 있는 곳이 숲속이라는 생각이 들면서 약간 무섭거나 하지는 않았고, 다만 약간 우습게 생각되었다.

그래서 나는 숲속에서 길을 잃는 것은 얼마나 즐거운 일인가, 하고 생각했다. 그리고 또다른 생각도 했다. 나는, 더이상 길이 아닌 곳에서 길을 잃었다고 할 수 있을까, 하는 생각을 했다. 길을 찾게 되거나 못 찾게 되겠지. 길을 못 찾게 되지 않는다면 찾게 되겠지. 나는 그 밖에, 생각에 기대어 할 수 있는 몇 가지 생각을 더 했다.

하지만 숲의 고요가 잠시 나의 생각을 중단시켰다. 고요가 나를 에워싸고 있었다. 아늑한 느낌이 들었다. 길을 잃은 숲속 한가운데에 가만히 서 있자 지금까지의 나의 모든 삶이, 세상이 너무나 먼 곳에 있는 듯 아득하게만 느껴지지는 않았지만 세상에서 비켜난 곳에 와 있다는 느낌은 들었다. 눈을 감기만 해도 이상한 환영에 사로잡힐 것만 같았다. 문득 어려서 그렇게 숲에서 길을 잃었던 기억이 났다. 토끼를 잡으러 갔던 것은 아니지만 토끼와 마주치고는 그것을 잡으려고 산속을 헤매다가 길을 잃었던 것이다. 그때는 무서워했던 것 같았다. 하지만 어떻게 해서 다시 길을 찾게 되었는지는 기억이 나지 않았다.

그냥 그곳에 그대로 머물고 싶었다. 하지만 그대로 머물기로 작정하지 않은 마당에는 그대로 머물 수는 없었다. 그럼에도 나는 잠시 그대로 서 있었다. 숲은 울창했다. 대자연 속에 있다는 느낌은 들지 않는군, 몇 그루의 나무들에 둘러싸여 있다는 느낌은 들지만, 하고 나는 생각했다.

그런데 그때 근처에서 무슨 소리가 나더니 나무 사이로 뭔가가 모습을 나타냈다. 모습 전체를 드러내지는 않고 조금만 드러냈다. 조금만 드러낸 모습으로는 그것이 무엇인지 알 수 없었다. 조금만 드러낸 모습만으로는 너구리 같아 보였다. 너구린가, 나는 생각했다. 너구리거나 너구리가 아니겠지.

너구리일 수도 아닐 수도 있는 그것은 왜 자신의 영토에 누군가가 와 있는지 이해할 수 없다는 듯, 아니면 자신의 영토에 들어선 누군가에게 흥미가 생긴 듯 꿈쩍 않고 서서 나를 쳐다보았다. 나도 그 짐승을 가만히 쳐다보았다. 맹수와의 사이에서 있을 수도 있는 숨막히는, 긴장된 순간이 우리 사이를 지나가지는 않았다. 최소한 내 쪽에서는 그랬다. 나는 다분히 호기심어린 눈길로 그것을 바라본 것이다. 상대는 내가 그곳에 잠깐 있다가 가는 건 괜찮지만 오래 머무는 건 안 된다는 듯, 마치 그것을 가르쳐주려는 듯, 내 생각에는 그런 기분이 들게 나를 쳐다보았다. 나도 그런 거라면 이해한다는 듯 그것을 쳐다보았다.

그리고 조금 후 그 짐승은 나에 대한 호기심을 잃어버렸는지, 아니면 자신의 영토를 침범한 것을 이번만은 봐주겠다는 것인지 몸을 돌려 덤불숲 속으로 사라져버렸다.

나는 그것이 사라진 덤불숲을 바라보았다. 아름드리나무 아래로 관목들은 서로 얽혀 있고 뒤틀려 있었다. 한마디로 어지럽게 헝클어져 있었다. 숲은 어떤 난맥상의 느낌을 주었다. 대체로 정돈된 느낌을 주는 바다에 비해 내가 숲을 더 좋아하는 이유도 거기에 있었다.

조금 후 나는 발걸음을 돌렸다. 조금 전 만난 그 짐승을 통해 그곳이 내가 머물 곳은 아니라는 것을 알게 된 것처럼 그곳을 떠났다.

일단 나는 내리막길을 택한 후 계속해서 내려갔다. 다시 올라가는 길을 택해서는 안 된다는 것이 조난당할 수 있는 위험에서 벗어날 수 있는 유일한 방법이라는 것이 나의 생각이었다. 간단하면서도 현명한 생각이었다. 하지만 길은 내리막길로 이어지다가 다시 오르막길로 이어지기도 했다. 나는 몇 갈래로 난 길 중에서 하나를 선택해야 하는 몇 번의 순간을 맞았다. 그럼에도 내 느낌이, 그리고 나의 느낌에 비해 더 정확하다고 할 수 없는 내 기분이 말해주건대 나는 내려가고 있는 것 같았다.

그리고 조금 후에는 나의 그 기분이 틀리지 않았다는 것을 알 수 있었다. 잠시 헤맨 후에 나는 그다지 어렵지 않게 예의 그 약초를 캐고 내려오던 사내를 만났던 곳에 이르렀다. 내 기분에는 꽤 많이 올라갔던 것 같은데 내려오는 데 그다지 오래 걸리지 않았던 것을 보면 실제로 그렇게 많이 올라가지는 않은 모양이었다. 나는 구사일생으로 살아난 사람처럼, 하지만 그것과는 상관없이 담배를 한 대 피웠다. 몸 여기저기가 가렵기 시작했다. 숲속을 헤매느라 몰랐지만 여러 군데 모기한테 물린 자국이 나 있었다.

오는 길에 절을 지나왔지만 중의 모습은 보이지 않았다. 하지만 마당에는 그가 비질을 한 자국이 여전히 선명하게 남아 있었다.

동생놈 집에 돌아왔을 때에는 녀석은 자고 있었다. 깨울까 하다가 그대로 두었다. 깨우게 되면 화를 낼 게 틀림없었다. 녀석은 전날 잘 자놓고도 못 잔 사람처럼 코를 골며 정신없이 자고 있었다. 나도 그렇게 잠을 자고 싶었지만 잠은 오지 않았다. 나는 괜히 텅 빈 마당을 왔다갔다했다. 장작이라도 몇 개 팰까 했지만 동생놈이 일을 모두 끝낸 상태였다. 마당 한쪽 구석에는 동생놈의 똥개가 흙위에 엎드린 채로 한가롭게 얼굴을 핥고 있었다. 닭들은 자신의 동료 하나가 죽어간 것도 잊고, 그리고 자신들 또한 언제든 죽을 수 있다는 사실도 모른 채로 태연히 마당을 걸어다니고 있었다.

조금 있자 아들녀석이 왔다. 녀석은 폐광에 갔었다고 했다. 나는 믿을 수 없다는 듯 녀석의 얼굴을 쳐다보았다. 녀석의 얼굴에는 탄가루가 묻어 있었다.

"폐광에 갔었단 말이지?" 내가 말했다.

아들녀석은 고개를 끄덕였다. 그는 고개를 끄덕일 때면 필요 이상으로 많이 끄덕이는 버릇이 있었다.

"너, 전에도 내가 얘기했지? 너무 심하게 고개를 끄덕이지 말라고? 한두 번이면 된다고. 그렇게 심하게 고개를 끄덕이는 건 그것을 보는 사람에게 보기가 안 좋다고." 내가 말했다.

그렇게 얘기했는데도 이번에도 녀석은 연거푸 고개를 끄덕였다. 아주 나쁜 버릇이었고, 그만큼 쉽게 고쳐지지 않는 모양이었다.

"비소 광산은 아니고, 석탄광에 갔었죠." 녀석이 말했다.

"어디 있는 석탄광 말이냐?" 내가 말했다.

녀석은 손가락으로 어딘가를 가리켰다. 그가 가리키는 곳이 어디인지는 알 수 없었다.

"폐광에 갈 거면 나도 데려가지 그랬느냐?" 내가 말했다.

"폐광에 가고 싶어하는지는 몰랐는걸요." 녀석이 말했다.

녀석은 가끔 나로 하여금 할말을 잃게 만드는 말을 하곤 했다.

"그래, 폐광은 어떻더냐?" 말머리를 돌리며 내가 말했다.

"폐광 같더군요." 녀석이 말했다.

"어떻게 폐광 같더냐?" 내가 말했다.

"탄가루가 널려 있고, 커다란 구멍이 나 있는 게 진짜 폐광 같더군요." 녀석이 말했다.

녀석의 말만으로는 잘 상상이 되지 않았다. 좀더 물어보고 싶었지만 뭘 물어야 할지 잘 생각이 나지 않았다.

"깊이는 얼마나 되더냐?" 내가 말했다.

"푯말이 있긴 했지만 페인트가 벗어져 읽을 수가 없더군요." 녀석이 말했다.

갑자기 나는 그럴 필요가 전혀 없는데도, 그리고 어울리지 않게도 암담한 심정을 느꼈다. 마치 깊이를 알 수 없는 어두운 폐광 속을 들여다보고 있는 것 같았다.

"사진은 찍었냐?" 내가 말했다.

"네, 몇 장 찍었죠." 녀석이 말했다.

"언제 그 사진 좀 보여주거라." 내가 말했다.

"네, 그렇게 하죠." 녀석이 말했다.

나는 아직도 자고 있는 동생놈을 깨웠다. 자는 걸 깨웠는데도 녀석은 별로 화를 내지 않았다. 그사이 실컷 잤고, 일어날 때가 됐을 때 깨워서인지도 몰랐다. 녀석은 부엌으로 가더니 잠시 후 상을 차려 내왔다. 그는 어디서 물고기를 구했는지 그사이 어탕을 끓여 놓은 상태였다. 어탕 속에는 형체를 크게 잃지 않은 물고기들이 들어 있었다. 동생놈은 물고기들을 통째로 씹어 먹었다.

"맛있네요." 아들놈이 말했다.

"맛은 있구나." 내가 말했다.

나는 차마 머리까지 먹을 엄두는 나지 않았다. 하지만 몸통은 먹으면서도 머리는 안 먹는 게 근거 없게, 또는 근거가 부족하게 여겨졌지만 어쩔 수 없었다. 나중에 떼어낸 머리 개수를 세어보자 일곱 개는 되었다. 나는 그 물고기 대가리들을 마당에 있는 닭들에게 던져주었다. 닭들은 거의 환장을 하며 달려들었다.

"우리는 이제 그만 가야겠다." 식사를 끝낸 후 내가 말했다.

"좀더 있다 가죠? 하루 더 자고 내일 가죠?" 별로 잡을 기색이 없는 투로 녀석이 말했다.

"하루 더 있으면 내가 무슨 짓을 또 저지를지 몰라서 그래." 내가 말했다.

막내놈과 나는 차에 올라탔다. 동생놈이 약간 아쉬운 듯한 표정으로 우리를 쳐다보았다. 그는 무슨 생각이 났는지 잠시 기다리라고 했다. 조금 후 그는 뭔가가 담긴 비닐봉지를 가져왔다.

"숲에서 만난 사람 있죠? 그 사람이 형님 주라고 주더군요. 건강이 좋지 않아 보인다면서요." 녀석이 말했다.

"너나 먹지 그러느냐?" 내가 말했다.

"난 됐어요." 녀석이 말했다. "잘 달여 먹도록 해요."

"고맙다." 내가 말했다.

"언제든 머리를 식히고 싶으면 오도록 해요." 녀석이 말했다.

"너하고 한바탕하고 싶으면 그때 또 오겠다." 내가 말했다.

아들놈은 시동을 걸었고, 우리는 출발했다. 아들놈은 일부러 그러는 듯 꼬불꼬불하고 좁은 산길을 약간 속도를 내며 신나게 달렸다. 한마디 해줄까 하다가 말았다.

곧 큰길로 나온 우리는 강을 따라 나 있는 아스팔트 도로를 달렸다. 아들놈은 이제야 속도를 줄였다. 조금 더 가자 강의 얕은 곳에 앉아 있던 새들이, 그래, 그것들은 학이었다, 일제히 날아올랐다. 학들이 일제히 날아오르는 광경은 장관이었고, 그래서 나는, 장관이 따로 없군, 하고 생각했다.

아들놈이 차를 세웠다. 그는 카메라를 꺼내 밖으로 나가 날아오르는 학떼를 촬영하기 시작했다. 나도 밖으로 나가 담배를 한 대 태웠다. 한 무리의 학떼가 날아올라 날아갔지만 그만큼의 학떼가 또다시 날아와 내려앉았다. 학들은 특유의 몸짓으로 춤들을 췄다. 아들놈은 계속해서 사진을 찍었다. 그는 사진은 잘 찍는 것 같았다. 언젠가 그가 곤충과 꽃과 기계 부품과 얼핏 보아서는 알 수 없는 것들을 근접 촬영한 사진을 보여준 적이 있었는데 멋지게 보였다. 그리고 한번은 사막에서 찍은 사진을 전시한 적이 있었는데 사진에 대해 잘 모르는 내가 보기에도 괜찮은 것 같았다. 어쨌든 사진에 대해 잘 모르는 사람이 보기에도 괜찮지 않은 것으로는 보이지 않았다.

우리는 다시 차에 올라탔다. 그사이에도 학떼의 군무는 계속되고 있었다. 우리는 호르몬 때문에, 또는 다른 어떤 이유로 춤을 추지 않고는 배기지 못하는 학떼를 뒤로하고 출발을 했다. 우리는 잠시 아무 말 없이 앉아 있었다.

"우리가 함께하는 동안 내가 느끼는 이 불편한 느낌이 네게도 느껴지니?" 내가 말했다.

말은 그렇게 했지만 아들놈과 함께하는 여행은 편안했고 기분이 좋았다.

"나는 즐거운데요." 막내놈이 말했다. "같이 이렇게 여행을 하니까 정말 좋은데요."

나는 아무 말도 않고, 녀석이 또 무슨 말을 할지 두고 보았다. 하지만 녀석은 아무 말도 하지 않았다.

이제 강폭은 조금씩 넓어지고 있었다. 조금 더 가자 강에서 동네 아이들로 보이는 아이들이 헤엄을 치고 있는 것이 보였다. 나는 아들놈에게 차를 세우게 했다. 우리는 밖으로 나왔다.

강은 폭이 넓다면 넓고 좁다면 좁아 보였다. 물을 볼 때면 늘 그 폭을 가늠하기가 어려웠다. 바다에 가 그 앞에 놓여 있는 섬을 볼 때도 그랬다. 물은 그 거리가 보기보다 짧은지 혹은 긴지 판단을 내리기가 어려웠다. 아마도 때로는 보기보다 짧기도 하지만 때로는 길기도 할 것이다.

"여기서 물에 좀 들어갔다가 가자."

나는 그 말을 한 후 옷을 벗기 시작했다. 그것이 잘하는 짓인지 확실치 않았다. 아들놈은 언제 벗었는지도 모르게 훌렁 옷을 벗은 후 언제 뛰어들었는지도 모르게 물속에 들어가 있었다. 녀석은 수영을 아주 잘했다. 나는 수영이 서툴렀다. 나는 물이 허리까지 차오르는 곳 이상은 들어가지 않았다.

아들놈은 벌써 강 한가운데로 가 내게 더 들어오라고 소리쳤다. 나는 물이 목까지 차오르는 곳까지 나갔다. 그러고는 살짝 헤엄을 쳤다. 몸이 물에 떴다. 나는 좀더 헤엄을 쳤고 좀더 앞으로 나아갔다. 나는 헤엄을 멈췄다. 몸이 가라앉았다. 발이 바닥에 닿지 않았다. 나는 허우적거리기 시작했다. 갑자기 몸에 마비가 왔다. 몸이 한없이 가라앉았다. 간신히 어떻게 해서 수면 위로 나왔지만 다시 가라앉았다. 나는 소리를 질렀다. 아들놈이 나를 본 것 같았다. 그가 내게로 헤엄을 쳐 왔다. 나는 녀석의 사지를 악착같이 붙잡았다. 녀석은 팔로 내 목을 휘감았다. 녀석은 자신도 물을 먹으면서도 나를 붙든 채로 결사적으로 헤엄을 쳤다.

어떻게 물 밖으로 나왔는지 모르겠다. 우리가 밖으로 나왔을 때 더 맛이 간 것은 아들놈이었다. 나는 기침은 하면서도 서 있을 수는 있었지만 아들놈은 완전히 탈진해 쓰러져 있었다. 녀석은 나를 구하려다 하마터면 익사할 뻔한 것이다.

조금 있자 아들놈이 정신을 차렸다. 그의 창백한 안색 위로 황당한 일을 겪은 사람이 지어 마땅한 표정이 떠올랐다.

"수영을 할 줄 아는 줄 알았어요. 수영을 못하면 들어오지 말 것이지." 녀석이 나무라듯 말했다. "물에 빠진 아들을 구하려다 죽은 아버지 얘기는 많이 들었어도 물에 빠진 아버지를 구하려다 죽은 아들 얘기는 들어본 적이 없는데 내가 하마터면 그렇게 될 뻔했군요."

"괜찮으냐?" 내가 말했다.

"괜찮아 보여요?" 녀석이 말했다.

"안 괜찮아 보이지는 않는구나." 내가 말했다.

"괜찮은 것 같아요." 녀석이 말했다.

지금껏 살면서 두 번의 구사일생이 있었는데 두 번 모두 물에서였다. 한 번은 그때였고, 다른 한 번은 어린 시절 어느 겨울 얼음이 언 강물 위에서 놀다가 얼음이 깨지면서였다. 얼음장 속으로 떠내려간 나는 어떻게 운이 좋게 아래쪽에 있는 숨구멍 밖으로 기어나와 목숨을 구할 수 있었다.

우리는 우리의 목숨을 앗아가려 한 그 강에 더이상 머물고 싶지 않았고, 그래서 곧 그곳을 떠났다. 한데 차를 타고 가자 조금 전 죽을 뻔하다가 살아났는데도 이상하게도 즐거웠다.

"전에 남태평양의 어느 섬에 간 적이 있어요." 녀석이 말했다.

녀석은 여행을 많이 했다. 그는 자유롭게 살아가고 있었다.

"그런데?" 내가 말했다.

"섬에서 삼십 분 정도를 배를 타고 나갔죠. 낚시를 하기 위해서요. 고기가 아주 많이 잡히더군요. 하지만 너무 많이 잡혀 낚시하는 게 별로 재미가 없어졌어요. 그래서 물속으로 뛰어들었죠. 그런데 한참 수영을 하다가 갑자기 어떤 생각이 들면서 몸이 얼어붙기 시작하는 거예요. 그곳 바다는 섬에서 가까운 곳은 경사가 아주 완만해 얕지만 조금만 나아가면 갑자기 수심이 깊어지죠. 그곳은 세상에서 수심이 가장 깊은 바다거든요. 아마 내가 헤엄을 친 곳도 수심이 수천 미터는 되었을 거예요. 문득 바닥을 알 수 없는, 수천 미터나 되는 심연 위에 떠 있다는 생각을 하자 두려움에 사로잡히게 된 거예요. 순간적으로 온몸이 얼어붙었죠. 그다음부터는 헤엄을 치기가 어려워지더군요. 배 위에 있던 사람이 구명 튜브를 던져

주어 간신히 물 밖으로 나올 수 있었죠." 녀석이 말했다.

"수심이 수천 미터나 되는 바다 위에서 수영을 하는 건 멋진 일일 것 같구나." 막내가 얘기한 수천 미터의 검은 공간을 상상하며 내가 말했다.

"두려움을 느끼지만 않는다면요." 녀석이 말했다.

새삼스럽게 아들놈이 마음에 들었다. 우리는 잠시 말없이 앉아 있었다. 우리에게는 말없이 통하는 데가 있는 것 같았다.

"어제 네가 한 얘기 말이다." 내가 말했다.

녀석이 나를 쳐다보았다.

"인간 복제 얘기 말야. 나도 너와 생각을 같이하고 싶구나." 내가 말했다.

막내놈이 호기심어린 얼굴로 나를 쳐다보았다.

"지금의 인간들이 만들어낸 세계를 보면 지금의 인간과는 전혀 다른 인간들이 생겨나는 것도 괜찮은 것 같아." 내가 말했다. "복제인간뿐만 아니라 기계 인간을 비롯해 온갖 변종과 잡종이 출현해 공생하는 것도 괜찮은 것 같아. 그 뭐냐, 유전자조작으로 반인반수가 탄생하는 것도 괜찮고."

막내놈은 거기까지는 생각지 못했다는 듯 나를 쳐다보았다.

"어쨌든 인간들이 인간 위주로만 생각할 줄 안다는 건 문제가 있죠." 그가 말했다. "새로운 인간이 출현하면 인간에 대한 정의가 완전히 새로워질 거예요. 그렇게 되면 새로운 윤리학이 필요할

거고요."

나는 지금까지의 인간과는 전혀 다른 온갖 종류의 인간들이 살아가는 세계를 상상해보았다. 하지만 그들 모두가 인간이라는 생각을 하자 따분해졌다.

서서히 졸리기 시작했다. 하지만 잠이 들지는 않았다. 집에 가면 잠부터 자야지, 하고 나는 생각했다. 멀리 해바라기처럼 보이는 것들이 넓게 펼쳐진 들판이 보였다. 나는 노란 꽃에 싸여 촘촘히 박혀 있는 해바라기 씨앗을 생각했다. 어디에서 읽은 바로는 그 씨앗들은 엄격한 수학적 질서에 따라 원을 그리고 있었다.

이제 저녁 무렵이었고 점차 어두워지고 있었다. 잠시 비가 뿌리더니 금세 멎었다. 비가 갠 후 구름이 빠른 속도로 흘러가고 있었다. 내가 사는 도시가 가까워지면서 마음이 무거워졌다. 나는 아무 말 없이 한참 동안 차창 밖 하늘을 내다보았다. 마침내 우리는 자연의 숲과는 또다른 콘크리트 숲으로 뒤덮인 도시로 들어섰다.

우리가 내 집에 도착했을 때에는 구름이 완전히 걷히며 대기는 다시 밝아졌다. 아들놈은 나를 내려준 후 자신의 집으로 갔다. 하룻밤 같이 지내자고 할까 하다가 그만두었다. 그도 나도 불편할 것이었다.

집에 오면 잠부터 자려고 했지만 막상 집에 오니 잠은 오지 않았다. 바깥출입을 한 후 집에 돌아오면 늘 그러듯 나는 잠시 안절부절못하고 집안을 서성였다. 집이라고 해봐야 좁아터졌고, 그래서 서

성이는 데 장애물이 많았고, 그래서 물건들을 피해 다녀야 했다.

나는 창가로 갔다. 저녁 하늘에 초승달이 떠 있는 것이 보였다. 그 광경은 그날 저녁 내가 기대했던 하늘의 모습은 아니었지만 나는 초승달이 천천히 움직이는 것을 바라보았다. 그리고 그것을 오래도록 바라보고 있자 별들이 하나씩 떠 있는 것도 보였다. 별들의 숫자는 내가 하늘을 바라보고 있는 동안 점점 늘어났다. 그때 바깥 거리에서 무슨 소리가 들렸다. 이상한 복장을 한 몇 명이 지나가는 것이 보였다. 그들은 전통의상을 입은 채로 어떤 악기를 연주하며 천천히 걸어가고 있었다. 거리의 악사들인가, 하고 나는 생각했다. 그들이 무슨 이유에서 악기를 연주하며 걸어가고 있는지는 알 수 없었다. 네 명이었는데 다들 키가 작았다. 그리고 나이가 든 듯 아주 느린 걸음으로 걸음을 옮겼다. 나는 그들이 모퉁이를 돌아 사라지는 것을, 그리고 그들이 사라져버려 텅 비게 된 모퉁이를 가만히 바라보았다. 내가 어떤 결심을 한 것은 그 순간이었다. 하지만 그 결심의 내용이 어떤 것인지는 그 순간에는 분명치 않았다. 다만 주먹을 가볍게 쥔 것이 전부였다.

나는 창가에서 물러나 방안에 조용히 앉아 있었다. 유리창에 비친 나의 모습이 눈에 들어왔다. 그 모습은 지친 기색이었다. 그리고 그것은 단지 일박 이일간의 여행에 지친 것이 아니라 지금까지의 삶이라는 긴 여정에 지친 모습이었다.

나는 술을 한잔했다. 한 잔이 두 잔이 되고 두 잔이 여러 잔이 되었다. 취기가 돌았다. 두 아들과 동생과 함께한 일박 이일 동안의 일들이, 숲속에서 길을 잃은 일과 물에 빠져 죽을 뻔한 일이, 그리고 그 밖의 일들이 억센 느낌으로 잡아채는 듯한 것이 아닌, 살며시 붙드는 듯한 부드러운 슬픈 느낌으로 다가왔다. 나는 그 슬픔이 얼굴에 고이기라도 한 듯 얼굴을 어루만지다 소파 위에서 깜빡 잠이 들었다.

잠이 들었다가 엄청나게 큰 화려한 색상의 독버섯들이 자라고 있는 버섯숲을 헤매는 꿈을 꾼 후 다시 깼을 때에는 아주 늦은 시각이었다. 머릿속이 멍했다. 지난 이틀 동안에 마주치거나 보게 된 것들이, 동생 집에 가는 길가에서 싸우고 있던 두 사람과 그들을 둘러싸고 있던 사람들이, 아버지의 제사상에 올려진 닭과 아침 산책길에서 만난 똥개가, 절 마당을 쓸고 있던 중이, 그늘 속에 앉아 있던 부처가, 약초를 캐고 내려온 사내가, 개울의 가재와 물고기가 하나씩 떠올랐고, 그것들 모두를 한꺼번에 떠올리자 그 모두가 하나인 것처럼 여겨졌다. 하지만 나는 그래서 어떻다는 거지, 하고 생각했다. 소파에서 잠을 자고 나자 어깨가 뻐근했다. 그리고 모기한테 물린 자국들이 다시 가렵기 시작했다. 나는 가려운 곳을 정신없이 긁었고, 그사이 정신이 어느 정도 들었다.

정신을 차린 나는 아들 둘에게 차례로 전화를 했다. 하지만 그들은 전화를 받지 않았다. 잘됐군, 하고 나는 생각했다. 딱히 할말이 있었던 것도 아니었다. 나는 잠시 그들은 이 시간에 무슨 생각을 하고 있을지를 생각해보았다. 알 수 없었다. 생각 같은 건 하지 않고 있는지도 모르지, 하고 나는 생각했다. 이미 자고 있을 터였다. 어쩌면 옆에 여자를 끼고 자고 있는지도 몰랐다. 나는 잠시 자고 있을 두 아들에 대해 생각했다. 둘 모두 자면서 몸부림을 많이 쳤다. 물론 그건 어려서 얘기였다. 이제는 몸부림 같은 건 안 치는지도 모르지, 하고 나는 생각했다. 몸부림은 더이상 치지 않지만 코를 골지도 모르겠군. 나는 잠시 녀석들에 대한 생각을 했다.

주위는 아주 조용했다. 열어놓은 창문으로 들어온 바람에 커튼이 소리 없이 흔들리고 있었다. 그것을 가만히, 그리고 오래도록 바라보고 있자 그것을 바라보고 있는 나 자신은 그곳에 없는 것처럼 여겨졌다. 모든 것이 거짓말처럼 느껴졌다. 내가 집을 나서기로 결심을 한 것은 그 순간이었다.

양떼 목장

그 무렵 나는 한 친구 집에 머물렀다. 둘도 없는 절친한 친구는 아니었다. 어쩌다가 알게 된 사람이었는데 나와는 죽이 잘 맞았다. 어쨌든 내 쪽에서는 그렇게 생각했다. 그는 깐깐한 성격은 아니었다. 그건 나 또한 그랬다. 그는 매사가 아무래도 좋다는 식이었다. 나 역시 마찬가지였다. 그의 집은 목장 한가운데 있었다. 그래서 목장이 자연스럽게 그의 집을 둘러싸고 있었다. 그래서 그의 집에 가자면 목장을 가로질러가야 했다. 목장은 그의 것이었다. 그리고 그 목장에는 양떼가 살고 있었다. 다른 가축들, 가령 젖소나 사슴 같은 것은 없었다. 토끼가 있긴 했지만 양들이 좀더 중요한 위치를 차지하고 있었다.

목장은 구릉 하나를 차지하고 있었다. 구릉은 완만한 경사를 이루고 있었고, 그 위를 걸어다니는 것은 그다지 힘이 들지 않았다.

힘이 부칠 때까지 계속해서 걸어다니지 않는다면 그랬다. 그럼에도 나는 양떼를 몰고 가는 때가 아니면 그 위를 괜히 걸어다니기를 즐기지 않았다. 대체로 나는 풀을 뜯고 있는 양떼와 일정한 거리를 유지한 곳에서, 풀밭 위에 가만히 누워 있곤 했다. 특히 구릉의 중심부쯤 되는, 분화구처럼 푹 팬 곳에 누워 하늘을 바라보곤 했다. 그곳에서 하늘을 바라보면 하늘은 구릉 가장자리의 폭 때문에 아주 작게 보였다. 그런 다음 그곳에서 구릉의 높은 곳으로 올라가 하늘을 바라보면 하늘은 아주 커 보였다.

나는 우리의 목장을 방목장으로 부르기를 좋아했다. 방목장이라는 말은 울타리가 있기는 하지만 그 안에서만큼은 그 안에서 생활하는 것들이 자유롭게 돌아다닐 수 있다는 느낌을 주었다. 물론 양들은 자유롭게 거닐다가도 그 밖으로 나아가서는 안 되는 울타리가 있다는 사실을 확인하고는 걸음을 되돌려야 했다. 하지만 울타리는 낡아 군데군데 부서져 있어 마음만 먹는다면 그 너머로 갈 수도 있었지만 양들은 그렇게 하지 않았다. 그렇게 해서는 안 된다는 것을 배워서인지 아니면 타고난 소심함 때문인지는 알 수 없었다.

방목장의 양들의 수가 정확히 몇 마리인지는 알 수 없었다. 내 친구는 그 숫자를 내게 얘기해주지 않았다. 정말 궁금했다면 그에게 물어보면 간단히 알 수 있었을 것이다. 하지만 나는 그 숫자에는 관심이 없었다. 어쨌든 그다지 많지 않았다. 그 숫자를 정 알고 싶다면 그냥 세어보기만 해도 되었을 것이다. 양떼가 이동중이라

해도 재빠르게 세면 알 수 있었을 것이다.

어쨌든 나는 양들을 하나의 무리로 보았고, 그것들 역시 무리를 지어 다녔다. 양들에게서 발견되는 가장 큰 특징 중 하나는 그것들이 무리를 짓기를 좋아한다는 것이었다. 어쩌다가 방심한 양 한두 마리가 무리에서 벗어나는 경우도 있었지만 곧 그것들은 정신을 차리고 자신들이 속해 있어야 할 무리 속으로 들어갔다. 양들은 이 동중에도 무리가 자신을 떼어놓고 가지는 않는지 계속해서 주의를 기울였다. 혼자 있기를 좋아하는 성격은 양에게서는 찾아볼 수 없는 것이었다.

우리의 방목장의 양들은 일정한 시기가 되어서도 털을 깎거나 하지 않았다. 양들의 털은 빛깔이 좋지 않았는데 손질을 해주지 않아서이기도 했지만 털 자체가 별로 쓸모없는 것이었다. 양들의 주된 용도는 고기를 얻는 데 있었다. 하지만 양고기를 찾는 사람이 별로 많지 않아 성년이 된 양들도 팔려나가는 경우가 드물었다. 수요가 많지 않다는 점에 비춰보면 양들의 숫자가 별로 되지 않는 것은 다행이라면 다행이었다. 그리고 식용으로 쓰이는 양의 주된 소비자는 그것을 돌보는 사람들, 즉 내 친구와 나, 그리고 방목장에서 일하는 두 명의 일꾼과 그들 가족이었다. 일꾼들은 근처 마을에 사는 사람들이었는데 며칠에 한 번 와 일을 거들어주곤 했다. 며칠 만에 온 그들은 대충 일을 하고는 쉬거나 직접 잡은 양고기를 먹은 다음 남은 고기를 싸갔다. 둘은 모두 대단한 술꾼들로 늘 약간 취해 있었다.

하지만 외진 곳에 있는 우리의 양떼 목장에도 가끔 사람들이 찾아오곤 했다. 근처에 있는, 관광객들을 위해 개방되는, 규모가 큰 소떼 목장을 찾아가다가 길을 잘못 들어서 오게 되는 사람들이었다. 실제로 양떼 목장은 소떼 목장을 가다가 길을 잃지 않고서는, 일부러는 찾아오기 어려운 곳에 있었다. 그럼에도 우리의 방목장 입구에는 탐방을 환영한다는 푯말이, 별로 환영하지 않는다는 인상을 주긴 했지만, 그리고 거의 쓰러져 있긴 했지만, 세워져 있었다. 그리고 그 푯말 옆에는 주로 산중에 있는 절에 이르는 길에 있는 작은 돌탑이 있었는데, 그것이 그곳에 있는 이유는 알 수 없었다. 내 친구도 그 이유는 몰랐다. 우리의 방목지를 지나 더 가면 절이 있는 것도 아니었다.

나는 가끔 방목지를 찾는 사람들에게 길안내를 하기도 했다. 나는 그들에게 양에 관해 자세하게 설명해주지 않았다. 그들이 물어오는 것에 대해서도 기분이 내킬 때에만 대답해주었다. 사람들은 내가 친절한 안내인이 못 된다는 것을 알고 나서는 더이상 아무것도 묻지 않았다. 주로 나는 사람들이 양떼에게 너무 가까이 접근하거나 시끄러운 소리를 내 양떼를 놀라게 하지 못하게 하는 일을 했다. 특히 나는 짓궂은 아이들이 양들을 향해 뭔가를 집어던지거나 하는 일이 없도록, 아이들이 올 때면 신경을 곤두세웠다. 그럼에도 그런 아이들이 있었는데 그럴 때면 나는 그들을 그 즉시 내쫓아버렸다. 그래서 가끔 아이들 부모와 불화가 있기도 했지만 나의 입장은 단호했다. 나 자신이 양떼 목장의 안내인으로서 적격은 아니라는 생각을 하지 못한 것은 아니었지만 그럼에도 나는 그 일을 마다하지 않았다.

조용한 방목장은 거의 변화가 없는 것 같았지만 계절에 따라 모습을 달리했다. 눈이 쌓이는 긴 겨울 동안에는 양들은 우리 속에서 조용히 지냈다. 양들은 일정한 시간에 그들의 우리 속으로 던져진 건초를 먹으며 겨울이 끝나 다시 목초지로 나갈 수 있기만을 기다렸다. 그것이 그동안 그들이 할 수 있는 다였으니까. 양들이 제일 좋아하는 계절은 여름이었다. 여름이 되면 목초지는 풀로 뒤덮였고, 풀벌레 소리로 요란했다. 여름이면 양들은 자신들이 좋아하는 풀을 실컷 뜯어먹을 수 있었다.

방목장에는 특히 나비가 아주 많았다. 왜 양떼 목장에 하필이면 나비가 많은지는 알 수 없었다. 그중에는 무늬가 아주 예쁜 것들도 있었다. 나비 채집에 관심이 있는 사람이라면 아주 좋아할 만한 곳이었다. 하지만 방목장을 찾아드는 나비 중에는 내가 좋아하는 호랑나비는 없었다. 나는 나비로는 호랑나비만한 것이 없다고 생각하고 있었다. 그래서 나는 목장 위를 날아다니는 나비들을 애착 없이 바라보았다. 그럼에도 그것들은 내가 아닌 서로를 향해 서로를 유혹하는 춤을 추며 때로는 나란히, 때로는 앞서거니 뒤서거니 하며 날아다녔다. 자신들의 춤을 통해 꿀을 머금은 꽃이 얼마나 떨어진 곳에 있는지, 그곳까지 가려면 어떻게 해야 하는지, 그리고 꿀의 품질은 어느 정도인지까지를 동료들에게 알려주는 벌과 마찬가지로 나비들 또한 그런 자세한 정보를 교환하는지는 알 수 없었지만 그것들의 춤 또한 많은 의미를 담고 있는 것 같았다.

하지만 양떼 목장이 가장 인상적으로 여겨지는 때는 양들의 모습이 보이지 않는 때였다. 수시로 안개가 끼는 아침에, 또는 한여름에 날이 흐려 짙은 안개가 목초지를 뒤덮으면 양들은 안개 속에서 자취를 감췄고, 양들의 울음소리만 멀리서 또는 가까이서 들려왔는데 그때만큼 양떼 목장이 기이하면서도 아늑하게 여겨지는 때는 없었다. 그 순간은 거의 초현실적인 느낌을 주었다. 그것은 그 시간에 그 장소에서 그것을 경험하지 않은 사람은 실감하기 어려운 것이었는데 그 비현실적이면서도 기이한 느낌에 사로잡히지 않는 것 또한 어려운 일이었다.

양떼 목장에서 내 지위는 애매했다. 나는 손님으로 왔지만 마냥 손님으로만 있을 수는 없었다. 주인은 내가 그의 일손이 되어주기를 바랐지만 곧 내가 일손으로는 별로 쓸모가 없다는 사실을 알고는 나를 일손으로 만드는 것을 포기했다. 그럼에도 나는 목장에서 관리인 또는 관리인 비슷한 존재가 되었다. 누구도 내게 관리인이라는 직함을 주지는 않았다. 그럼에도 나는 스스로를 관리인쯤으로 생각했다. 하지만 관리인으로서 내가 한 일은 없었으며, 관리인이 아닌 어떤 자격으로, 역할로 한 일도 없었다. 그럼에도 나는 친구를 위해 몇 가지 시키지도 않은 일을 하긴 했다. 하지만 힘든 일은 하지 않았다. 힘든 일을 하면 그건 내가 아니라는 식이었다. 내가 주로 한 일은 양떼 가까이 있어주는 것이었다. 나는 자신들의 모습을 지켜봐주기를 바라는 양떼를 지켜봐주었고, 자신들의 울음소리를 들어주기를 바라는 그것들의 울음소리를 들어주었다. 그리고 양떼가 울타리를 넘어가지 못하게 했다. 하지만 양떼가 울타리를 넘어가는 일은 없었고, 그래서 그 일은 굳이 할 필요도 없는 일이었다. 하지만 나는 그 일을 했다. 나는 굳이 할 필요가 없는 일이라면 꼭 하는 편은 아니었지만 그래도 하는 경우가 있었다.

나는 양떼를 매일같이 지켜보았지만 사실 양 한 마리 한 마리에게 커다란 애정을 갖고 있지는 않았다. 내 친구는 한 마리 한 마리를 구별했지만 나는 그렇게 하지 못했다. 내게 양들은 무리로서만 존재했고, 나 또한 무리로서만 그것들을 대했다. 실제로 한 마리를 놓고 보았을 때에는 양은 그다지 인상이 좋지 않았다. 어딘가 모르게 신경질적이고 불안하게 여겨졌는데 실제로 그러한 점들이 없지 않았다. 그리고 양은 의심이 많았고, 성격도 고분고분하지 않았다. 그 점에서는 선량한 눈망울만큼이나 유순한 소와는 아주 달랐다. 그리고 고집이 세긴 하지만 사랑스러운 데가 있는 염소와도 달랐다. 양은 그것과 가까이서 지낼 경우에는 가까이하기 어려운 것이었다. 양은 어딘가 불길한 구석이 있는 것 같았다. 하지만 무리로서의 양은 괜찮았다. 무리로서의 양들에게서는 한 마리 양에게

서 느껴지는 불길함이 없었다. 물론 이 모든 것은 나의 주관적인 느낌이었다.

그리고 양들에게서 내가 좋아한 점은 그것들이 반추동물 특유의, 생각을 반추하는 듯한 표정으로 우두커니 서 있는 모습이었다. 양들은 하루종일 씹고 또 씹었다. 씹느라고 하루를 다 보냈다. 네 개의 위를 가진 양들은 씹어 넘긴 것을 다시 뱉어낸 후 씹기를 반복했다. 하지만 생각에 잠긴 것처럼 보이기도 하는 그것들이 생각에 잠긴 것처럼 여겨지지는 않았다. 턱을 끝없이 움직이며 씹느라 아무 생각도 없는 것 같았다. 그럼에도 무슨 생각엔가 골똘히 잠긴 것처럼 보이기도 했다. 하지만 그것들이 무슨 생각을 한다 해도 그것이 무엇에 대한 것인지는 알 수 없었다. 나는 양들의 그 수수께끼 같은 모습이 마음에 들었다.

나는 막연하게, 그곳에서 한 해를 보내고 싶었다. 그 한 해는 막연한 한 해가 될 것이었다. 초원의 봄, 여름, 가을, 겨울을 보고 싶어서는 아니었다. 굳이 일 년일 이유는 없었다. 하지만 일 년이 지났고 그후로도 나는 그곳을 떠나지 않았다. 그곳을 떠날 이유를 찾기 전까지는 그곳을 떠나지 않을 수 있었다. 내가 어디에 있는가는 더이상 중요하지 않았다.

양떼 목장에 온 후 처음 한동안은 나는 양떼 목장을 벗어나지 않았다. 목장 너머의 세계는 내가 발을 들여서는 안 되는 곳처럼 여겨졌다. 하지만 마치 목장 울타리 어딘가에 나 있는 구멍을 통해 울타리를 벗어나 바깥세계를 조금씩 염탐하는 가축처럼 나의 반경은 조금씩 넓어지기 시작했다.

목장 밖으로 나가는 산보를 통해 내가 최초로 발견한 곳은 채석장이었다. 채석장은 목장에서 멀지 않은 곳에 있었다. 나는 석공이 땀을 흘리며 열심히 묘비나 다른 뭔가를 다듬는 일을 지루한 얼굴로, 하지만 흥미롭게 지켜보곤 했다. 그는 자신이 일을 하는 것을 누가 지켜보는 것에는 개의치 않았다. 내가 지켜보고 있다고 해서 더 열심히 일을 하거나 하지는 않았다. 그는 항상 열심히 일을 했다. 너무 그렇게 열심히 하지는 말라고 말리고 싶을 정도였다. 나는 그가 정신없이 일을 하는 것을 정신없이 지켜보다가 목장으로 돌아오곤 했다. 가끔은 그가 일하는 모습을 지켜보다 깜빡 잠이 들었다가도 쇠 징이 돌에 부딪히는 소리에 정신이 번쩍 들어 일어나기도 했다. 그는 내가 그를 도와 석공 일을 하는 건 어떻겠느냐는 제안을 해오기도 했다. 나는 말도 안 되는 그 제안에 그냥 웃기만 했다.

그리고 한번은 친구를 따라 근처 강가에 있는 작업실에서 작업을 하는 한 예술가를 찾아간 적도 있었다. 두 사람은 서로의 친분을 과시하며 서로를 반갑게 맞이했다. 예술가는 도예를 하는 사람이었다. 그는 나름대로 치열하게 살고 있었다. 그의 말 한마디 한마디에서 그 점을 엿볼 수 있었는데, 그것은 그가 자신의 말 한마디 한마디에서 그 점을 내비쳤기 때문이었다. 하지만 그가 나름대로 치열하게 살아가고 있는 모습은 나름대로 보기가 좋지만은 않았다. 사실 사람들이 치열하게 살아가는 모습은 내게 약간 우습게 여겨졌다. 나로 말하자면 나는 치열한 삶과는 반대되는, 나름대로 다소 맥빠진 삶을 살아왔는데, 그것에 불만은 없었다.

그리고 혼자서 어떤 절에도 갔다. 분명 처음 간 곳이었음에도 전에 와본 적이 있는 것 같았다. 나이를 먹자 모든 것이 정확히 똑같이, 또는 약간 모습을 달리해 재연되는 느낌이 드는 것은 자연스러운 일이었지만 그 순간에 임하게 되면 기이한 느낌이 드는 것은 어쩔 수가 없었다. 그곳의 늙은 중과는 얘기도 나누었다. 그는 약간 땡추중 같은 데가 있었고, 스스로도 그렇게 생각하고 있었다. 입도 거칠어 말끝마다 욕을 하지는 않았지만 가끔 욕설을 섞어 말하기도 했다. 그와 얘기를 나누는 건 재미있었다. 그는 여자에 관한 이야기를 하는 것을 좋아했다. 그는 얘기를 나누다가도 시간이 되면 대웅전으로 후닥닥 달려들어가 목탁을 두드리며 독경을 외기 시작했다. 그러면 나도 그를 따라 들어가 그의 옆에 앉아 그가 하는 짓이 놀랍다는 듯 그를 쳐다보았다. 그리고 염불이 끝나면 그는 언제 그랬냐는 듯 농담을 했다.

낭랑하지는 않은, 약간 나른하게, 서늘한 대웅전 안에 울려퍼지는 독경 소리를 듣고 있는 것은 즐거운 일이었다. 나는 순전히 재미로 독경을 따라 하기도 했고, 몇 구절은 외우기도 했다. 관자재보살 행심반야바라밀다시 조견오온개공 도일체고액 사리자 색불

이공 공불이색 색즉시공 공즉시색 수상행식 역부여시. 반야경은 그 중이 그것 외에 다른 경전은 아는 게 없는 것처럼 즐겨 외는 것이었다.

그가 일을 마치면 우리는 차를 한 잔씩 하기도 했다. 중은 그것이 은근히 괜찮은 차임을 강조했다. 그가 내온 찻잔에는 찻잎이 떠 있었고, 그것을 가라앉히기 위해 찻잔을 살며시 흔들었지만 쉽게 가라앉지 않았다. 중은 그냥 마시라고 했다. 그러면서 그는 본보기를 보이듯 찻잎을 그냥 마셨다. 나는 다시 한번 찻잎을 가라앉히려 했지만 여전히 가라앉지 않았다. 그냥 마시는 수밖에 없었다. 중은 차를 마시며 내게 모든 법이 정해진 모양이 없으며 머무르는 바가 없이 마음을 쓰라고 했다. 나는 시큰둥한 반응을 보였다. 그러자 그는 내게 또다른 처방을 내려주었다. 그는 나를 쳐다보며 그냥 생긴 대로 살라고 했다. 나는 차의 은근한 맛을 느끼며 이미 그렇게 하고 있다고 했다. 중은 웃었고, 우리는 다시 차를 마시며 요란하게, 그리고 거의 가혹하다는 느낌이 들게 울어대는 매미 소리에 귀를 기울였다. 매미 소리는 어느 수준으로 커진 이후에는 더이상 커지지는 않았다. 나는 거의 매일같이 절에 갔고, 늙은 중하고 잡담을 하다가 왔다.

그러던 중 어느 하루였다. 별일이 있었던 것도 아닌데도 오래도록 기억에 남는 날이었다. 그날 나는 친구를 대신해 토끼를 내다팔았다. 친구는 양 한 마리와 토끼 두 마리 중에서 데려가라고 했다.

그는 그 일을 자신이 할 수도 있지만 나를 위해 그 일을 양보하겠다고 했다. 나는 양을 데리고 가는 내 모습을 상상해보았다. 목자처럼 보일 수도 있겠군, 하고 나는 생각했다. 하지만 나는 나의 그러한 모습이 마음에 들지 않았다. 나는 토끼 두 마리를 숨을 쉴 수 있는 구멍이 뚫린 자루에 담았다. 자루에 담긴 토끼들은 답답한 듯 몸을 뒤척였다. 그 안에 있으면 답답하기도 하겠지, 하고 나는 자루에 담긴 토끼를 향해 말했다.

우리는 버스 정류소로 갔다. 정류소에는 아무도 없었다. 도로의 한쪽으로는 들판이 펼쳐져 있었고 다른 한쪽으로는 개울이 흐르고 있었다. 개울을 가로지르는 다리 너머로는 마을이 있었다. 하지만 집이 몇 채 띄엄띄엄 있는 그 마을은 마을이라고 부르기도 무색할 정도였다. 문득 버스 정류소 표지판이 약간 기울어 있는 것이 보였다. 좀더 기울게 할 생각으로 슬며시 그것을 밀었지만 꿈쩍도 하지 않았다.

버스가 오지 않는 정류소의 낡은 푯말 아래 가만히 서 있자 문득 내가 그곳에 버려져 있다는 느낌이 들었지만 그 느낌을 차단했다. 나는 나의 느낌들이 비약을 일삼는 것을 두고 보는 것을 좋아하지 않았다. 대신 나는 그냥 어느 시골의 버스 정류소에 가만히 서 있는 것뿐이야, 하는 생각을 했다.

나는 약간 지루하게 느껴졌고, 그래서 신발로 흙먼지를 일으켜 먼지가 조용히 이는 것을 보며, 조용히 이는 먼지의 무기력한 힘을 느끼며 내 몸의 힘이 빠져나가는 것을 느껴보는 것도 좋을 거라는 생각을 했지만 실제로 그렇게 하지는 않았다. 나는 그런 생각을 하는 것만으로도 족했다. 아니, 그런 생각을 한 바에야 실제로 그렇게 할 필요는 없었다. 내게는 실천보다는 실천에 옮기지 않는, 끝내 옮겨지지 않는 생각이 중요했다.

고개를 돌리면 금방이라도 버스가 오는 것이 보일 것 같았다. 하지만 고개를 돌려도 텅 빈 길만 길게 뻗어 있는 것이 보일 뿐이었다. 잠시 후 나는 바지 호주머니에 손을 넣고 있는 나 자신을 발견했다. 나도 모르게 손을 넣고 있었던 것이다. 우두커니 서 있을 때면 곧잘 그랬다. 마치 손을 찔러넣을 수 있는 호주머니가 있고, 그 호주머니에 넣을 수 있는 손이 있기 때문에 그러는 것처럼 그렇게 했다. 나는 손을 뺄까 하다가 그대로 있었다.

그때 누군가가 다리를 건너오는 것이 보였다. 한 아낙이 종종걸음으로 걸어오고 있었다. 그녀의 걸음걸이는 상당히 특이했다. 아장아장 걷고 있다는 느낌을 주었다. 그녀는 머리에 보자기에 싼 뭔가를 이고 있었다. 내 가까이 온 그녀는 마치 내가 외면해야 하는 뭔가가 되기라도 하는 듯 나를 외면하며 버스가 올 방향으로 고개를 돌렸다. 나 또한 그녀를 외면하지는 않았다. 나는 그녀를 쳐다보았다. 그녀가 이고 있는 보따리 안에 뭐가 들어 있는지 궁금했다. 저 안에 뭐가 들어 있는지는 내 알 바 아니지, 하고 나는 생각했다. 하지만 궁금한 건 어쩔 수가 없었다. 그녀가 고개를 돌려 나를 쳐다보았다. 그런 다음 내 옆에 있는 자루를 쳐다보았다. 그녀가 뭐라고 했다. 사투리가 심했고 나는 그녀가 하는 말을 반밖에 알아듣지 못했다. 그녀는 그 지방 사람이 아닌 것 같았다.

하지만 그녀가 무슨 얘기를 하고자 하는지는 알 수 있었다. 나는 대답을 해주었다. 그녀 역시 내가 하는 말을 반밖에 알아듣지 못하는 것 같았다. 그럼에도 내가 무슨 얘기를 하고자 하는지는 알아듣는 것 같았다. 우리는 서로 반밖에 알아듣지 못한 얘기를 통해 내가 가지고 있는 자루에는 토끼가 들어 있으며 그녀가 이고 있는 보따리 속에는 버섯이 들어 있다는 것을 서로에게 이해시켰고, 서로가 이해를 했다.

그때 버스가 오는 것이 보였다. 우리는 버스를 탔고 곧 읍내에 도착했다. 나와 함께 버스에 탄 아낙은 인사도 없이 딴 데로 가버렸다. 나는 오 일 만에 한 번씩 열리는 시장으로 가 어떤 노파 둘 사이에 자리를 잡고 앉았다. 일부러 그들 사이에 자리를 잡은 것은 아니었다. 자리를 잡고 보니 그들 사이였다. 누군가가 텃세를 부리며 내가 자리를 잡지 못하게 하는 건 아닌가 하고 은근히 걱정을 했지만 그렇게 하는 사람은 없었다. 별로 활기가 없는 시장은 정오 무렵인데도 이미 파하는 분위기였다.

나는 두 노파에게 인사를 했다. 나를 처음 보는 그들은 호기심 어린 눈으로 쳐다보았다. 나 또한 그들을 처음 보았지만 태연한 눈길로 쳐다보았다. 나는, 양을 끌고 올 걸 그랬군, 그랬다면 더 큰 호기심을 자아냈을 수도 있었을 텐데, 하고 생각했다. 내 옆에 앉아 있는 한 노파는 시금치와 고사리 같은 나물을, 건너편에 앉은 다른 노파는 닭을 팔러 나온 모양이었다. 닭은 모두 세 마리였는데 서로 끈에 묶여 있어 달아나지 못했다. 닭들은 조용히 배를 깔고 앉아 있었다.

나의 갑작스런 등장이 그 노파들의 관심을 끌긴 했지만 그 관심은 오래가지는 못했다. 채소를 팔러 나온 노파가 갑자기 나를 사이에 두고 건너편에 있는 노파에게 무슨 말인가를 했다. 듣기에 민망하다면 민망한 얘기였다. 그녀는 자신의 변비에 대한 얘기를 했다. 아침마다 아주 힘들다고 했다. 괴로움이 이만저만이 아니라고. 나는 안 들으려고 했지만 안 들을 수가 없었다. 왜 나를 사이에 두고 그런 얘기를 하는지 알 수 없었다. 하지만 내가 들으라고 하는 얘기는 아닌 것 같았다.

한데 가만 생각해보니 내가 오기 전 그녀들은 변비에 관한 얘기를 이제 막 꺼내기 시작했었고, 그때 내가 온 것인지도 몰랐다. 그렇다 하더라도 그런 얘기는 없었던 걸로 하지, 하고 나는 생각했다. 하지만 닭을 팔러 나온 노파는 한술 더 떴다. 그녀는 치질 때문에 고생이 이만저만이 아니라고 했다. 치질이라면 나도 앓고 있는 것이었고, 그래서 그 고통을 누구보다도 잘 알고 있다고 해줄까 하다가 참았다.

채소를 팔러 나온 노파는 치질보다는 자신이 앓고 있는 변비가 더 심각하다는 듯 다시 변비 얘기를 했다. 이제 나도 한마디 안 할 수가 없었다. 얼마나 심한지요, 내가 말했다. 두 노파가 나를 쳐다보았다. 그렇게 말하고 보니 내가 변비에 대해서는 잘 알고 있고, 또 증상을 완화시키기 위해서는 어떻게 하는 게 좋은지 잘 아는 사람처럼 여겨졌다. 왜 좋은 방법이라도 있소, 하고 닭을 팔러 나온 노파가 물었다.

나는 답을 알고 있는 사람처럼 잠시 생각에 잠겼다. 두 노파는 나를 쳐다보았다. 나도 각각 치질과 변비를 앓고 있는 두 노파를 번갈아 쳐다보았다. 하지만 내 입에서 나온 말은, 잘못된 습관이 변비뿐만 아니라 치질도 생기게 하죠, 그리고 변비나 치질로 힘들어하는 사람들이 생각보다 많이 있죠, 라는 것이었다. 두 노파는 어이가 없다는 듯 나를 쳐다보았다. 나도 어이없다는 표정으로 그들을 쳐다보았다.

그런데 그때 닭 한 마리가 누가 시키기라도 한 것처럼 자리에서 벌떡 일어나 울기 시작했다. 시도 때도 없이 우는 신통한 닭이군, 하고 나는 생각했다. 그런데 그것이 앉아 있던 자리에는 하얀 알 두 개가 놓여 있었다. 그사이 알을 낳은 모양이었다. 시도 때도 없이 울기도 하지만 시도 때도 없이 알을 낳기도 하는 신통한 닭이군, 나는 중얼거렸다. 닭의 주인은 알 두 개를 집어들었고, 잠시 나와 내 옆에 있는 노파를 번갈아 쳐다보았다. 계란의 숫자와 사람의 숫자를 따져보는 것 같았다. 아무리 해도 계란의 숫자와 사람의 숫자가 다르다는 사실이 그녀를 고민하게 하는 것 같았다.

시골의 인심이 그렇게 야박하지만 않다면 나를 그냥 모르는 척 하지는 않겠지, 하고 나는 생각했다. 하지만 시골의 인심은 야박했다. 그녀는 알 하나를, 내 앞으로 팔을 뻗어 내 옆에 앉아 있는 노파에게 건네준 후 남은 알 하나는 자신이 먹었다. 내 옆에 앉아 있던 노파는 잠시 나를 쳐다보며 고민을 하더니 알을 내게 주었다. 시골 인심이 그렇게 야박한 것만은 아니군, 하고 나는 생각했다.

나는 따뜻한 계란을 쥐고 조심스럽게 윗부분에 구멍을 낸 후 먼저 흰자위를, 그다음에는 노른자위를 먹었다. 그렇게 신선하고 맛있는 계란을 먹기는 처음이었다. 나는 채소를 팔러 나온 노파와 닭에게 고마움을 표했다. 하지만 닭의 주인에게는 그럴 필요가 없었고, 그래서 하지 않았다. 채소를 팔러 나온 노파는 보기에도 닭을 팔러 나온 노파와는 달리 인정이 있는 것 같았다. 그녀는 내게 나긋나긋 얘기를 걸어왔다. 묻지도 않았는데도 자기 얘기를 했다. 그런 다음 나에 관해서도 물어왔지만 나는 양떼 목장에서 일을 한다는 것 외에는 얘기하지 않았다. 그녀는 양떼 목장 주인이라면 잘 안다고 했다. 그녀의 죽은 남편이 한때 그곳에서 일을 했다고 했다.

그때 한 젊은 여자가 와 나물을 사갔고, 조금 후에는 중년의 부인 하나가 와 닭 두 마리를 사갔다. 나는 토끼도 한 마리 사라고 했지만 그녀는 사지 않았다. 하지만 오래지 않아 늙은이 하나가 와 토끼를 한 마리 샀다. 나는 두 마리를 사면 깎아줄 수도 있다고 했지만 그는 한 마리만 사갔다.

이제 정오가 지났고, 시장을 찾는 사람들의 발길은 완전히 끊긴 듯했다. 배에서 꼬르륵 소리가 들려왔다. 나는 두 노파 사이에서 내 배에서 들리는, 허기를 알리는 소리에 귀를 기울이고 앉아 있었다. 남은 토끼 한 마리는 팔기 어려울 것처럼 보였다. 그때 닭을 팔러 나온 노파가 신통한 제안을 했다. 그녀의 닭과 내 토끼를 바꾸자는 것이었다. 나는 잠시 그 거래를 저울질해보았다. 하지만 결정을 내리는 데는 오래 걸리지 않았다. 그녀에게 남은 닭은 조금 전 계란을 한꺼번에 두 개나 낳은 것이었다.

그날 장사를 모두 끝낸 나는 자리에서 일어났다. 나물을 모두 팔지 못한 노파는 좀더 있겠다고 했고, 그녀의 친구 또한 같이 있어주겠다고 했다. 한데 내가 자리에서 일어났을 때에는 나 말고 다른 뭔가도 나와 함께 일어났다. 뭔가가 내 뒤쪽에서 길게 늘어졌다. 껌이었다. 나도 모르게 그사이 껌을 깔고 앉아 있었던 것이다. 누군가가 내가 그 자리에 앉기 전에 껌을 그곳에 버려놓았던 것이다. 두 노파의 소행으로는 여겨지지 않았다.

약간 무안해진 나는 손으로 껌을 떼어냈다. 하지만 다 떼어내지는 못했다. 그리고 떼어낸 껌의 일부는 손에 달라붙었다. 역시 손에 달라붙은 껌을 떼어냈지만 다 떼어내지는 못했다. 껌은 쉽게 떼어낼 수 없다는 데 그 특징이 있었고, 내 몸에 달라붙은 껌 또한 그 특징을 유감없이 발휘하고 있었다. 노파 둘은 재미있다는 듯 웃었다.

나는 별로 재미없다는 듯 웃었다. 그런 일은 누군가가 당하는 것을 볼 때나 재미있는 일이었다. 언제나 그런 식이었다. 별로 반길 만한 일이 아닌 일이 꼭 내게만 일어났다. 그래도 껌을 깔고 앉는 정도는 양호한 편이었다. 껌을 탓하고 싶었지만 껌을 탓할 수는 없는 노릇이었기에 나는 나를 탓하는 것으로 그 사건을 매듭지었다.

나는 발이 끈에 묶인 닭을 일으켜세웠다. 마치 조금 전의 일에 대해 닭에게 분풀이를 하듯 약간 세게 줄을 잡아당겼고, 그러자 정신을 놓고 있던 닭은 무슨 영문인지 몰라하며 벌떡 자리에서 일어났다. 자신도 모르는 사이에 주인이 바뀐 닭은 주인이 바뀐 것도 모르고 바뀐 주인을 따라나섰다. 하지만 곧 그것은 닭 특유의 대책 없는 고집을 부리며 걸으려 하지 않았고, 나는 그것을 질질 끌다시피 하며 데리고 갔다. 그럼에도 그것은 질질 끌려갈망정 자기 힘으로는 가지 않겠다는 듯 계속해서 끌려왔다. 닭은 그렇게 하는 것이 내게도, 자신에게도 피곤한 일이라는 것을 모르는 것 같았다. 아니, 인정하려 하지 않는 것 같았다. 결국 나는 그것을 토끼를 넣어 가지고 왔던 자루 속에 담아야 했다. 닭은 잠시 자루 속에서 뒤척이더니 자루의 구멍 밖으로 고개를 내밀었다. 자루 속에 넣어져 들려가는 것이 신나는 눈치는 아니었다. 오히려 이렇게 자신을 자루 속에 넣어 가는 건 너무하는 게 아니냐는 표정이었다.

우리는 보잘것없는 그 읍의 한가운데로 난 길을 따라갔다. 문득 어떤 현수막이 걸려 있는 것이 보였다. 바로 앞에 있는 초등학교에서 운동회가 있다는 내용이었다. 하지만 초등학교에서는 운동회 같은 것은 없었고, 그래서 커다란 박이 갈라지며 오색 테이프가 흘러내리고, 아이들이 힘차게 달리다가 넘어졌다가도 다시 꿋꿋하게 일어나 달리거나 하는 광경은 구경할 수 없었다. 다시 현수막을 보자 이미 날짜가 지난 것이었다. 그리고 그것은 초등학교 운동회가 아닌, 읍민 체육대회를 알리는 것이었다. 나는 텅 빈 운동장 너머로, 단층 건물의 어떤 교실 유리창 너머에서 아이들이 한쪽을 쳐다보며 있는 것을 보았다. 여선생 하나가 칠판에다 뭔가를 부지런히 적고 있었다. 아이들은 일제히 고개를 들었다가 일제히 고개를 숙이곤 했다. 괜히 몹시 서글픈 느낌이 들었다. 아니, 그것은 나의 상상이었고, 교실은 텅 비어 있었다. 학교는 방학중인 게 분명했다.

나는 근처에 있는 식당으로 갔고, 닭이 든 자루를 탁자 옆에 내려놓고 식사와 함께 술을 한 병 시켰다. 반주를 마시는 것은 내가 오래전부터 허용해온 값싼 사치였다. 술이 먼저 나왔고, 나는 술을 마시기 시작했다. 술은 빈속에 들이부은 첫잔이 제일 맛이 있었고, 그래서 나는 입안 가득히 퍼지는 술맛을 음미하며 주위를 둘러보았다. 그런데 내 옆 탁자에 앉은 누군가가 벌써 대낮부터 술에 취한 듯 뭐라고 중얼거리고 있었다. 그의 고개는 조용히 묵상에 잠긴 사람처럼 떨구어져 있었다. 몸을 가누기도 힘이 드는 듯 그의 몸은 앞뒤로, 옆으로 흔들리고 있었다. 나는 그를 곁눈질하며 조용히 술잔을 기울였다.

그런데 그때 그가 갑자기 정신이 든 듯 고개를 들어 게슴츠레한 눈에 힘을 주며 나를 째려보았다. 뭘 보는 거야, 그가 말했다. 째려보고 있는 건 자신이면서도 그는 내게 왜 자신을 째려보고 있느냐고 따졌다. 그런 다음 그는 내게 시비를 걸어왔다. 나는 평소의 나의 모습을 보여줄까 하다가 가만히 있었다. 그런 상황에서 평소의 나는 조용히 그 자리를 떠나는 편이었다. 하지만 그럴 수가 없었다. 아직 비우지 못한 술이 남아 있었다. 그리고 그때 주문한 식사가 나왔다.

취객의 주정이 본격적으로 시작되었다. 조용히 혼자 식사도 하기 어려운 그 상황을 나는 조용히 받아들였다. 주정뱅이는 내가 아무 대꾸가 없자 그 점을 따졌다. 역시 나는 아무 대꾸도 하지 않았다. 주정뱅이와는 상종을 하지 않는 것이 좋다는 것을 나는 알고 있었다. 하지만 상종을 하지 않으려 해도 뜻대로 되지 않는 때도 있었다. 그 순간 또한 그랬다.

그가 비틀거리며 자리에서 일어서 내 옆으로 다가와 나를 내려다보았다. 나는 태연함을 가장하며 내 앞의 술잔을 내려다보았다. 하지만 상황은 아주 좋지 않았다. 그대로 있다가는 엉겁결에 면상을 한 대 얻어맞게 될 수도 있을 것 같았다. 경계의 끈을 놓지 않는다 하더라도 내 동작이 워낙 굼뜬 탓에 날아오는 주먹을 피하기는 어려울 것 같았다. 그사이 주인 여자는 주방 안쪽에서, 그런 건 늘 보아온 광경이라는 듯, 어쩌다가 이쪽으로 눈길을 주며 그릇을 소리 나게 씻고 있었다. 그릇에서는 깨질 듯한 소리가 났다.

먼저 선수를 칠까, 하고 나는 생각했다. 그렇게 하는 것이 나를 난관에서 벗어나게 해줄 수도 있을 것 같았다. 어쨌든 그는 술에 취해 몸도 제대로 가누지 못했다. 하지만 나는 말썽을 일으키는 것을 체질적으로 싫어했다. 그냥 이러다가도 고분고분해지기도 하겠지, 하고 나는 생각했다. 그리고 나의 그 생각은 맞았다. 조금 있자 제풀에 지친 듯, 아니면 그자의 머릿속에서 갑자기 다른 어떤 생각이 고개를 내민 듯, 주정뱅이는 더이상은 눈도 뜨고 있기 어려운 듯 그의 의자 위에 털썩 주저앉더니 뭐라고 횡설수설했다. 하나도 알아들을 수 없었다. 잠시 후 그는 탁자 위로 고꾸라지며 코를 골기 시작했지만 그의 횡설수설은 계속되었다. 이제 그는 잠꼬대를 하고 있었다.

나는 주정뱅이의 잠꼬대 소리를 들으며 천천히 음식을 먹었고, 술을 마셨다. 주정뱅이의 헛소리는 조금씩 작아졌고, 대신 코고는 소리가 커졌다. 식사를 마친 후 술집을 나온 나는 길을 걷기 시작했다. 닭을 다시 꺼내 걷게 했지만 여전히 말을 듣지 않았고, 그래서 다시 자루에 넣었다. 길에는 사람들의 모습이 거의 눈에 띄지 않았다. 지게꾼 하나가 땅바닥에 주저앉은 채로 빈 지게에 기대어 눈을 감고 있는 것이 보였다. 아주 달게 자고 있는 것 같았다. 나 또한 길에서, 그렇게 아무렇게나 잠이 들고 싶었지만 계속해서 걸음을 옮겼다.

조금 전 먹은 술 때문에 취기가 돌았다. 내 움직임에 따라 내 주위의 모든 것이 함께 움직이고 있는 듯했다. 읍내를 벗어나자 사람들은 거의 보이지 않았다. 나는 천천히 걸음을 옮겼다. 졸음이 느껴졌고, 이러다가는 잠이 든 채로 길을 갈 수도 있을 것 같았다. 그때 소가 끄는 빈 달구지 한 대가 지나갔다. 그 위에는 노인 하나가 몸을 비스듬히 한 채로 기대어 있었다. 나는 그 달구지를 얻어 타고 싶었지만 그는 나를 본 척 만 척 하며 지나갔다. 고개가 약간 떨구어져 있는 게 잠이 든 것 같기도 했다. 모두에게 졸린 시간이었다. 소는 잠이 든 주인이 탄 달구지를 끌며, 주인을 집에 데려가고 있는 것 같았다. 소는 자기가 가야 할 길을 잘 알고 있는 듯했다. 또는 자기가 가야 하는 길밖에는 모르는 것 같았다.

나는 점점 멀어져가는 달구지를 보며 어떤 노래를, 그 노래를 부르다보면 계속 반복해서 부르게 되는 어떤 짧은 노래를 불렀다. 그리고 어떤 불분명한 생각들을 했지만, 그것은 한참을 걸은 후에는 길을 걸으며 어떤 생각을 하긴 했지만 그 생각이 무엇이었는지는 잊어버리게 되는 것이었다. 그리고 그것은 그것이 도대체 무엇인지를 정리하려는 것 자체가 쓸데없는 것이라는 것은 알 수 있는 어떤 것이었다.

어느새 방목장 가까이까지 와 있었다. 방목장에서 가까운 버스 정류소에 이른 나는 바로 방목장으로 가지 않았다. 방목장이 더이상 내가 머물 수 있는 곳으로 여겨지지 않아서는 아니었다. 나는 아무 이유 없이 또는 별 이유 없이 그곳에 서 있었다. 길은 길게 뻗어 있었다. 길게 뻗어 있는 길이 길 위에 길게 뻗어 있군, 하고 나는 중얼거렸다. 그것은 내 나름의 말장난이었다. 나는 말을 가지고 장난을 치기를 좋아했다. 말은 그것을 가지고 장난을 치기에 좋은 것이었다.

물론 여기서 후자의 뻗어 있다는 표현은 뭔가가 죽어 사지를 뻗은 채로 누워 있다는 의미였다. 뻗어 있는 길이 길게 길 위로 뻗어 있군, 하고 나는 다시 중얼거렸다. 여기서는 전자의 뻗어 있다는 표현이 죽은 짐승을 연상시키는 것이었다. 나는 내 앞의 풍경을 다시 한번 바라보았다. 내가 보고 있는 것을 보이는 그대로 보기가 싫었고, 그래서 내가 보고 있는 것에 약간의 수정을 가하고 싶었지만 좋은 방안이 생각이 나지 않았고 그래서 그대로 두었다.

나는 별생각이 없이 왔다갔다했다. 별 뜻 없는 생각이 별 뜻 없는 행동으로 표현되고 있었다. 점차 생각이 아무런 결과도 낳지 않는 행동 속에서 길을 잃고 있는 것 같았다. 혼란스러워졌다. 그래서 본래의 자리로 돌아갔다. 그런 다음 꼼짝 않고 서 있었다. 충분히 오래도록 괜히 그곳에 우두커니 서 있자 괜히 즐거워지기 시작했다.

조금 있자 버스가 왔고, 시장에서 보았던 노파가 내렸다. 채소를 팔러 나왔던 노파였다. 마치 우리가 그곳에서 만나기로 약속이라도 한 것 같았다. 그녀는 내게 인사를 했다. 그런 거라면 나도 할 수 있다는 듯 나도 인사를 했다. 그녀는 다리 건너 마을에 산다고 했다. 나는 그녀가 사는 마을을 쳐다보았다. 개울 건너에는 초라한 마을이 보기에도 초라하게 자리잡고 있었다. 그녀가 불쑥 다소 엉뚱한 제안을 했다. 그녀는 자기 집에 가 감자나 먹고 가라고 했다. 감자가 아주 맛있다고. 나는 사양할 입장은 아니라는 생각을 했고, 그렇게 했다.

그녀가 앞장을 섰고, 우리는 함께 그녀의 집으로 갔다. 다리에 이른 나는 다리 위에 서서 잠시 아래쪽 개울을 내려다보았다. 물은 깊지 않았다. 작은 물고기들이 떼를 지어 헤엄치고 있는 것이 보였다. 노파는 재촉을 하는 대신 가만히 서서 나를 기다렸다.

우리는 마을로 들어섰다. 집들은 허름했고, 어떤 집은 곧 무너질 것만 같았다. 또다른 어떤 집은 더이상 사람이 살지 않는 듯 마당이 온통 잡초로 뒤덮여 있었다. 낮은 담장들 사이로 좁은 골목길이 이어져 있었다. 소의 배설물 냄새가 맡아졌다. 내가, 담장에 호박덩굴이라도 있으면 잘 어울릴 것 같군, 하고 생각하는 순간 어떤 집의 담장을 뒤덮고 있는 호박덩굴이 눈에 들어왔다. 나는 호박덩굴 아래에서 걸음을 멈췄다. 나는 담장을 뒤덮고 있는 호박덩굴 아래에 서서, 호박덩굴 아래에서는 괜히 미소를 짓게 되지, 하는 생각을 하며 잠시 미소를 지으며 서 있었다. 노파는 다시 걸음을 멈추고 나를 기다렸다.

그녀의 집은 마을의 맨 끝에 있었다. 사람 사는 집이라고 하기 어려운 집이었다. 집은 무너지기 거의 일보 직전인 것처럼 보였다. 밤이면 귀신이라도 나올 것 같았다. 찢어지게 가난해 보이는 노파의 집은 거의 성스럽게 여겨지기까지 했다.

노파는 감자밭으로 갔다. 나는 그녀가 집 앞 텃밭에서 감자를 캐는 모습을 가만히 지켜보았다. 그러다가 무슨 생각에선지 그녀를 따라 감자를 캐기 시작했다. 그 일은 재미있었고, 나는 재미로 몇 개를 캤다. 재미로 캔 감자였지만 알은 토실토실했다.

노파는 우리가 캔 감자를 삶기 위해 부엌으로 갔다. 잠시 후 집 옆쪽에 있는 굴뚝에서 연기가 모락모락 피어올랐다. 모락모락이라는 말이 잘 어울리게 피어오르는군, 하고 나는 중얼거렸다. 마당에는 노파가 싸리비로 쓴 흔적이 남아 있었다. 하지만 며칠이 지난 듯 그 흔적은 희미했다. 텃밭에는 고추와 오이와 가지가 심어져 있었다. 모두 잘 여물어가고 있었다. 윤기가 흐르는 매끈한 표면의 가지는 탐스러워 보였다. 그리고 텃밭 한쪽에는 옥수수가 많이는 아니고, 몇 대 심어져 있었는데 잘 여물어 있었다.

그리고 마당 한쪽에는 작은 물웅덩이가 있었다. 우물도 아닌 그것이 왜 그곳에 있는지는 알 수 없었다. 그 안에 있는 물은 먹을 수 있는 물로는 보이지 않았다. 아마 밭에 물을 주기 위해 판 것인 것 같았다. 아니면 본래 웅덩이가 있던 곳에 노파의 집이 들어선 것인지도 몰랐다.

웅덩이는 깊지는 않았지만 그 안에 담긴 물은 검었다. 검은 물의 표면에 내 얼굴이 비쳤고, 나는 잠시 그것을 바라보았다. 그때 어디선가 날아온 나뭇잎 하나가 수면 위에 떨어졌고, 아주 가벼운 파문이 일면서 내 얼굴이 부서졌다. 그리고 잠시 후에는 파문이 가라앉으며 내 얼굴이 다시 비쳤다.

문득 오래전 어디선가 그렇게 물을 골똘히 바라보았던 기억이 났다. 그 물이 그와 같은 웅덩이였는지, 우물이었는지, 연못이었는지는 기억이 나지 않았다. 그럼에도 고여 있는 물임에는 틀림없었던 것 같았다. 그리고 내가 그 물을 바라보고 있는데 수면 위에 떠 있던 뭔가가 천천히, 아주 천천히, 마치 그렇게 하는 데에는 어떤 비결이라도 있는 듯, 천천히 가라앉는 것이 보였다. 그렇게 천천히 가라앉은 그것이 무엇이었는지는 기억이 나지 않았다. 나뭇잎이었을 수도, 다른 무엇이었을 수도 있었다.

어쨌든 내가 기억하는 것은 그것이, 그것이 무엇이었는지 내가 기억하지 못하는 그것이, 그렇게 천천히 가라앉을 수 있는 뭔가가 내 눈앞에서 천천히 가라앉았다는 것이었다. 문득 그 기억이 너무도 생생하게 떠오르면서 약간 슬퍼졌다. 하지만 곧 잠시나마 슬픔에 잠길 수 있었다는 게 기분좋게 느껴졌다. 그리고 그런 기억은 오래 남아 있기 어려운 것이었고, 그래서 나는 오래 남아 있기 어려운 그 기억이 떠오른 것에 다시 한번 기분이 좋아졌다.

조금 있자 노파가 삶은 감자를 내왔다. 삶은 옥수수는 없나 하고 보았지만 옥수수는 없었다. 옥수수도 같이 곁들여 먹으면 좋을 텐데, 하고 나는 생각했다. 하지만 지금은 감자를 먹는 시간이야, 나는 스스로에게 타일렀다. 우리는 감자를 먹기 시작했다. 뜨거운 감자를 갑자기 먹느라 입천장이 데었고, 그 바람에 잠시 예정에 없던 호들갑을 떨어야 했다. 노파가 웃었다. 그 참에 내가 짓궂은 농담을 한마디 하자 그녀는 감자를 먹다 말고 잠시 웃느라고 정신을 못 차렸다. 참으로 순박한 여자였다. 나 자신이 본래 웃기는 얘기를 잘하는 사람은 못 되었지만 가끔 내가 하는 얘기는 정말 웃겼는데 그건 나 자신이 생각하기에도 그랬다.

그날 처음 본 여자의 집에서 함께 감자를 먹고 있다는 사실이 이상하게 여겨지지는 않았다. 우리가 함께 감자를 먹고 있다는 사실이 우리가 익숙한 사이라도 되는 것처럼 여겨지게 했다. 우리는 이런저런 얘기를 나누었다. 그냥 이런저런 얘기였다. 그저 그렇고 그런 얘기들이었다. 그렇게 무슨 얘기를 하다가 그녀는 자신이 화전민 집안 출신이라고 했다. 자신이 젊었을 때만 해도 화전을 했다고 했다. 이제는 자취를 감춘 유민의 후손인 그녀가 새롭게 보였다.

나는 내 앞에 앉은 여자가 젊은 시절 그녀의 부모님과 함께 숲에 불을 질러 재로 변한 숲에 밭을 일구는 모습을 상상해보았다. 잘 상상이 되지 않았다. 하지만 연기에 그을려 얼굴이 새까매진 소녀의 모습은 떠올릴 수 있었다. 그것은 멋진 경험이었을 것이 틀림없었다. 노파는 자신이 화전을 일구던 곳이 저 너머에 있다며 손가락으로 가리켰다. 나는 그녀가 가리키는 산을 쳐다보았다. 하지만 여기서는 보이지 않죠, 노파가 말했다. 나는 이곳에서는 보이지 않는 곳에서 자신의 부모와 함께 밭을 일구고 있는 소녀의 또다른 모습을 상상해보았다.

그때 갑자기 소나기가 퍼부었다. 번개가 치더니 천둥소리가 들려왔다. 천둥소리는 처음에는 멀리서 들려오더니 갑자기 가깝게 들렸다. 천둥소리는 늘 이렇게 처음에는 멀리서 들리다가 갑자기 가깝게 들린단 말야, 하고 나는 생각했다. 천둥소리에 나는 기분이 너무나 좋아졌고, 또다시 감자를 하나 집어들었다.

우리는 감자를 먹으며 비가 내리는 것을, 빗줄기가 처마밑으로 떨어지는 것을 바라보았다. 마당 한쪽에 쌓아둔, 썩어가는 풀에서 나는 냄새가 기분좋게 맡아졌다. 거름에서는 김이 모락모락 올라오고 있었다. 나는 노파에게 그 사실에 대해 얘기했다. 그녀는 원래 그런 거라고 말했다. 원래 그런 것이었지만 그것은 마음을 흐뭇하게 해주었다.

산간 마을의, 잘 알지도 못하는 노파의 누추한 집에서 비가 내리는 것을 바라보고 있자 이상하게도 마음이 푸근해졌고, 한편으로는 슬프기도 했다. 하지만 슬픔보다는 푸근함이 더 컸다. 그 푸근함은 내가 먹고 있는 따뜻한 감자 속을 떠올리게 하는 것이었다.

그리고 그것으로 다였다. 그리고 그것은 그것으로 다인 채로 좋은 것이었고, 그것으로 그만인 것이었다. 그때 비가 그쳤고, 나는 자리에서 일어났다. 노파는 내가 더 있다 갔으면 하는 눈치였지만 그 말을 입 밖에 내지는 않았다. 나는 시간이 나면 또 오겠다고 했다. 그녀는 언제든 오라고 했다.

그녀의 집을 나온 나는 담장을 뒤덮고 있는 호박덩굴 아래에서, 그리고 개울의 다리 위에서 잠시 서 있었다. 그 아래에 뭔가 볼 것이라도 있다는 듯 나는 다리 아래쪽을 내려다보았다. 얕은 개울이 흐르고 있었고, 물속에는 크기가 각각인 돌들이 가라앉아 있었다. 무리를 지어 헤엄을 치는 송사리떼가 물살을 헤치며 개울을 거슬러올라가고 있을지도 모른다는 생각을 했지만 송사리떼는 보이지 않았다. 나는 맥이 풀렸다.

하지만 곧 나는 나의 어떤 생각에 기분이 좋아졌다. 가령, 송사리처럼 물에서 살아가는 것은 어떤 느낌일까, 하고 나는 생각했다. 또한 새처럼 공중에서 살아가는 것은, 또는 두더지나 땅강아지처럼 땅속에서 살아가는 것은 어떤 느낌일까? 분명 그 느낌이 다르긴 다를 것이었다. 하지만 그 이상은 알 수 없었다.

나는 고개를 들어 하늘을 바라보았다. 하늘에는 새 한 마리 날고 있지 않았다. 나는 다시 고개를 숙여 개울을 내려다보며 개울에서 나는 소리를 들었다. 개울물 소리는 처음에는 개울물 소리로 들리다가 차츰 다른 어떤 소리로 들리거나 하지 않았다. 그것은 계속해서 개울물 소리로 들렸다. 잠시 후 나는 눈을 감은 채로 개울물 소리를 들었다. 개울물 소리가 좀더 뚜렷하게 들렸다. 마치 내게 필요했던 것이 바로 그것이었던 것처럼 나는 그곳을 떠났다.

내가 목장으로 돌아왔을 때에는 저녁 무렵이었다. 소나기에 털이 젖은 양들이 물에 빠진 모습을 하고 있었다. 친구는 아무 말 없이 내가 나의 방으로 가는 것을 지켜보았다. 나는 그에게 닭 한 마리를 건네주었다. 그는 말없이 닭을, 아니 닭을 묶고 있는 끈을 건네받았다. 그는 그의 토끼를 어떻게 했는지는 묻지 않았다. 그는 그의 토끼 두 마리가 닭 한 마리가 되어 돌아온 것은 수수께끼에 가까운 일이지만 그것은 수수께끼로 남겨놓는 게 좋을 것이라는 듯 나를 쳐다보았다. 그는 그런 식으로 내가 한 어떤 행동에 대해 이유는 묻지 않고, 다만 이해할 수 없다는 듯 나를 쳐다보곤 했다.

그날 밤 나는 잠이 오지 않았고, 그날의 일들을 떠올리며 몸을 뒤척였다. 마침내 잠이 들었고 어떤 꿈을 꿨다. 친구와 나는 말씨름을 했다. 내가 양의 우리로 거처를 옮기겠다고 하자 그는 그것이 양에게 결코 좋을 수 없다며 안 된다고 했다. 화가 난 나는 잠에서 깼다.

나는 방목장으로 향했다. 그전에도 불쑥불쑥 모든 것을 끝장내고 싶은 해묵은 충동이 밀려올 때면 양떼 목장을 산책하며 마음을 진정시키곤 했다. 한밤중이 되어서도 잠은 오지 않고 오히려 정신이 더욱 말짱해지곤 할 때면 목초지로 나가 하늘에 촘촘히 떠 있는 별들을 보며 걷곤 했다. 그러다가 넘어져 무릎에 멍이 들어 멍이 든 곳을 어루만지다가 돌아오기도 했다.

양떼마저 잠이 든 듯 조용해진 늦은 시각, 방목장을 배회하는 일은 즐거웠다. 특히 보름달이 떠 환한 하늘 아래로 방목장의 구릉이 마치 하늘에 맞닿아 있기라도 한 듯 여겨질 때에는 더욱 그랬다. 어떤 자연적인 조건에서 하늘이 땅과 맞닿아 있는 느낌을 주는지는 알 수 없었지만 어쨌든 그런 순간의 비현실적인 느낌이 좋았다. 그럴 때면 나는 방목장을 거닐며 비현실적인 상상을 하곤 했다. 나의 상상 속에서 양들은 그들 사이에 전염병이 돌거나, 누군가에 의해 모두 잔인하게 목이 그어진 채로 죽어 방목장의 여기저기에 널려 있기도 했는데 그것은 기이하면서도 서정적인 광경이었다. 아니면 양들이 모두 사라진 방목장에 코끼리나 기린 같은 커다란 짐승 한두 마리가 커다란 그림자를 드리우며 서 있기도 했다. 그러한 동물들이 있는 방목장은 그곳과는 어울리지 않는 것이 있음으로 해서 전혀 새로운 느낌을 주었다.

마침 그날 밤에는 보름달이 떠 있지는 않았다. 달은 보이지 않고 별만 몇 개 떠 있었다. 주위는 깜깜했다. 제대로 걸음을 떼기도 어려웠다. 나는 결국 넘어졌고, 그리고 무슨 생각에서인지 곧 일어나지 않고 네발로 기기 시작했다. 마치 나 자신이 양처럼 여겨졌다. 그 양은 잠시 그렇게 양떼 목장을 기어다녔다. 내가 다시 내 방에 돌아왔을 때에는 무릎이 빨개져 있었다.

그리고 또 시간이 지나갔고, 계절이 바뀌었다. 나는 내가 무엇을 원하는지 알 수 없었다. 원하는 무엇이 있기나 한지도 알 수 없었다. 나의 과거는 기억 속에서 지워져갔고, 어떤 기억들은 지우개로 지운 듯 사라져버렸다. 내가 몰두할 수 있었던 것은 무의미한 것들뿐이었고, 그래서 나는 무의미한 것들에 기꺼이 몰두했다. 그러던 어느 날 나는 목장에서 조금 떨어진 곳에 있는 어딘가를 갔다. 그곳은 선사시대의 유적지가 남아 있는 곳이었다. 그런 곳이 있다는 것을 알려준 것은 친구였다. 그는 심심하면 그곳에 한번 가보라고 했다. 내가 그곳을 찾아간 것은 내가 머무르게 된 고장에 대해 조금 더 알고자 하는 마음에서는 아니었다. 아마도 그곳이 선사시대의 유적지라는 것이 내 마음을 끌었던 것 같다.

유적지는 유물들이 박물관으로 보내진 듯 흔적만이 남아 있었다. 방으로 쓰인 것으로 보이는 구덩이가 여기저기 패어 있었다. 그리고 그곳은 유적지로서 중요성이 별로 크지 않아서인지, 아니면 중요한 곳임에도 그 중요성이 제대로 인식되지 않고 있어서인지는 알 수 없었지만 거의 방치되어 있었다. 출입을 제한하는 어떤 표지도 없었다.

요컨대, 이곳은 폐허군, 하고 나는 중얼거렸다. 하지만 폐허라는 단어는 그곳에서 내가 갖고자 하는 느낌을 적절하게 담아내지 못했다. 아무런 기록으로도 남아 있지 않은, 시간에 의해 묻혔다가 다시 시간에 의해 드러나게 된 그 장소를 나는 골똘히 바라보았지만 별 느낌이 들지 않았다. 어쩌면 그 장소의 인상을 적절한 언어로 옮길 수 없어서인지도 몰랐다. 그럼에도 나는 그곳에 한참 동안 서 있었다. 그리고 마침내는 그 장소에 대한 인상을 내 나름대로 표현할 수 있었다. 이곳에 살았던 사람들은 단순한 도구를 이용해 단순하기 짝이 없는 것들을 만들며 단순할 대로 단순한 삶을 산 것이 분명해, 하고 나는 중얼거렸다. 하지만 그 표현 역시 시시하게 여겨졌다. 그러자 그 장소 또한 시시하게 생각되었다. 뭔가에 대한 인상은 그것에 대한 나의 표현력에 따라 그 강도가 커지기도, 작아지기도 했다.

나는 선사시대의 유적지와, 그 너머에 있는 풍경을 한꺼번에 바라보았다. 점차 그 모든 것이 터무니없게 여겨졌다. 모든 풍경이, 내가 그것들을 충분히 오래도록 바라보고 있으면 터무니없게 여겨지는 순간이 찾아왔다. 이번에는 그 순간이 좀더 빨리 찾아왔다.

갑자기 노래가 부르고 싶었던 것은 아니지만 그런 곳에서 부르기에 적당한 노래가 생각이 났고, 그래서 그 노래를 부르기 시작했다. 하지만 나는 곧 마치 그 노래를 부르는 것을 멈추게 하는 뭔가가 있기라도 한 듯 노래를 멈췄는데, 노래를 멈추게 한 뭔가가 있어서는 아니었다. 그냥 그 노래가 그곳에서 부르기에 적당치 않은 것으로 여겨졌기 때문이었다. 그때 문득 그 근처에 석회동굴이 있다는 얘기를 들은 기억이 떠올랐다. 그리고 마침 그 동굴의 위치를 알리는 녹슨 간판이 보였다.

나는 그곳을 떠났고, 좁은 산길을 오르기 시작했다. 멀리 아래쪽으로, 그 일대의 탄광에서 캔 석탄이나 석회를 실어날랐을 열차가 지나다니던 철로가 광산이 문을 닫으면서 버려진 듯 잡초에 묻혀 있는 것이 보였다. 여기저기 광산들이 산재한 험한 산들이 있고, 얼마 전까지만 해도 화전민들이 살던 그 고장이 점차 마음에 들려 하고 있었다.

이렇다 하게 빼어난 풍경은 아니었지만 가까이 혹은 멀리 있는 가파른 산들과 그 산들 사이로 비좁게 들어서 있는 들판과 그 사이를 흐르는 개울이 잘 어우러져 있는 것 같았다. 대체로, 아니 거의 전적으로 자연의 구도는 언제나 옳은 것 같단 말야, 하고 나는 중얼거렸다. 그런 생각을 다 하다니, 하고 나는 생각했다.

길은 점점 더 험해졌다. 무성한 풀이 길을 뒤덮고 있었다. 풀과 그루터기들이 발목에 걸렸다. 발목에 걸리는 것들이 어찌나 걸리던지 나는 그냥 포기하고 돌아갈까 하는 생각도 했다. 하지만 나는 포기하지 않았다. 한참을 더 가자 마침내 동굴 하나가 나왔다. 그 동굴은 안전상의 이유로 사람들의 출입이 금지되어 있었다. 그런 취지의 푯말이 동굴 입구에 서 있었다. 나는 괜히 주위를 한번 둘러본 후 동굴 안으로 들어갔다. 동굴의 입구는 넓었고, 햇빛이 동굴 꽤 깊은 곳까지 비치고 있었다. 동굴은 그럴 필요라도 있다는 듯 입구부터 여러 갈래 길로 복잡하게 얽혀 있었다. 동굴 안으로 들어간 나는 내가 입구에서 상상한 동굴의 모습은 아니라는 듯 잠시 그대로 서 있었다. 하지만 내가 동굴 입구에서 그 안이 어떨지를 상상했던 것은 아니었다.

나는 조심스럽게 사람들이 만들어놓은 계단을 내려갔다. 아주 오래전 그곳에 거주하던 혈거인들이 그려놓은 벽화가 오랜 시간의 경과에도 불구하고 희미한 자국으로나마 남아 있을 것만 같았다. 하지만 그런 것은 눈에 띄지 않았다. 나는 넓은 방처럼 여겨지는 곳의 한가운데로 갔고, 동굴을 바라보며 그 동굴이 동굴이 되기까지 동굴 스스로 기울인 노력을 생각해보려 했지만 잘 짐작이 되지 않았다. 아무튼 쉽지 않은 일이었을 거라는 정도는 생각할 수 있었다. 나는 내가 동굴에 대한 일반적인 지식 외에는 다른 지식은 갖고 있지 않다는 것을 확인했다.

나는 여러 방향으로, 내가 내는 소리가 서로 다르게 반향되는 차이를 느끼며 몇 가지 소리를 질러보았다. 그 소리는 동굴에 울리면서 일부는 동굴 밖으로 새어나갔고, 다른 일부는 동굴 안쪽의 깊은 어둠 속으로 길게 빠져들어갔다. 나는 좀더 안쪽으로 걸음을 옮겼다. 마치 어떤 생각을 등에 업고 그러고 있는 것 같았다. 그런 표현이 가능한 것 같았다. 점점 어두워졌고, 마침내는 아무것도 보이지 않는 암흑의 세계가 나타났다. 나는 암흑의 세계에 발을 들여놓은 사람처럼 동굴 벽을 더듬으며 천천히 앞으로 나아갔다. 하지만 조금 후에 갑자기 길이 끊겨버렸다. 나는 길을 잃은 사람처럼 어둠 속에 가만히 서 있었다. 그러자 정말로 길을 잃은 것처럼 여겨졌다. 모든 건 생각을 어떻게 하느냐에 달려 있다라는 식의 생각은 하지 않았다. 하지만 약간 무서워졌다.

실제로 동굴 입구를 찾는 것은 크게 어려워 보이지는 않았다.

그럼에도 나는 입구를 찾을 수 없는 동굴에 갇힌 사람처럼 서 있었다. 문득 어떤 소리가 들릴락 말락 하게 들려왔지만 그것이 무엇이 내는 소리인지 또는 무엇에서 나는 소리인지는 알 수 없었다. 박쥐 소리인지도 몰랐다. 나는 동굴 천장에 매달린 수많은 박쥐가 퇴화한 눈으로 나를 지켜보고 있는 상상을 했다. 나는 나 또한 무슨 소린가를 내는 것이 옳다는 생각은 들지 않았고, 그래서 조용히 있었다. 그러자 주위는 다시 조용해졌다.

나의 형체마저도 분간할 수 없는 그렇게 깊은 어둠 속에 서 있자 나의 몸은 온데간데없고 나의 생각만이 그곳에 있는 것 같았다. 하지만 생각마저 지우려 애쓰지는 않았다. 생각만큼은 남아 있게 하고 싶었다.

문득 그 몇 달 전 토끼를 팔러 갔던 날의 일들이 떠올랐다. 두 노파를 만난 일과 닭 한 마리가 갑자기 알을 낳은 일, 식당에서 주정뱅이가 나를 위협하며 횡설수설하던 일, 한 노파의 집에서 감자를 먹던 일, 그리고 그녀의 마당에 있는 웅덩이를 바라보던 일과 그 순간 오래전 언젠가 내가 어떤 고여 있는 물을 바라보고 있는데 수면 위에 떠 있던 뭔가가 천천히, 아주 천천히, 마치 그렇게 하는 데에는 어떤 비결이라도 있는 듯, 천천히 가라앉는 것이 보였던 기억이 떠오른 것까지가 생생하게 떠올랐다.

나도 모르게 미소가 나왔다. 그리고 그 모든 생각들이 마치 소리가 잠잠해지듯 가라앉았다. 그리고 그 가라앉은 생각 속에서 불

현듯 다른 무엇도 아닌, 양떼 목장의 양들이 떠올랐다. 그것들은 안개 속에서 보이지는 않았지만 기이하게 들리는 울음소리로 안개 속 그 어딘가에 존재하고 있었다. 그렇게, 내가 양떼 목장을 떠올릴 때면 양떼가 거닐고 있는 푸른 구릉도, 양들이 모두 우리 속에 들어가 있어 텅 빈, 달빛 아래의 방목장도 아닌, 안개 속의 아무것도 보이지 않는 안개로만 이루어진 광경이 떠올랐다. 그리고 안개가 천천히 걷히며 양떼 목장에 코끼리 한 마리가 서 있는 것이 보이는 듯했다. 나는 그것이 실제 코끼리가 아니라 거대한 봉제인형 코끼리라는 상상을 했다. 그것은 석탄일의 축하 행사에서 볼 수 있는 모조 코끼리와 비슷했다.

배추벌레

우리를 안내하는 사람이 우리를 불러모았을 때 우리 일행은 모두 넷이었다. 우리를 안내하는 사람은 우리 중에 배추나 무를 뽑아본 사람이 있는지 물었다. 아무도 없었다. 그는 우리 중 두 명은 배추를, 나머지 두 명은 무를 뽑기를 원했고, 우리는 배추를 뽑을지 무를 뽑을지를 결정해야 했다. 배추도 뽑고 무도 뽑을 수는 없었다. 배추를 뽑는 일과 무를 뽑는 일은 전혀 다른 성격의 일이었다. 나는 그 문제를 곰곰이 생각해보았다. 어려운 결정이었다.

그때 우리를 안내하는 사내가 그 문제를 해결해주었다. 무를 뽑는 일은 배추를 뽑는 일에 비해 훨씬 힘들다고. 그러니 기운이 부족한 사람은 배추를 뽑으라고, 그리고 기운이 남아도는 사람은 무를 뽑으라고. 그러면서 그는 키가 작은 사내와 나는 배추를, 나머지 두 사람은 무를 뽑는 일을 하라고 했다. 나는 그렇게 하면 될 거라고 생각했다. 우리를 안내하는 사내는 배추를 뽑는 일은 무를 뽑는 일에 비해 일당이 적을 거라고 했다. 그만큼 일이 덜 힘드니까. 배추도 보기보다 잘 뽑히지 않지만 무는 생각 이상으로 훨씬 안 뽑힌다고.

그런 다음 그는 우리에게는 기본적으로 주어지는 일당과 함께 일을 한 양에 따라 주어지는 수당이 있을 거라고 했다. 일종의 성과급이었다. 그는 돈을 많이 벌고 싶으면 그만큼 일을 많이 하면 된다고 했다. 하지만 그는 돈을 적게 벌고 싶으면 그만큼 일을 적게 하면 된다고는 말하지 않았다. 그것은 이해할 수 있는 일이었다. 돈을 벌러 가는 마당에 이왕이면 돈을 적게 벌기 위해 일을 적게 하는 것은 생각기 어려운 일이었다. 하지만 돈을 적게 벌고 싶지 않음에도 일을 많이 할 수 없어 돈을 적게 벌 수밖에 없는 사람도 있었다.

나는 갑자기 무슨 근거에서 그런 생각을 했는지는 알 수 없었지만 그가 우리를 속이려 들고 있다는 생각이 들었다. 그가 우리를 속이려 들고 있지 않다는 생각은 들지 않았다. 하지만 나는 그냥 속아넘어가주지, 하지만 속아넘어가주는 건 단 한 번뿐이야, 하고 생각했다. 하지만 그는 우리를 속일 의도는 없는 것처럼 보이기도 했다. 그만큼 나는 내 멋대로 생각하고 있었다. 생각만큼은 멋대로 할 수 있는 것이었고, 그래서 그것은 자연스런 일이었다.

우리를 안내하는 사람은 우리에게 지시 사항을 얘기했다. 그는 처음 얘기하는데도 다시금 얘기하는 것처럼 지루한 표정으로 말했다. 그리고 그는 사람들이 지시 사항을 얘기할 때면 곧잘 그러듯 허리에 두 손을 얹은 채로 말했다. 그렇게 하자 그는 누군가에게 뭔가를 지시하는 사람처럼 보였다. 그리고 그는 우리를 차례로 한 사람씩 쳐다보며 말했다.

그는 우리에게 다음과 같이 말했고, 우리는 다음과 같이 말하는 그의 이야기를 들어야 했다. 그는 우리가 뭘 하는 사람인지는 중요하지 않다고 했다. 그리고 그는 우리가 본래 뭘 하는 사람인지는 잊는 것이 중요하다고 했다. 그리고 그는 우리가 뭘 하러 온 사람인지를 잊지 않는 것이 중요하다고 했다. 그리고 그는 우리 모두가 즐거운 마음으로 일을 하는 것이 중요하다고 했다. 그리고 그는 이 모든 사실을 명심하는 것이 중요하다고 했다. 그는 우리에게 중요하지 않은 것 한 가지와 중요한 것 네 가지를 얘기했다. 그리고 이 모든 사실을 잊지 않는 것이 중요하다고 했다. 그는 모두 여섯 가지를 얘기했다. 그 여섯 가지 모두가 우리에게 중요했다. 그 여섯 가지 중 어느 것이 가장 중요한지는 알 수 없었다. 여섯 가지 모두 똑같이 중요한 것 같았다. 하지만 우리 네 사람 중 누구도 그것들을 중요하게 받아들이는 것 같지는 않았다. 어쨌든 그것은 우리에게 그것의 중요성을 얘기하는 사람에게나 중요한 것처럼 보였다. 그 중요성은 스스로 실감해야 하는 것이었지만 그것은 스스로 실감하기는 어려운 것이었다. 그런데 이 사람은 말을 빙빙 돌려 요지를 파악하기 어렵게 얘기를 하거나 하지는 않는군, 하고 나는 생각했다. 그는 우리가 그가 말한 중요한 것들을 숙지했는지 확인하지는 않았다.

그런 다음 그는 작업이 며칠, 또는 길게는 일주일이 넘게 걸릴 수도 있다고 했다. 갈아입을 옷을 준비하지 않았다는 생각이 들었지만 그것은 별문제가 되지 않을 거라는 생각 또한 들었다. 나는 옷은 이틀 또는 사흘에 한 번은 갈아입지 않으면 안 된다는 생각을 버리지 못하는 사람은 아니었다.

주위는 아직도 어두웠다. 어둠이 어딘가에서 다 자라 있을 배추와 무를, 그리고 그것들을 뽑으러 가는 사람들을, 그리고 그 나머지, 아직 어둠 속에 있는 것들을 에워싸고 있었다. 우리는 어둠 속에서 차에 올라탔고, 출발을 했다. 우리를 안내하는 사람이 운전을 했다. 우리가 가야 할 길을 알고 있는 사람은 그였다. 우리는 우리의 행선지를 모르고 있었다. 대략 어디쯤인지는 알 수 있었지만 정확한 위치는 알 수 없었다.

우리 일행은 서로를 소개하지 않았다, 그럴 필요라곤 없는 것처럼. 무와 배추를 뽑으러 가는 사람들이 서로에 대해 알 필요는 없었다. 우리는 서로 말이 없었다. 아직 새벽이었고, 그래서 졸음들이 가시지 않아 다들 졸고 있었던 것이다. 나 또한 졸음이 느껴졌지만 막상 잠이 들지는 않았다. 나는 창밖으로, 조금씩 환해지는 아침 속에서 모습을 드러내는 풍경들을 보았다. 하지만 그 어떤 것도 눈여겨보지는 않았다.

곧 우리는 도시를 빠져나갔고, 국도로 들어섰다. 이제 완전히 환해져 있었다. 멀리 과수원 하나가 보였고, 문득 언젠가 어떤 과수원에서 일을 한 기억이 떠올랐다. 그때도 일당을 받고 사과를 따는 일을 했었다. 그날의 일과 관련해서는 사과를 따는 일이 생각 이상으로 힘들었던 것이, 특히 하루일을 끝낸 후에는 목이 제대로 돌아가지 않을 정도로 뻐근했던 일이, 그리고 사과를 실컷 먹었던, 하지만 사과를 실컷 먹은 것이 일의 고단함을 덜어주지는 못했던 것이 기억났다.

하지만 내가 먹을 수 있었던 사과는 성한 것은 아니었다. 성한 사과는 손은 댈 수 있었지만 입을 대어서는 안 되었다. 우리가 먹거나 챙길 수 있었던 것은 땅에 떨어진 사과뿐이었다. 과수원 주인과 관리인은 땅에 떨어진 사과에 대해서는 상관하지 않았다. 일단 땅에 떨어진 사과는 그들의 소관에서 벗어난 것이었다. 그래서 나는 나무에 매달린 사과 몇 개를 일부러 슬쩍 땅에 떨어뜨린 후 그것을 주워먹기도 했다. 땅에 떨어진 사과는 약간 멍이 들어 있었지만 맛은 그대로였다. 하지만 가지에 붙어 있는 사과를 일부러 땅에 떨어뜨리는 짓은 주인 몰래 해야 했다. 주인은 그의 인부들이 주워먹기 위해 사과를 일부러 땅에 떨어뜨리는 것은 용납하지 않았다. 주인이라면 마땅히 그래야 했다.

하지만 우리가 탄 차가 과수원을 지나 그 과수원이 더이상 보이지 않게 되면서 나는 곧 내가 일을 했던 과수원에 대한 생각은 그만두었다. 하지만 과수원 자체에 대한 생각을 그만둔 것은 아니었다. 그 순간 다른 과수원이 머릿속에 떠올랐기 때문이었다. 그리고 그 과수원은 내가 과수원에 대한 생각을 할 때면 모든 과수원에 대한 생각의 끝에서, 또는 모든 과수원에 대한 생각을 제치고 떠오르는 과수원이었다. 그리고 그 과수원은 내 어린 시절의 기억 속의 과수원이었다. 그 과수원은 내가 살던 마을 앞 들판의 끝자락에 있었다.

당시 아이들은 그 과수원에 가는 것을 꺼려했다. 그것은 그곳이 마을과는 동떨어져 있어서이기도 했지만 그곳 주인 때문이기도 했다. 마을 사람들의 말로는 그곳 주인이 성격이 아주 사납고, 생긴 것도 사납게 생겼으며, 누구와도 어울리지 않는다고 했다. 그리고 그의 집에는 아주 사나운 개들이 있다고 했다. 마을 사람들 중 그와 접촉하는 사람들은 거의 없었다. 그는 오래전부터 세상과는 담을 쌓고 살아오고 있었다. 외지에서 온 인부 한두 명이 그의 일을 거들고 있다고 했다. 그는 사람들을 만나는 것을 극도로 꺼렸고, 그래서 그에 관한 좋지 않은 소문은 사람들 사이에서 자연스럽게 자리잡았으며, 우리 아이들의 머릿속에는 그에 대한 무서운 상상이 마찬가지로 자연스럽게 자리를 잡았고, 우리는 그의 과수원 가까이 갈 엄두를 내지 못했다. 하지만 그럴수록 아이들의 호기심은 커져갔고, 우리는 끝내 그 호기심을 이기지 못했고, 어느 날 밤 사과 서리를 하러 그곳으로 갔다.

하지만 그의 과수원에 도착한 우리는 뭔가가 이상하다는 것을 느꼈다. 수확기였음에도 사과는 거의 그대로 매달려 있었다. 그리고 사과를 몇 개 딴 우리는 또다른 이상한 점을 발견했다. 그곳 사과들은 제대로 성장하지 못해 과일로서는 별로 쓸모가 없었던 것이다. 무슨 병에 걸린 듯 과실은 크기가 작았고, 썩은 곳이 많았다. 그리고 땅바닥에는 낙과가 수두룩했다. 우리는 몇 개를 땄고, 잠시 선 채로 그것을 맛보았다. 그때 한 아이가 뭔가 이상한 것이 있다며 손가락으로 가리켰다. 그것은 배였다. 부서진 배 한 척이 과수원 안에 있었다. 그 배가 왜 과수원 안에 있는지는 알 수 없었다. 오래전 그 과수원이 강이었다면 이해할 수도 있는 일이었다. 하지만 내가 알기로 그곳은 강이었던 적이 없었다. 우리가 그 배에 대해 무슨 얘기를 했는지는 기억이 나지 않는다.

사과는 별맛도 없었다. 우리의 실망은 컸고, 곧 우리는 철수를 결정했다. 그런데 그 순간 우리 앞에 희미한 커다란 형체가 서 있는 것이 보였다. 먼저 그를 발견한 아이들은 도망을 쳤지만 무슨 이유에서인지 나는 그렇게 하지 못했다. 그는 내게서 몇 발자국밖에 떨어지지 않은 곳에 서 있었다. 다행히도 그의 손에 개를 묶은 줄이 들려 있거나 하지는 않았다. 그와 눈이 마주쳤다. 그는 나를 똑바로 쳐다보았다. 나는 발걸음이 제대로 떼어지지 않았다. 나는 곧 그에게 붙들리게 될 걸로 생각했다. 하지만 그다음 순간 그가 취한 행동은 이해할 수 없는 것이었다. 그는 아무 행동도 취하지 않았던 것이다. 그는 꼼짝 않고 그대로 서 있었다. 그는 가만히 서 있기만 할 뿐 어떤 동작도 취하지 않았다. 문득 그에 관한 또다른 사실이 떠올랐다. 그는 다리를 저는 것으로 알려져 있었다. 상황은 내게 좀더 유리한 것 같았다. 하지만 그는 나의 그러한 생각과는 상관없이 그 어떤 동작도 취하지 않고, 마치 넋이 나간 사람처럼 우두커니 서 있을 뿐이었다. 어쩐지 그는 부축을 필요로 하는 사람처럼 보이기도 했다. 어쩐지 그러한 그의 모습은 불행해 보이기까지 했다. 나는 기운을 차렸고, 천천히 뒤로 물러나기 시작했다. 하지만 그는 나를 붙잡으러 오거나 하지는 않았다. 오히려 그대로 선 채로 누군가가, 내가 그에게로 와주기를 기다리는 것만 같았다. 나는 좀더 걸음을 빨리했고, 마침내는 달아나기 시작했다. 내가 마지막으로 뒤돌아보았을 때에도 그는 유령 같은 모습으로 그대로 서 있었다. 결국 나는 그가 다리를 저는 것은 보지 못했다. 그리고 그것이 내가 본 그의 마지막 모습이었다.

그 얼마 후 마을 앞 논에서 우연히 오래된 도자기들이 발견되었고, 그 일대는 대대적으로 파헤쳐졌다. 그리고 발굴 지역은 그의 과수원까지 넓혀졌다. 고고학자들이 학생과 인부들을 데리고 왔다. 땅에는 구획이 그어졌고, 줄이 쳐졌으며, 본격적인 발굴이 이루어졌다. 하지만 곧 도자기의 가치는 그다지 크지 않은 것으로 판명되었다. 그래서 엄격한 관리가 이루어지지 않았고, 그래서 밤이면 그의 과수원은 사과를 몰래 따는 대신 몰래 깨진 도자기를 주우러 다니는 아이들로 북적였다. 그사이에도 그의 과수원 한쪽 귀퉁이에 있는 그의 집만큼은 대문이 닫혀 있었고, 그에 더해 굳게 닫혀 있었다. 그곳은 더이상 사람이 살지 않는 집처럼 여겨졌다. 하지만 그사이에도 그는 비록 죽어가고 있긴 했지만 그 집에서 살고 있었다. 그 얼마 후 그가 죽었다는 소식이 전해진 것이다. 그 과수원이 그후로는 어떻게 되었는지 알 수 없었다. 그 무렵 나는 그 마을을 떠난 것이다.

그런데 그 과수원을 떠올릴 때면 항상 떠오르는 것이 두 가지 있었다. 서리를 하던 그날 밤 갑자기 나타나 전혀 미동도 없이 서 있던 그곳 주인의 모습과 함께 과수원에 있던 부서진 배가 그것이다. 본래 있어야 할 장소에 있지 않았던 그 부서진 배는 그 과수원 주인을 이해하는 데 있어 어떤 실마리를 제공하지만 끝내 그를 이해하는 데 있어 아무런 단서가 되지 못하는 어떤 것처럼 여겨졌다. 나는 그 부서진 배와 과수원 주인에 대한 기억을 접었다. 그러자 어느 날 어느 안개 낀 강가에서 안개가 걷히며 모습을 나타낸 어떤 부서진 배 한 척을 보았던 기억이 났다. 그리고 그 기억은 과수원의 부서진 배에 대한 기억으로 이어졌고, 그곳 주인의, 서리를 하던 밤의 알 수 없는 행동에 대한 기억으로 이어졌다. 이것은 끝이 없는 생각이었고, 나는 창밖을 보며 그 기억들을 떨쳐버렸다.

그때 창밖으로 댐 하나가 모습을 보였다. 발전용 댐으로는 보이지 않았다. 그 댐은 내가 생각하는 발전용 댐의 모습을 하고 있지 않았다. 그냥 홍수를 막는 등의 일을 하는, 수위 조절용 댐 같았다. 댐은 그 자체로는 그렇게 거대하지 않았지만 충분히 가까이서 보자 충분히 거대하게 보였다. 하지만 댐에서 방류되고 있는 물줄기는 빈약해 보였다. 전에도 그런 적이 있었는지는 알 수 없었지만 문득 댐을 보고 있으면 누군가가 댐에서 떨어지는 장면이 곧잘 떠오르는 것 같았다. 그리고 실제로 내가 다른 인부들과 함께 배추 뽑는 일을 하러 차를 타고 가고 있는 그 순간 누군가가 댐에서 떨어지고 있는 장면이 떠올랐다. 그는 당연히 거꾸로 떨어지고 있어야 했고, 그래서 나는 그의 자세를 거꾸로 바꿔놓았다. 그는 천천히 오랜 시간에 걸쳐 떨어졌고, 나는 그가 떨어지는 모습을 자세히 볼 수 있었다. 하지만 표정까지 볼 수는 없었다. 그의 비명소리도 들리지 않았다. 아마 아래로 떨어지고 있는 거센 물줄기 소리에 파묻힌 것 같았다. 마침내 그가 완전히 떨어져 하얗게 거품이 이는 수면 속으로 사라지는 순간 나의 상상은 그쳤다.

조금 후 차가 멈췄고, 우리는 어느 휴게소에 도착해 있었다. 우리는 밖으로 나갔고, 커피를 마셨고, 담배를 피웠다. 키가 작은 남자가 얼마 전 자신이 일당을 벌기 위해 한 일을 얘기했다. 그는 미나리꽝에서 미나리를 뽑았다고 했다. 그 미나리꽝에는 거머리가 장난이 아니게 많았소, 그가 말했다. 그는 바지를 걷어올려 거머리에게 물린 자국을 보여주었다. 하지만 그가 보여주는 상처 자국이 거머리에게 물려 생긴 것인지는 분명치 않았다. 그는 거머리가 다리에 파고드는 느낌이 좋았다고, 싫지 않았다고, 그래서 거머리는 상관하지 않았다고 했다. 거머리에게 피를 빨리는 느낌이 어땠는지 아시오, 그가 말했다. 마치 헌혈을 하는 느낌이었소. 우리는 놀랍다는 듯 그를 쳐다보았다. 그는 아무렇지 않다는 듯 우리를 쳐다보았다. 그때 덩치가 아주 큰 사람이 자신은 한때 참치를 잡기도 했다는 말을 했다. 그는 힘깨나 써 보였다. 그는 무를 뽑기로 되어 있었다. 그에게는 무를 뽑는 일이 어울릴 것 같았다. 그는 길이가 이 미터도 넘으며 무게가 이백 킬로그램도 더 나가는 참치의 꼬리에 잘못 맞게 되면 다칠 수도 있다고, 실제로 자신도 여러 번 다쳤었다고 했다. 그리고 그는 참치를 잡는 사람 중 참치 꼬리에 다쳐보지 않은 사람은 없다고 했다. 그리고 그는 참치 꼬리에 다쳐봐야 비로소 참치잡이 어부가 된다고 했다. 나는 어선을 타본 적이 없었기에 한 번도 참치를 잡아본 적이 없었다. 나는 정어리를 포함해 어떤 생선도 내 손으로 잡아본 적이 없었다. 그는 차가운 물과, 밤이 되면 더 차갑게 느껴지는 물에 대해 얘기했다. 그는 내가 상상한, 거친 파도와 사나운 바람에 대해서는 얘기하지 않았다. 내가 생각하는 고기잡이는 파도와 바람과의 싸움이었던 것이다. 그는 살면서 무를 뽑는 일과 같은 일을 하게 될 줄은 몰랐다는 식으로, 그리고 무를 뽑는 일은 일로도 칠 수 없다는 듯 무를 뽑는 일에 대해 얘기했다. 그사이에도 모자를 눌러쓴 사람은 아무 말이 없었다. 나는 언젠가 내가 한 적이 있는, 밤을 딴 일을 얘기할까 하다가 말았다. 밤을 따다가 잘못해 밤송이가 머리에 박혀 고생을 한 얘기를 하는 것은 아무래도 우스운 일이었다.

우리는 다시 차에 올라탔다. 이제 사람들은 본격적으로 잡담을 나누고 있었다. 거머리와 참치에 관한 얘기가 더 나왔다. 조금 후에 키가 작은 사내가 뭐라고 하자 덩치가 큰 사내가 뭐라고 했고, 그러자 키가 작은 사내가 다시 뭐라고 했다. 하지만 모자를 눌러쓰고 있는 사내는 여전히 아무 말이 없었다. 그가 벙어리는 아닌지 의심스러웠다. 그런데 그의 옆에는 무거워 보이는 가방 하나가 놓여 있었다. 그 가방 속에 뭐가 들어 있을지가 궁금했다. 가방 속에 들어 있을 수 있는 뭔가가, 들어 있기에 적당한 어떤 것이, 또는 그렇지 않은 어떤 것이 들어 있겠지, 하고 나는 생각했다. 그는 아무 말이 없었다. 그는 가만히 앉아 있었고, 그리고 그렇게 가만히 앉아 있는 것이 아주 귀찮다는 표정을 짓고 있었다. 그는 자신이 말을 하는 것도, 다른 사람의 말을 듣는 것도 아주 귀찮다는 표정이었다. 심지어는 누구도 아무 얘기도 하지 않고 있을 때에도 귀찮다는 표정을 짓고 있었다. 그는 스스로를 귀찮은 존재로 생각하는 것 같았다. 하지만 그는 신경질적인 반응을 보이거나 불쾌한 표정을 짓지는 않았다. 그는 오직 귀찮다는 표정만 지었다.

그는 게으른 사람들이 파리를 쫓거나 양말을 벗을 때, 또는 짐을 싸거나 식사를 할 때 짓기도 하는 귀찮은 표정을 파리를 쫓거나 양말을 벗거나 짐을 싸거나 식사를 하거나 하지 않으면서도 지을 수 있었다. 나는 그를 따라 귀찮은 표정을 지어보았지만 그처럼 잘 지을 수는 없는 것 같았다. 그는 내가 지금껏 본 사람 가운데 귀찮은 표정을 가장 잘 짓는 사람으로 여겨졌다. 나는 그렇게 결론을 내렸다. 그를 쳐다보고 있자 어떤 권투 시합에서 승리한 선수의 손을 번쩍 들어줄 때처럼 세상에서 귀찮아하는 표정을 가장 잘 지을 줄 아는 사람을 뽑는 대회에서 승리한 그의 손을 번쩍 들어주는 장면이 떠오르기까지 했다. 그는 우승 소감을 간단하게 말할 것이었다. 그리고 자신이 그렇게 되기까지 스스로 기울인 노력에 대해 얘기할 것이었다. 그는 노력은 필요 없었다고, 본래 자신은 그렇게 태어났다고 말할 것이었다. 사람들은 그에게 갈채를 보낼 것이다.

마침내 일행 중 한 명이 그에게 무슨 일을 하고 살았는지 묻자 그는 그것이 아주 귀찮은 질문이라도 된다는 듯 쉽게 대답하지 않았다. 그리고 마침내 그에게서 나온 대답은 우리 모두를 놀라게 했다. 그는 자신이 한때 소방수였다고 대답했다. 소방수가 매사를 귀찮아하는 사람이 할 수 있는 일로는 여겨지지 않았다. 하지만 소방수가 매사를 귀찮아하면서도 할 수는 없는 일로는 여겨지지 않았다.

그때 우리가 탄 차가 갑자기 멈춰 섰다. 운전을 하던 사람이 뭐라고 했다. 그는 수박이 어쩌고저쩌고했다. 나는 앞쪽을 바라보았다. 길 한가운데에 트럭 한 대가 전복되어 있었고, 그것에 실려 있던 수박들이 길에 나뒹굴어 있었다. 성한 수박들도 있었지만 깨진 수박들이 더 많았다. 깨진 수박들은 빨간 속살을 드러내고 있었다. 수박들이 도로를 가득 메운 채로 널브러져 있는 모습은 장관이라면 장관이었다. 그것은 언젠가 꾼, 어떤 언덕에서 수많은 배구공들이 굴러내려오는 꿈만큼이나 인상적인 모습이었다. 그리고 깨져 빨간 속살이 드러난 수박들은 그것을 즐기고 있는 듯한 모습이었다. 그것들은 마치 환하게 웃고 있는 듯했다.

우리 일행은 차에서 내렸다. 수박을 실은 트럭을 운전하던 사람은 크게 다치지는 않은 듯 보였지만 그 사고로 약간 넋이 나간 듯, 자신에게 무슨 일이 일어났는지 잘 이해할 수 없다는 듯 그가 만든 상황을 그냥 쳐다만 보고 있었다. 우리가 그에게 괜찮은지 묻자 그는 고개를 끄덕일 뿐 다른 말은 하지 않았다. 우리는 한쪽 길을 막고 있는 수박들을 치웠다. 우리는 수박 치우는 일을 마저 해주고 싶었지만 우리를 안내하는 사람이 우리에게는 다른 할일이 있다는 것을 상기시켜주었고, 그래서 우리는 다시 우리 차에 탔다. 우리가 트럭 운전사에게 다시 한번 괜찮은지 묻자 그는 다시 고개를 끄덕였다. 하지만 그는 괜찮은 것이 어떤 것인지도 모르는 것 같았다. 마지막 순간 누군가가 수박 한 통을 갖고 탔다. 우리가 한 일에 비하면 그 대가로 수박 한 통이 과한 것은 아니었다. 우리가 차에 탄 후에도 트럭 운전사는 아직 정신이 차려지지 않은 듯 널브러져 있는 수박들을 바라보고 있었다.

우리는 다시 출발했고, 나는 내가 보게 될, 배추에 기생하는 배추벌레에 대해 생각했다. 꿈틀거리는 파란 배추벌레를 좋아하지 않기란 어려운 일이었다. 그것은 애정을 갖고 바라볼 수 있는 어떤 것이었다. 내 기준에 따르면 배추벌레를 애정을 갖고 바라볼 수 있는 사람이라면 그의 행실이 아무리 안 좋다 하더라도 기본적으로 선량한 사람이었다. 배추벌레는 잠시 그것에 대한 생각으로, 그야말로 온통 머릿속을 채워도 좋은 것이었다. 나는 배추벌레로 시작해 자유자재로 번져나가는 생각들을 자유자재로 번져나가게 했다. 하지만 생각들은 끝내 배추벌레로 다시 돌아왔다.

이제 만사를 귀찮아하는 사람은 잠이 들어 있었다. 그는 자고 있으면서도 그의 귀찮아하는 표정은 잃지 않고 있었다. 그가 자고 있는 모습만으로는 그가 모든 것이 귀찮아져 자고 있는지, 아니면 자는 것 또한 귀찮아하고 있는지 알 수 없었다.

조금 후 산길로 들어선 차는 굽이굽이 산길을 돌며 나아갔다. 좁고 험한 산길은 쉽게 끝이 날 것 같지 않았지만 오래지 않아 끝이 나왔다. 그리고 그 끝에는 배추와 무 밭이 있었다. 배추와 무 밭은 아주 넓었다. 실제로 그 끝이 보이지 않는 것은 아니었지만 그런 느낌을 주었다. 아니, 그런 느낌을 준 것은 아니었지만 그런 느낌을 받을 수는 있었다.

우리를 안내한 사람은 우리를 배추와 무를 뽑는 일을 감독하는 사람처럼 보이는 사람에게 데려갔다. 감독은 배추와 무를 뽑는 데 있어 명심해야 할 중요한 사항에 대해서는 얘기하지 않았다. 그는 그냥 열심히 일을 하라고 했다. 사실 그것이 가장 중요한 것이었다. 그 이상으로 중요한 것은 없었다.

우리는 곧 우리의 일터에 투입되었다. 나는 키가 작은 사내와 함께 배추밭으로 갔다. 우리는 몇 개의 이랑을 사이에 두고 배치되었다. 할당받은 이랑을 모두 끝낸 후에는 다음 밭으로 가야 했다. 배추밭에서는 이미 다른 사람들이 배추를 뽑고 있었다. 그들은 우리와 마찬가지로, 다른 곳에서 그곳으로 일을 하기 위해 온 사람들이었다. 배추는 사람들의 손에 뽑힐 준비가 다 되어 있었다. 배추는 싱싱했고, 속은 알찬 모습을 하고 있었다. 그것은 고랭지 배추였다. 지대가 높은 곳의, 서늘한 기후 속에서 배추는 튼튼하게 자랐다.

나는 손에 힘을 주고 배추를 뽑았다. 하지만 배추는 생각처럼 쉽게 뽑히지 않았다. 나는 다시 시도를 했다. 뿌리가 조금 움직이긴 했지만 배추는 여전히 뽑히지 않았다. 나는 다시 힘을 주었다. 그런데 그 순간 믿기 어렵게 배추가 불쑥 뽑혀 나왔다. 나는 내가 뽑은 배추를 믿을 수 없다는 듯 쳐다보았다. 나는 일사천리로 배추를 뽑았다. 어쨌든 기분상으로는 그렇게 했다. 배추를 뽑는 일이 생각만큼 어렵지 않군, 하고 나는 생각했다. 하지만 내가 배추를 뽑는 일이 아주 어려운 일일 거라고 생각한 적은 없었다. 그렇다고 그것이 생각보다 쉬운 일이라고 말할 수도 없었다. 나는 배추를 뽑는 일이 얼마나 어려울지, 또는 쉬울지를 생각해본 적이 없었다.

그때 누군가가 다가와, 이게 뭐냐고 소리쳤다. 그는 내가 뽑은 배추를 가리켰다. 나는 그것에서 이상한 점을 발견할 수 없었다. 그는 다시 한번, 이게 뭐냐고 소리치며, 내가 뽑은 배추에서 이상한 점을 발견하기를 바랐다. 나 또한 이상한 점을 발견하고 싶었다. 하지만 여전히 나는 이상한 점을 찾아낼 수가 없었다. 그가 배추 포기에서 떨어져나간 배춧잎을 집어들었다. 그때서야 나는 그가 말하고자 하는 것이 무엇이었는지를 깨달았다. 배추를 뽑으면서 내가 너무 많은 힘을 줬고, 그래서 배춧잎이 떨어져나갔던 것이다. 나는 나의 잘못을 깨달았고, 그 점을 인정했다. 그는 내게 배추를 뽑는 요령을 보여주었다. 나는 그가 하는 대로 따라 해보았다. 내 생각과는 달리 성공적이었다. 모든 일에는 요령이 있었다. 그 요령만 제대로 익히면 모든 일은 잘할 수 있었다. 그리고 배추를 뽑는 일은 즐거웠다. 즐거운 편에 속했다. 내가 무슨 일이든 할 때면 그 일을 노예처럼 하고 있다는 생각은 들지 않았다.

우리를 감독하는 사람은 팔짱을 낀 채로 우리를 지켜보고 있었다. 그가 팔짱을 낀 모습은 우리는 열심히 일을 하고, 그는 우리가 열심히 일을 하는 모습을 열심히 지켜보면 된다는 식의, 그것으로 모두가 할 바를 다하고 있다는 식이었다. 하지만 내가 조금 후 그를 보았을 때에는 그는 딴 곳을 보고 있었다. 그는 우리를 지켜보는 일에는 별로 관심이 없는 듯했다. 그는 자신의 일을 소홀히 하고 있는 듯했다.

이제 해는 중천에 떠 있었다. 해가 중천에 떠 있을 시각이었던 것이다. 그 시각에 해가 다른 곳에 있을 수는 없었다. 그럼에도 나는 해가 그렇게 중천에 떠 있는 건 아무래도 어울리지 않는다는 식으로 잠시 일손을 놓고 해를 바라보았다. 그때 누군가가 다가왔다. 우리를 감독하는 사람이었다. 그는 우리를 보지 않고 있는 듯하면서도 다 보고 있었던 것이다. 그가 말했다. 이렇게 빈둥거리면 일당은 없다고. 나는 그를 쳐다보았고, 그 말을 할 때의 그의 표정을 보았다. 그가 자신의 말을 고쳐 말했다. 이러면 일당이 줄 수밖에 없다고. 그는 내가 어디에 있는지, 내가 무엇을 하게끔 되어 있는지 상기시켜주었다. 나는 다시 열심히 일을 하는 척했다. 그리고 실제로도 열심히 일을 했다. 허리가 조금씩 아파왔지만 아직은 견딜 만했다. 허리가 끊어질 듯 아프기까지는 좀더 있어야 할 것 같군, 하고 나는 그 순간을 기다리는 사람처럼 중얼거렸다.

햇살이 따갑게 내리쬐었다. 햇빛은 한번 체에 거른 듯 강하지는 않았지만 그럼에도 줄기차게 쏟아졌다. 배추밭에는 햇빛으로부터 몸을 가려주는 것이 아무것도 없었다. 배추 포기에 몸을 가릴 수는 없었다. 더웠고, 무엇보다도 너무도 환했다. 환한 빛 속의 배추는 더욱 파래 보였다. 바람은, 그것에 대해 뭐라고 말하기 어렵게 불었다. 되는대로 불었다. 불다가 멈췄다. 바람이 부는가 싶으면 불지 않았고, 불지 않는가 싶으면 다시 불었다. 아무래도 바람은 오락가락하는 것 같았다.

한참을 일하고 나자 점심시간이 되었다. 식사가 나왔다. 어디에서 왔는지 알 수 없는 아낙들이 식사를 가져왔다. 펑퍼짐한 얼굴을 한 나이든 여자들이었고, 그래서 남자들의 시선을 끌지는 못했다. 남자들의 시선을 끈 것은 그들이 가져온 음식이었다. 음식은 배추로 담근 김치와 배춧국과 무로 만든 반찬으로 이루어져 있었다. 배추와 무가 들어가지 않은 음식은 없었다. 대신 모든 음식에 배추와 무가 듬뿍 들어 있긴 했다. 어쨌든 밭에서 먹는 음식은 맛이 있었다. 사람들은 배추밭에 식사를 하러 온 사람들처럼 배불리 먹었다.

우리가 식사를 끝내고 잠시 쉬는 동안 어떤 사내 하나가 무슨 은밀한 거래를 하고자 하는 사람처럼 다가와 내게 낮은 목소리로 인사를 했다. 그는 우리 일행은 아니었다. 그는 가까이 있는 산 하나를 가리켰다. 저 너머에 뭐가 있는지 아오, 그가 말했다. 나는 고개를 저었다. 알고 싶소, 그가 말했다. 나는 고개를 끄덕였다. 저 너머에 양귀비가 있소, 그가 말했다. 양귀비밭이 있단 말이오. 나는 못 믿겠다는 듯 그를 쳐다보았다. 내 말이 믿기지 않소, 그가 말했다. 나는 아무 말도 하지 않았다. 있다가 나랑 같이 한번 가보겠소, 그가 말했다. 나는 고개를 끄덕였다. 하지만 소용없소, 그가 말했다. 이제 양귀비는 다 졌으니까. 어쩌면 떨어지지 않은 꽃봉오리는 몇 개 딸 수는 있겠지. 꽃봉오리를 흔들면 무슨 소리가 나는지 아오? 나는 고개를 저었다. 닫힌 꽃봉오리를 흔들면 찰, 찰, 찰, 하는 소리가 나지, 그가 말했다. 그는 손을 둥글게 말아 귀 가까이 가져가 흔들었다. 그는 미소를 지을 뿐 잠시 아무 말도 하지 않았다. 이제 정말 하려고 했던 말을 꺼내기에 앞서 잠시 정리를 하고 있는 것 같았다. 그리고 나의 그 추측은 맞았다. 혹시 아편이 필요하오, 그가 말했다. 나는 잠시 그가 한 말을 생각해보았다. 내가 아편쟁이로 보인 것일까? 그렇게 보인다 해도 할 수 없는 일이었다. 모르겠소, 내가 말했다. 필요하면 얘기하시오, 그가 말했다. 생각해보겠소, 내가 말했다. 그는 나를 유심히 쳐다보았다. 그런 다음 고개를 저었다. 아니, 그냥 됐소, 그가 말했다. 아편 같은 건 찾지 말도록 하시오. 나한테는 없으니까. 그는 내가 아편 같은 것을 거래하기에는 마땅치 않은 사람으로 결론을 내린 듯했다. 아니, 조금 전 얘기는 없었던 것으로 하시오, 그가 말했다. 우리는 서로 만나 얘기를 나눈 적이 없소, 알았소, 어떤 은밀한 거래를 끝낸 사람처럼 그가 말했다. 나는 고개를 끄덕였다. 그건 그렇고 담배 있으면 한 대만 주시오, 그가 말했다. 나는 담배 한 대를 그에게 주었다. 그는 아편을 한 사람처럼 희멀건 웃음을 지으며 담뱃불을 붙인 후 딴 곳으로 가버렸다. 나는 그가 아주 싱겁게 느껴졌고, 그래서 별 싱거운 사람도 다 있군, 하고 생각했다.

식사를 마친 우리는 다시 일을 했다. 목과 등줄기로 땀이 흘러내렸다. 목과 등줄기에 맺힌 땀을 닦아내면 조금 후 또다시 땀이 맺혔다. 나는 계속해서 배추를 뽑으면서 지금 쓸데없는 짓을 하고 있다는 생각을 지울 수가 없었다. 광활한 면적에 심어져 있는 배추 포기들은 자신들의 수는 끝이 없으며, 우리가 아무리 그것들을 뽑아도 그 수가 줄어들지언정 자신들을 다 뽑아낼 수는 없다고 말하고 있는 듯했다. 목이 말랐고 무라도 하나 먹고 싶었다. 하지만 무를 먹으려면 무밭이 있는 곳으로 가야 했다. 배추라도 먹어볼까 했지만 그것은 먹기에 적당치 않은 것으로 여겨졌다. 무라면 하나 씹어 먹을 수도 있었지만 배추는 그냥 먹기가 좀 그랬다.

우리를 안내한 사람이 중요한 것이라고 얘기한 여섯 가지가 잘 생각이 나지 않았다. 두 가지 정도는 생각이 났지만 나머지 네 가지가 생각이 나지 않았다. 그리고 왜 그가 그런 얘기를 했는지도 점차 알 수가 없었다. 나는 배추를 뽑는 일을 그보다는 좀더 쉽게 생각되는 어떤 일로, 가령, 한 번도 그런 일은 해본 적이 없었지만, 고추나 가지를 따는 일로 생각하려 했다. 하지만 그것은 생각대로 잘 되지 않았다. 배추를 뽑는 일은 너무도 엄연하게 배추를 뽑는 일로 내게 다가왔다. 어쩌자는 것인지 알 수 없었지만 문득 아주 어릴 적 한때 몸담았던 교회 성가대에서 노래를 하던 기억이 떠올랐지만 그 기억 또한 괴로운 것으로 찾아왔다. 성가대에서 노래를 하게 되면서 노래를 하는 것이 괴로운 일일 수도 있다는 것을 처음 알게 되었던 것이다. 점차 나 자신이 힘들게 쟁기를 끄는 소처럼 여겨졌다. 쟁기를 끄는 소의 심경을 알 수도 있을 것만 같았다.

나는 배추를, 그것의 속을 자세히 들여다보았다. 파란 배춧잎

속에는 또다른 배춧잎이 빽빽하게 들어차 있었다. 문득 자연은 반복되는 형태를 선호한다는 생각이 들었지만 잠시 그 생각을 좀더 해보자 꼭 그렇지도 않은 것 같았다. 그래서 나는 자연의 일부는, 그리고 일부 자연은 반복되는 형태를 선호한다는 것으로 결론을 지었다. 하지만 자연 속의 어떤 것들은 아주 단순한 형태를 보이기도 했다. 그래서 나는 자연이 특별히 선호하는 형태는 없다고 결론을 지었다. 하지만 그렇게 하고 나자 더이상 생각할 것이 없어졌고, 그래서 조금 아쉬웠다. 그래서 나는 그 문제와 관련해 나의 생각은 그다지 중요하지 않다는 정도로 생각을 덧붙였고, 그렇게 결론을 내렸다.

나는 잠시 일을 멈추고 가만히 서 있었다. 우리를 감독하는 사람의 모습은 보이지 않았다. 이미 그전부터 그의 모습은 보이지 않았다. 그는 감독의 역할을 소홀히 하는 것으로 그의 역할을 다하고 있었다. 그는 어딘가에서 낮잠을 자고 있는지도 몰랐다. 나는 주위를 둘러보았다. 사람들은 다들 열심히 일을 하고 있었다. 적어도 꾀를 피우는 사람은 없는 것 같았다. 배추밭 너머로는 비슷비슷하게 생긴 산들이 에워싸고 있었다. 산 하나는 산불이 나기라도 한 듯 헐벗은 모습을 하고 있었다. 특별히 마음에 들지 않는 풍경은 없었고, 그래서 특별히 보이지 않는 곳으로 옮겨놓고 싶은 풍경 또한 없었다. 그만큼 그 풍경은 내게 아무런 느낌도 주지 않았다.

그런데 그때 숲 가장자리에 뭔가가 서 있는 것이 보였다. 사슴이었다. 자세히 볼 필요도 없이 사슴이라는 것을 알 수 있었다. 그것은 사슴이 아닌 다른 무엇으로 보기 어려운 것이었다. 나는 사슴 한 마리가 약간의 거리를 둔 곳에서 가만히 서서 나를 바라보고 있는 것을 보았다. 나만의 생각에 지나지 않는 것인지는 모르지만, 한순간 우리의 눈이 마주친 것 같았다. 그것은 그다지 경계하는 빛은 보이지 않았다. 경계를 늦춘 표정이었다. 하지만 그렇다고 경계를 완전히 늦춘 것 같지는 않았다. 상황이 바뀌면 언제라도 도망을 칠 자세였다. 그럼에도 그로서는 배추를 뽑는 사람들을 그렇게 구경하는 것이 익숙한 듯했다. 나는 그 사슴에게 내가 지금 얼마나 힘든지를 보여주고 싶었다. 그 사슴은 그것을 이해하는 듯한 표정으로 나를 바라보았다. 아니, 그런 것까지는 모르겠다는 표정이었다. 사슴에게서 표정을 읽는 것은 어려운 일이었다.

그런데 그때 또다시 뭔가가 모습을 나타냈다. 사슴이 아닌 다른 무엇은 아니었다. 또다른 사슴이었다. 이번 것이 덩치가 조금 더 컸다. 수컷이었다. 그에게는 뿔도 달려 있었다. 매우 장식적인 뿔이었다. 매우 장식적인 뿔이라고 할 수 있는 뿔이었다. 사슴에게나 어울릴 뿔이었다. 내가 보는 앞에서 수컷은 나와는 상관없이 암컷의 목에 머리를 비벼댔다. 그렇게 하는 수컷의 뿔이 약간 거추장스럽게 보였다. 그것은 암컷에게 구애를 하기보다는 암컷을 놓고 다른 수컷과 싸움을 할 때 더 어울리는 것으로 보였다. 암컷은 수컷을 피할 것처럼 하다가 마음을 바꾼 듯 수컷에게 몸을 내맡겼다.

구애는 얼마든지 허용한다는, 그리고 더 나아가 더이상의 것도 허용할 수 있다는 식이었다. 암컷은 기분이 상당히 좋은 듯 보였다. 교미가 본격적으로 시작될 것만 같았다. 하지만 수컷은 더이상의 짓은 하지 않았다. 더이상의 짓은 잠시 뒤로 미루고 있는 것 같았다. 나는 마음속으로 더이상의 짓을 해도 나로서는 괜찮다는 생각을 했다. 한데 구애의 과정에 있는 사슴들이 어떤 소리를 내는 것도 어울릴 것 같았지만 그것들은 아무런 소리도 내지 않았다. 그리고 사슴 두 마리가 서로에게 환심을 사려고 애쓰는 것을 방해하기 위해 또다른 사슴이 나타나거나 하지는 않았다.

사슴 두 마리가 펼치고 있는 구애의 모습은 나름대로 인상적이었다. 하지만 그 모습은 그것을 보고 있는 내 안에 그 어떤 인상적인 느낌도 만들어내지 못하고 나를 빠져나가 내가 바라보고 있는 그것 자신 속으로 사라져버렸다. 뭔가가 나를 관통한 느낌이었지만 그것이 무엇이었는지는 알 수 없었다. 사슴 두 마리는 조금 후 몸을 돌렸고, 유유히 그곳을 떠났다. 암컷이 앞장을 섰고 수컷이 그 뒤를 따랐다. 아쉬운 생각이 들었지만 아쉬움이 크지는 않았다.

나는 난데없이 나타나 잠시 나의 얼을 빼놓은 후 유유히 사라진 사슴 때문에 잠시 잊었던, 내가 하던 일로 되돌아갔다. 나는 다시 배추를 뽑기 시작했다. 아무래도 배추를 뽑고 있다기보다는 배추를 상대로 애를 쓰고 있는 듯한 느낌이었다. 하지만 내가 무엇을 상대하고 있는지가 분명치 않았다. 그 순간 뭔가가 가슴을 심하게 압박해왔다. 숨을 쉬는 것이 어려웠다. 숨을 쉬는 것이 몹시 어려운 일로 여겨졌다. 나는 내 손에 의해 파헤쳐진 배추밭 이랑을 가만히 바라보았다. 하지만 그것은 도움이 되지 않았다. 나는 물속에서 숨을 참고 있을 때처럼 잠시 숨을 쉬지 않고 있었다. 그것이 도움이 된 듯 조금 정신이 맑아졌다.

문득 나는 배추벌레가 보고 싶어졌다. 배추벌레만 볼 수 있다면 이 모든 어려움을 이길 수 있을 것 같았다. 하지만 나의 모든 어려움을 이기게 해줄 배추벌레의 모습은 보이지 않았다. 배추벌레를 볼 수 없는 것이 나의 어려움을 더 크게 하는 것 같았다. 글러먹었어, 하고 나는 소리쳤다. 그것은 내게서 나도 모르게 종종 튀어나오는 말 중의 하나였다. 정신이 아득해졌다. 그리고 머리가 어지러웠다. 기분좋은 정도로, 알맞게 어지러운 게 아니었다. 배추를 뽑는 나의 손놀림이 점점 둔해지는 것을 느낄 수 있었다. 그 안에서는 나의 의지력이 아무런 효력을 발휘할 수 없는, 어떤 불가사의한 세계에 발을 들여놓은 것 같았다.

나는 배추를 몇 포기 더 뽑았다. 배추를 한 포기 뽑을 때마다 나는 이것이 마지막이라는 생각으로 뽑고 또 뽑았다. 하지만 더이상 일을 하기가 어려웠고, 나는 몸을 일으켰고, 하늘을 올려다보았다. 하늘에는 뭉게구름들이 흘러가고 있었고, 나는 그 숫자를 일삼아 세어보았다. 하지만 구름들은 서로 겹쳐 있거나 서로 완전히 떨어져 있지 않아 그 수를 세기가 어려웠다. 뭉게구름으로 보이는 구름들은 일정한 방향으로 빠르게 이동하고 있었다. 나는 그것들이 동쪽으로 이동하고 있는 거라고 생각했다. 하지만 나의 그 판단을 뒷받침해주는 것은 없었다. 그럴 수만 있다면 나는 손을 하늘 높이 뻗어 그 뭉게구름들을 뭉개놓고 싶었다. 양털구름이라면 좀더 나을 텐데, 하고 나는 아무 근거 없는 생각을 했다.

나는 배추벌레를 볼 수 없다면 꿩이 날아오르는 것이라도 보고 싶었지만 나를 위해 날아오르는 꿩은 없었다. 꿩들은 날아오를 수 있음에도 불구하고 덤불 사이를 조심스럽게 걸어다니고 있는지도 몰랐다. 나는 다시 하늘을 바라보았고, 해를 바라보았다. 아니, 나는 해를 바라보지 않았다. 내가 해를 보고 있다고 생각하며 본 것은 해가 아닌 다른 무엇이었다. 하지만 그 다른 무엇이 무엇인지는 알 수 없었다. 해가 떠 있는 하늘 가까이 날고 있는 어떤 새를 보았는지, 아니면 순전히 착시에 의해 뭔가를 보았다고 생각했는지 알 수 없었다. 눈앞이 갑자기 하얘졌다가 깜깜해졌다. 그때 숲속 어딘가에서 꿩이 내는 소리 같은 소리가 들렸다. 하지만 어쩐 일인지 그 소리는 꿩이 내게끔 되어 있는 소리로는 여겨지지 않았다.

뭔가에 얻어맞은 듯 가슴에 통증이 느껴졌다. 오래전 언젠가 밤길을 걷다가 누군가로부터 아무런 이유 없이 가슴을 한 대 얻어맞고 쓰러진 적이 있었는데 그 이후로 가끔 가슴에서 통증이 느껴지곤 했었다. 통증은 그날 밤 이후로 내 안에 숨어 있다가 이따금 정체를 드러내곤 했다. 그 오래된 통증이 그 순간 되살아난 것이다.

그 사건 자체를 떠올리면 웃음이 나곤 했지만 그 후유증은 고통스런 것이었다. 왜 그는 나를 아무 이유 없이 한 대 때리고 간 것일까? 그는 내게서 뭔가를 뺏거나 하지는 않았다. 어쩌면 그는 재미로 그랬는지도 몰랐다. 나는 그렇게 생각하고 싶었다. 재미로 그랬다면 용서할 수 있는 일이었다. 용서하는 것이 쉬운 일이었다. 그런데 그는 정말 그 일이 재미있었을까? 아니면 그는 화가 나 있었던 것은 아닐까? 알 수 없는 노릇이었다. 갑자기 나타나 아무런 경고 없이 나를 한 대 때리고 가버린 그 사람의 행동이 내게 어떤 경고처럼 여겨진 적도 있었다. 하지만 그것이 무엇에 대한 경고인지는 알 수 없었다. 그 기억이 떠오르며 점차 모든 것이 알 수 없는 것으로 여겨졌다. 대체로 생각은 스스로를 정리하는 방식으로 이루어지는 경향이 있었지만 그 순간 나의 생각은 그렇지 못했다. 모든 게 혼란스러웠다. 그리고 혼란스러운 생각은 생각의 혼란스러움을 부채질했다.

아무리 힘든 하루였다 해도 힘들게 보낸 하루의 모든 것을 잊게 만들어주는, 그것의 붉은 색채로 서쪽 하늘을 물들이며 노동의 끝을 알려주는 석양을 보기까지는 아직도 한참이 더 남아 있었다. 여전히 햇살은 강렬했다. 햇살의 강렬함이 그것을 느끼는 나의 느낌과 감정까지도 강렬한 것으로 만들었다. 이러다가는 쓰러지고 말 것이라고, 나는 마치 어떤 다짐을 하듯, 또는 다짐을 받아내듯 중얼거렸다. 잘 분간이 되지 않는 영상들이 스쳐지나갔다. 그 가운데에는 어린 시절 사과 서리를 한 과수원 주인의 모습도 있었다. 그는 그날 밤의 그 알 수 없는 표정으로 내가 지금 무엇을 하고 있는지 캐묻는 듯 나를 바라보고 있었다. 그리고 그의 과수원 한복판에 있던 부서진 배의 영상도 떠올랐다. 배는 사과나무 사이를, 땅 위를, 마치 바퀴가 달리기라도 한 듯 미끄러져가고 있었다. 그리고 배추를 뽑으러 오는 도중에 지나친 댐에서 내가 한 상상 속의 장면이, 누군가가 댐에서 거꾸로 떨어지고 있는 장면이 스쳐지나갔다. 그는 천천히 오랜 시간에 걸쳐 떨어졌고, 나는 그가 떨어지는 모습을 자세히 볼 수 있었다. 그러고는 모든 것이 정지한 듯 아무것도 보이지 않았다.

나는 오래전 언젠가 내가 생각한, 강렬하게 비치는 햇빛 속의 강렬한 느낌 속에서 강렬하게 쓰러져가는 장면을 떠올렸다. 그러고는 실제로 쓰러졌다. 하지만 나는 강렬하게 쓰러지는 대신 비굴하게 무릎을 꿇을 때처럼 풀썩 주저앉고 말았다. 계단을 헛디디는 듯한 느낌과 함께 컴컴한 구덩이 속으로 굴러떨어지는 듯한 기분은 들지 않았다. 그러고는 정신을 잃고 쓰러지고 말았다. 그리고 정신을 잃고 쓰러지며 마지막 순간 배추벌레를 본 것 같았다. 아니, 그것은 배추벌레가 아니라, 배추벌레의 나방이었다. 아주 거대한 크기의 배추벌레의 나방은 내 위로 날아가고 있었다. 그것의 그림자가 내 몸을 덮었다. 문득 나는 배추벌레도 나방이 있는지 궁금했다. 배추흰나비가 배추벌레의 유충이 자란 것인지 확실치 않았다. 나는 그것을 한 번도 본 적이 없었다. 아니, 어쩌면 무수한 배추흰나비를 보았지만 그것이 배추흰나비라는 것도 모르고 보았는지도 몰랐다. 의식을 잃으면서 나는 보이지 않는 배추벌레와 역시 보이지 않는 배추흰나비에 대한 상상 속의 어느 곳을, 또는 상상이 가닿는 어느 곳을 헤매고 있었다.

횡설수설

어디에서부터 얘기를 시작하는 것이 좋을까? 나의 얘기, 나의 얘기라고 부를 수 있는 이 얘기는 어디에서부터 시작해도 좋을 것이다. 그리고 그것은 편리하게도 어디에서 끝내도 좋은 얘기이다. 거기에 나의 얘기의, 내가 나의 얘기라고 생각하는 얘기의, 그리고 지금부터 나의 얘기로 만들 생각인 얘기의 특징이 있다. 그래, 그 순간 뭔가가 내 몸을 물어대고 있었다는 것으로 나의 얘기를 시작하자. 그렇게 얘기하는 것으로 이제 나의 얘기는 시작된 것이다. 편리하게 시작한 만큼 편리하게 끝낼 수 있을 것이다. 하지만 내 몸을 무는 뭔가가 보이지는 않았다. 그렇다면 보이지 않는 뭔가가 내 몸을 물어댔다고 얘기해야 하나? 그럴 수도 있을 것이다. 눈에 보이지 않게 뭔가를 하는, 눈에 보이지 않는 뭔가가 있을 수 있을 테니까. 아니, 눈에 보이는 뭔가가 있긴 했다. 그건 다름 아닌 개미들이었다. 하지만 그 개미들이 나를 물었다고는 생각되지 않는다. 물론 사람을 무는 개미들도 있지만 내가 본 그 개미들은 사람을 무는 개미는 아니었다. 아니, 어쩌면 그 개미들은 다른 사람들은 물지 않는데 나만 문 것인가? 내가 사람 같지 않아서? 그런 것 같지는 않다. 비록 내가 사람이라고 할 수도 없었지만 사람들을 물지는 않는 그 개미들이 물 만큼 사람이 아니라고는 할 수는 없었다. 여전히 나는 엄연한 사람이었다. 사람이 아닌 다른 뭔가는 아니었다. 그렇다면 나를 문 것은 무엇인가? 개미들이 있긴 했지만 그것들은 아니었다. 개미는 아닌 게 틀림없는 것 같다. 뭔가가 물어 내 몸에 생긴 자국, 빨갛게 부어오른, 너무너무 가려운, 그래서 정신없이 긁게 되는 그 홍반은 개미가 만들어낸 것으로는 도저히 여겨지지 않는 것이다. 그럼에도 나를 문 것의 정체를 밝혀내지 못한 나는 그 모든 것을 개미의 탓으로 돌렸다. 나는 그것들을 보는 대로 잡아죽였다. 그만큼 나는 그것들을 사랑했다. 그것들을 무자비하게 잡아죽이는 것으로 나의 아낌없는 사랑을 베풀었다. 그리고 그것들 또한 내 손에 죽는 게 좋은 듯 내게 몰려왔다. 개미들의 숫자는 많았고, 그래서 나는 거의 일삼아 그것들을 잡아죽일 수 있었다. 심지어 나는 그것들을 다 죽이자면 끝이 없겠군, 하는 생각도 했다. 그것들은 어디에서 오는지는 알 수 없었지만 끝없이 왔다. 나의 몸에 그것들의 마음을 끄는 어떤 게 있는 게 틀림없었다. 그런데 나를 문 게 개미가 아니라면 무엇인가? 진드기인가? 그래서 눈에 보이지 않는, 나를 문 진드기를 잡아먹기 위해 개미들이 내 몸에 우글거리는 것인가? 가만, 그렇다면 나는 개미들을 잡는 대신 그것을 내 몸에 키워야 할 것이다.

그날은 비가 왔던 것 같다. 비를 맞은 기억이 난다. 하지만 지금 비를 맞은 기억이 난다고 말하는 그날이 언제였는지는 기억이 나지 않는다. 그럼에도 지금 비를 맞은 기억이 난다고 말하는, 언제였는지는 기억이 나지 않는 그날 나는 흠뻑 젖어 있었다. 다시 말해 내가 젖어 있는 것을 알 수 있을 정도로 젖어 있었다. 그리고 나는 적어도 내가 젖어 있는 것을 모를 정도로 바보는 아니었다. 당시만 해도. 지금은 그렇지도 않지만. 지금이라고? 하지만 지금이라고 말하는 그 시간이 언제인지도 불확실하다. 나는 지금을 지금이 아닌 어느 때로도 사용하니까. 그런데 내가 그렇게 젖은 것은, 다른 이유가 아니라면 비 때문이었을 것이다. 비가 오지 않았다면 몸이 젖게 된 다른 이유를 꾸며내야 할 것이다. 몸이 젖게 되는 데에는 다른 많은 이유가 있을 수도 있다. 그런 것을 생각해내기란 어렵지 않은 일이다. 그래, 꾸며낼 방법이 없는 것은 아니지만 일단 비에 몸이 젖었다는 식으로 말해버리자. 일단 그렇게 말해버려 다른 이유는 찾기 어렵게 만들어버리는 것이다. 아니면 화창한 날씨였는지도 모르겠다. 더이상 나는 날씨의 차이를 구분할 수가 없다. 그것은 기억 속의 그날의 날씨 또한 마찬가지이다. 당시로서는 구분이 갔을 수도 있지만 지금에 이르러서는 그것은 가능하지 않은 일이 되었다. 저녁 무렵이었을까? 어쨌든 박명의 빛 속이었다. 박명의 빛이라니? 사물들 위로 물기처럼 어른거리는 그런 빛 말이다. 박명의 빛이 나를, 그를, 또는 그들을, 여기서 그들이란 박명의 빛에 에워싸여 있던 모두였다고 하면 될 것이다, 주위의 모든 것들을 에워싸고 있었다. 과연 그랬는지는 모르겠지만 그렇게 기억된다. 아닌지도 모르겠다. 그럼에도 나는, 그리고 그는 그렇게 기억하고 있다. 여기서 말하는 그는 어쩌면 나일 수도, 나와 가까운 누구일 수도 있다. 하지만 내가 바로 그라는 보장은 어디에도 없다. 솔직히 나는 누가 누구인지 모르겠다. 내가 그들이었던 적도 있다. 그들 하나하나가 나였다는 얘기다. 그것은 가능한 일이다. 어떤 점에서 그들은 나와는 아무런 상관도 없는 자들이었다. 그렇게 말할 수 있는지는 모르겠다. 하지만 어떤 점에서라는 전제를 달면 모든 것이 가능해진다. 어떤 점에서 모든 것은 그렇거나 그렇지 않거나 할 수 있다. 그래, 비가 왔던 것 같다. 사람들이 우산을 쓰고 가는 것을 보았던 것 같다. 어쩌면 폭우가 내렸을 수도 있다. 여름의 장마철이 아닌데도, 봄이었는데도, 마치 장마철처럼 비가 왔던 것 같다. 긴 가뭄 끝에 내린 비였을 것이다. 가뭄에 목말라하던 것들에게는 축복과도 같은 비였다. 아니면 비가 지겹도록 왔고, 그래서 사람들이 반기지 않았던 비였는지도 모르겠다. 어쨌든 내게는 반드시 축복이라고만은 할 수 없는 비였다. 그럼에도 나는 빗속에서 비를 맞으며 서 있었다. 나는 나의 어깨가 무거워지는 것을 느겼다. 하지만 그것이 어깨에 떨어져 어깨를 적시는 비 때문이었는지는 모르겠다. 아마도 나는 우산을 쓰고 있었던 것 같다. 하지만 그 우산은, 내가 우산이라는 것을 쓰고 있었다면 말이지만, 천이 거의 모두 찢겨 살만 남아 우산으로서는 쓸모가 없는 것이었다. 실제로 우산을 쓰고 있었는지는 모르겠지만 그것은 내게 어울리는 장면이다. 하지만 우산은 비를 막아주지 못했다. 바람이 불었는지는 모르겠지만 바람 또한 막아주지 못했다. 어쨌든 나는 그 우산을 바람을 막기 위해 쓰고 있지는 않았다. 아마 그 우산은 누군가가 더이상 우산으로서는 쓸모가 없어 버린 것이었을 것이다. 나는 그 우산을 애지중지하는 어떤 물건처럼 들고 있었다. 하지만 그 우산은 내가 애지중지한 적이 없는 것이었다. 나는 그 무엇도 애지중지한 적이 없으니까. 아니, 애지중지한 것도 있었던 게 분명하다. 하지만 그 애지중지했던 것들이 무엇이었는지 잊어버린 마당에 그런 것이 있었다고 할 수는 없는 노릇이다. 나는 비가 내리는 소리를 내가 쓰고 있는 우산에 떨어지는 것이 아니라 땅바닥에 떨어지는 소리로 들었다. 그리고, 더이상은 안 된다고, 그렇게 나는 중얼거렸을 것이다. 결심이 선 건 그때였으니까. 그것이 어떤 결심이었는지는 모르겠다. 그럼에도 나는 어떤 결심이 선 사람처럼, 결심이 섰을 때 사람들이 그러듯 뭔가를 했다. 나는 비로 인해 뿌예진 하늘을 보았다. 아니, 그렇게 중얼거리기 전에 하늘을 보았을 것이다. 내가 본 그 하늘에 나로 하여금 그렇게 중얼거리게 한 그 어떤 요소도 없었음에도 그렇게 중얼거린 것이다. 그 순간만큼 모든 것이 무의미하게 느껴진 적이 없었다.

그런 느낌 속에서 나는 뭔가에 놀랐다. 내가 놀란 기색을 한 것이 기억나니까. 내가 놀란 기색을 한 것이 그 순간이었는지 다른 어느 때였는지는 알 수 없지만 그 순간 속에서 내가 놀란 것처럼 느껴지니까. 나를 놀라게 한 것은 행인들의 천연덕스러움이었다. 행인들의 천연덕스러움이 나를 놀라게 했다. 그들은 놀라울 정도로 자연스러웠다. 그들은 자신들의 자연스러움에 대해서 모르고 있었다. 아니, 그 점에 대해서는 생각지 않았다. 사람들은 자연스런 행동을 할 때는 그 행동에 대해서는 생각지 않는 법이니까. 나는 그들에게 달려가 뭔가를 말하고 싶었다. 하지만 나는 참았다. 아주 어렵게 참았을 것이다. 그 시기는 뭔가를 참는 것이 어려웠던 때였다. 참기 어려웠던 것 가운데서도 무엇보다도 무슨 말을 하는 것을 참기 어려웠고, 하지 않는 것을 참기가 어려웠다. 무슨 말을 하려고 했을까를 나는 짐작은 할 수 있다. 하지만 실제로 그런 말을 하기는 어려웠을 것이다. 나는 일종의 언어장애 상태에 있었다. 대신 나는 우산을 접었다 폈다 했다. 그렇게 하는 것이 내게 어떤 도움을 준 것은 아니었다. 오히려 그것은 나의 어려움을 표현하고 있었다. 그럼에도 불구하고 그 우산은 내게 어떤 생각을 불러일으켰다. 그것은 내 머릿속에서 어떤 생각들이 끊임없이 마찰을 일으키고 있다는 생각을 지울 수가 없다, 라는 생각을 들게 했고, 그것이 어떤 생각인지를 생각하게 했고, 그것이 어떤 생각인지를 모르겠다는 생각을 들게 한 생각이었다. 어쩌면 그것은 내가 나의 손가락으로 어떤 건물의 벽을 마구 문지르고 있었기 때문인지도 모르겠다. 나는 벽을 문지를 때의 느낌을 잘 알고 있었다. 그 외에도 나는 내 몸이 뭔가에 문질러지는 느낌을 잘 알고 있다. 그것만큼은 지금도 그렇게 말할 수 있는 어떤 것이다. 그것은 그만큼 내 몸이 뭔가의 표면에 수도 없이 문질러졌기 때문일 것이다. 나는 나의 몸의 다른 어떤 감각보다도 촉각을 소중히 여겼다. 촉각만큼은 아직 건재한 편이었다. 내게는 표면에서 느껴지는 감각이 중요했다. 그렇다. 무수한 표면들이 내게 다가왔고 물러갔다. 내가 가질 수 있었던 것은 표면뿐이었다. 나는 그 표면 아래로 파고들 생각을 하지 않았다. 나 자신 또한 하나의 표면에 지나지 않았다. 표면 아래에 있는 것들은 나를 벗어나 있었다. 표면은 두껍지 않았다. 그것은 아무런 두께도 갖고 있지 않았다.

그전의, 그전의 어떤 날의 기억도 마찬가지이다. 나는 시멘트 바닥에 닿은 나의 몸의 느낌을 느끼고 있었다. 나는 온몸으로 그 느낌을 느낄 수 있었다. 어디 한번 그때를 기억해볼까? 나는 어떤 가파른 계단을 오르고 있었던 게 틀림없다. 그렇게 생각을 하고 보니 그것이 틀림없다는 확신이 든다. 마침 내 앞에는 계단 같은 것이 있었고, 내가 그 계단을 올려다보며, 높기도 하군, 이 계단을 어떻게 다 올라가지, 하는 생각을 했던 것은 기억이 나기 때문이다.

이런 기억은 그 자체로는 믿을 수 없는 것이지만 어떤 상황과 결부되면 어느 정도 믿을 수밖에 없게 되는 것이다. 내가 그 계단을 올라갔는지, 아니면 돌아서 갈 수 있는 경사로를 따라 올라갔는지는 기억이 나지 않는다. 올라갔다고 치자, 라고 나는 생각한다. 나는 두 개의 길을 놓고 결정을 해야 했다. 동일한 지점을 향해 계단을 따라 오르는 것과 돌아서 가야 하는 우회로를 따라 오르는 것은 차이가 있다. 나는 그 차이에 대해 오래도록 생각을 했을 것이다. 더 이상 그 차이가 상관이 없을 때까지. 그래서 나는 그 차이를 없앨 수 있었고, 그래서 계단을 오르기 시작했던 것이다. 저녁이었고, 해가 지며 그날의 마지막 빛이 사라지려 하고 있었다. 그 순간은 태양에게도, 그리고 내게도 어려운 순간이었다. 그 순간 우리는, 그러니까 태양과 나는 그 어려움을 같이했다. 나로서는 내 쪽의 어려움이 좀더 큰 것처럼 느끼려고 했다. 나는 빛이 저절로 사라지기 전에 내가 그 빛을 사라지게 만들고 싶었고, 그래서 눈을 감았다. 그리고 잠시 후 눈을 뜨자 어둠이었다. 나는 어둠에 의해 편안해지거나, 그 어둠에서 기운을 얻는 사람은 못 되었지만 어둠이 내게 기운을 실어주기라도 한 듯 계단을 오르기 시작했다. 가파른 계단이었고, 가파른 정도로 내게 힘든 계단이었다. 하지만 나는 계단을 오르며 곧 계단을 오르기 시작한 것을 후회했다. 어둠 속에서 계단이 잘 보이지 않았다. 하지만 이미 나는 내려가기도 올라가기도 곤란한 지점까지 올라와 있었다. 나는 어떻게 해야 좋을지 알 수 없다는 시늉을 했다. 나는 어느 쪽도, 마냥 내가 그곳에 그대로 있고자 하지 않는다면, 내가 내려가거나 올라가지 않으면 안 되는, 나의 아래쪽과 위쪽으로 나 있는 계단을 원망하며 바라보았다. 그런데 그 순간 알 수 없는 어떤 힘에 의해 나의 몸이 휘청하며 공중으로 떠올랐다. 누가 나를 떠밀었는지, 그래서 내가 떠밀렸는지, 아니면 누가 나를 떠민 것도 아닌데도, 그래서 내가 떠밀린 것도 아닌데도 떠밀린 것처럼 굴러떨어졌는지 알 수 없다. 내게는 세부적인 것의 대부분을 잊은 기억들의 세부적이지 않은 것까지 잊어버린 기억들밖에는 남아 있지 않다.

아마 내가 나를 떠미는 식으로 굴러떨어졌을 것이다. 내가 나의 목숨을 노리는 일이, 그런 일이 종종 있었다. 그중 한 가지가 떠오른다. 무대는 아치형의 철제 빔이 있는 다리였다. 나는 그 위에 올라가 강물 아래로 뛰어내리려 했던 것이다. 아니다. 그것은 내가 아니다. 소동을 일으킨 것은 내가 아닌 다른 어떤 시시한 인간이었다. 소동을 일으키는 것은 나의 방식이 아니다. 내가 자살을 시도했더라도 그것은 조용하게 이루어졌을 것이다. 그리고 그 다리 위에서 그런 소동이 일 년에도 몇 번 있었던 것은 오래전의 일이다. 내 기억이 맞는다면 그런 소동이 일어나는 것을 막기 위해 당국에서 그 빔에다 아주 미끄러운 어떤 물질을 발라 누구도 그 위에 오를 수 없게 한 것이 틀림없다. 당국은 시민을 위해 그런 세세한 일까지 신경을 썼다. 그것이 당국이 하는 일이니까. 그런 점에서 당국은 항상 우리와 함께하고 있다. 어쨌든 나는 문제의 그 계단에서 굴러떨어졌고, 그다음에는 물리적인 힘에 의해 내 몸이 저절로 멈춰 서게 되는 지점까지 굴렀다. 떨어지면서 나는 그 힘을 계산하지는 못했다. 다시 말해 나는 내게 가해진, 또는 내가 행사하고 있는 그 힘을 정확하게 물리적으로 환산해 그 힘으로, 그 힘을 빌려 떨어지지는 못한 것이다. 떨어지는 순간 그런 것을 계산하기란 어려운 일이니까. 하지만 내가 떨어져 멈춰 선 곳은 계단의 맨 아래쪽 길바닥은 아니었다. 계단의 중간이었다. 나는 그 사실을 어렴풋이 확인함과 동시에 정신을 잃었다. 그리고 그 얼마 후에 다시 정신을 차렸고 내가 조금 전 어렴풋이 확인한 사실을 보다 확실하게 확인했다. 내 아래로는 계단이 몇 개 더 있었다. 나는 그 몇 개의 계단을 남겨놓았던 것이다. 나는 계단들 사이에 축 늘어져 있었다. 그렇게 굴러떨어진 것은 잘된 일이었다. 나는 더이상 계단 중간에서 그 계단을 올라가야 할지 내려가야 할지 고민을 하지 않아도 되는 것이다. 나는 내 앞에 보이는 어떤 사물을, 그것의 움직임을, 움직임 없는 정지를 흉내내어 꼼짝 않고 누워 있었다. 내 기억이 맞는다면 그것은 죽은 풍뎅이였다. 그것은 딱딱한 등껍질을 바닥에 댄 채로 가는 다리들을 벌리고 누워 있었다. 나는 그 풍뎅이와 비슷한 포즈로 누워 있었다. 나는 어느 낯선 여관방에 외롭게 누워 바깥 복도를 걸어가는 누군가의 발소리에 귀를 기울이듯 내 곁을 지나가는 사람들의 발소리에 귀를 기울였다. 지나가는 누구도 내게

도움의 손길을 내밀지도, 내밀려는 몸짓을 보이지도 않았다. 그들은 무표정한 얼굴로, 또는 재미있다는 표정으로 나를 쳐다보는 것으로 내게, 그리고 나의 고통에 도움을 줬다. 하지만 그 점에 대해서는, 인간들의 인정 없음에 대해서는 개의치 않았다. 그동안 살아오면서 나는 누군가의 도움을 받은 것이 틀림없다. 나야말로 항상 누군가의 도움을 필요로 했으니까. 그리고 나 또한 누군가를 도와주었을 것이다. 하지만 내가 누군가를 돕기도 한 것이 사실이라 하더라도 그것은 선의에서는 아니었다. 내가 누구를 도운 것은 오로지 재미로, 재미를 위해 그랬을 뿐이다. 나는 나자빠진 그 상태로, 얼굴을 옆으로 기울인 상태로 누워 있었다. 만족스러웠다. 나는 나의 모든 상황을 집약하고 정의하는 유일한 상태인 방임 상태 쪽으로 빠지고 싶은 유혹에 좀더 확실하게 말려들기 위해 온몸의 힘을 뺀 채로 축 늘어져 있었다. 아무것도 하지 않는 한 성가신 어떤 일도 일어나지 않는다는 것을 나는 잘 알고 있었다. 헤벌어진 입에서는 침이 흘러나왔다. 어떤 사람들을 시달리게 만드는, 한없이 고상해지고 싶은 욕망이 내 경우에는 더없이 저열해지고 싶은 욕망으로 나타나곤 했다. 그리고 그 욕망은 대단히 크고 질긴 것이었다.

나는 정신을 약간만 차린 상태에서 내 아래로 있는 계단의 숫자를 세기 시작했다. 그것은 도무지 중요하지 않은 일처럼 여겨졌고, 그래서 나는 그 일에 전념할 수 있었다. 그런데 문득 그 순간 나는 시멘트 계단의 갈라진 틈 사이에 피어 있는 어떤 풀을, 그 끝에 매달려 있는 작은 하얀 꽃을 보았다. 그리고 당연하다는 듯 그 꽃을 쥐어뜯기 시작했다. 온전한 형태를 갖추고 있는 것들을 유린하고 싶어하는 나의 병적인 욕망이 되살아난 것이다. 꽃은 내 손가락들에 의해 뭉개졌고, 더이상 꽃이 아닌 어떤 것이 되었다. 꽃이 아닌 것으로, 무형의 물질로 되돌아간 것이다. 나는 짓이겨진 꽃을 바닥에 뿌렸다. 그런데 그때 통증이 새롭게 느껴졌고, 그와 함께 어떤 기억이, 씻을 수 없는 치욕의 기억처럼 조금씩 떠오르기 시작했다. 그들 일행은 모두 셋이었다. 그중 하나는 아이였는데 그는 벙어리였다. 그들은 모두 두꺼운 방한복 차림이었다. 그들이 그곳에서 무엇을 하고 있는지는 알 수 없었다. 그 순간에는 그것이 궁금하지 않았다. 궁금한 것은 지금, 그들이 그곳에서 무엇을 하고 있었는지 아무 상관도 없게 된 지금 이 순간이다. 그리고 궁금한 것은 내가 그곳에 왜 갔는가 하는 것이다. 하지만 나는 그런 것에 대해서는 궁금해할 것 없다고 나 자신에게 말한다. 그러면 되는 것이다. 그들을 발견한 나는 그들에게 다가갔다. 그들은 내가 오고 있는 것을 알지 못했다. 내가 그들이 모르게 그들이 있는 곳으로 간 것도 아니었는데도. 그러니까, 그들은 방심하고 있었던 것이다. 무엇에 대해? 그들로서는 모르게 그들 앞에 나타나는 것들에 대해. 내가 그들 앞에 이르렀을 때에야 그들은 내가 온 것을 알고는 고개를 들며 나를 쳐다보았다. 나는 그들 앞에 잠시 아무 말 없이 서 있었다. 나는 종종 그렇게, 모르는 사람들 앞에서 뭐하는 사람인지 알 수 없게 서 있곤 했다. 나로서는 그들에게 다가가기 전 그렇게 하는 것이 필요했다. 그들은 나를 끼워주려 하지 않았다. 그 이전에 나는 그들에게 끼어들려 하지 않았다. 나는 내가 나설 기회를 엿보지 않았다. 나는 나서는 것을 좋아하지 않았다. 어느 쪽이냐 하면 나서는 자들을 싫어하는 편이었다. 그들은 나를 쳐다보며, 나와는 상관없는 어떤 얘기를 했다. 그래서 나는 그들의 얘기를 들을 수 있었지만, 그들은 내가 하는 얘기는 듣지 못했다. 그때까지도 나는 아무 말도 하지 않고, 그냥 그들이 피워놓은 불을 바라보고 있었으니까. 나는 그 불을 내가 가까이 가서는 안 되는 것처럼 바라보고 있었다. 하지만 그들은 내가 그들이 피워놓은 불 가까이 다가가는 것을 허락했다. 허락하지도 않았는데도 내가 불 가까이 다가간 것은 아니었다. 그런 것은 나로서는 생각하기 어려운 것이었다. 불 가까이 다가간 나는 자리에 앉았다. 그들의 얼굴에 떠오른, 내가 그곳에 앉아 있는 것을 상관하지 않는다는 태도를 나는 읽었던 것이다. 그리하여 나는 그들 중 하나가, 일원이 된 것이다. 만약 그때 다른 누군가가 우연히 그곳을 지나게 되었다면 그도 우리의 일행이 될 수 있었을 것이다. 우리의 숫자는 많을수록 좋았다. 많을수록 뭐가 좋은지 모를 수 있기에 더 좋았다. 아니, 숫자는 적을수록 좋았다. 아예 아무도 없는 게 나았다. 하지만 우리는 거기에 아무도 없을 수는 없었기에, 그렇게 있었다.

내가 나타나기 전, 그들은 무슨 얘긴가를 하고 있었다. 그들의 얘기는 내가 그들 앞에 나타나는 바람에 중단되었다. 아니면 그들의 대화가 자연스럽게 멈춰졌는지도 모르겠다. 내가 그들 앞에 나타나는 바람에 중단되었거나 나의 출현과는 상관없이 멈춰졌던 그들의 이야기가 이어졌다. 나는 주로 그들이 하는 얘기를 들었다. 그럼에도 내 쪽의 얘기도 하고 싶었다. 나는 아무 말이나 하고 싶었다. 충분한 생각 끝에 나와 상대로 하여금 자신의 말을 생각하게 한 다음 말을 이어지게 하는, 흔히 말하는 인간들의 제대로 된 대화는 내 관심 밖의 어떤 것이었다. 다행히도 그들은 내게도 질문을 했다. 나를 그들의 대화에 끌어들여주었다. 그들은 내게 나와 관련한 이것저것을 물어보았다. 별로 대단한 것들은 아니었다. 나에 관해서라면 별로 대단한 것들을 물어올 수는 없었다. 나는 그들의 질문에 모르는 것은 솔직하게 모른다고 대답했다. 하지만 경우에 따라서는 아는 것에 대해서도 모르는 척 시치미를 떼기도 했다. 그리고 모르는 것에 대해서도 아는 척을 하기도 했다. 그러지 않는 것이 어려웠으므로. 나로 말하자면 언제나 그런 식이었으니까. 한데 내가 무슨 말인가를 하자 그중 한 명이 내게, 지금 농담하고 있는 거요, 하고 물었다. 내가 무슨 말을 했기에 그가 그런 말을 한 것일까? 알 수 없다. 하지만 그가 그런 말을 한 것이 이상할 것은 없다. 나는 곧잘 주어진 상황과는 어울리지 않는 엉뚱한 말을 하곤 했다. 내게는 대화를 이끌어가는 능력도 대화를 따라잡는 재주도 없었다. 나는 늘 사람들의 말을 놓쳤고, 내가 한 말 또한 잊어버리곤 했다. 어쨌든 그들은 내 얘기에 별로 상관하지 않았다. 그리고 주로 얘기를 한 건 내 쪽이 아니었다. 내가 얘기를 해도 그들은 듣지 않았다. 듣는 것도 같았지만 귀를 기울이지는 않았다. 나는 그들의 얘기 중간중간 끼어들었다. 사람들 사이에 있을 때 나의 역할은 되도록 아무 얘기도 하지 않고 가만히 있는 것이었다. 그것으로 나의 역할은 충분했고, 그것으로 바람직한 것이었다. 하지만 이따금 나도 모르게 나의 생각을 말하는 경우가 있었다. 나로서는 일일이 그것을 막을 수가 없었다. 그들의 얘기와는 상관없는 나의 얘기에 그들의 얘기가 중간중간 끊어졌다. 하지만 그들은 별로 개의치 않았다. 그들은 나에 의해 그들의 얘기가 끊기게 된 순간을 그들 자신의 얘기를 정리하는 시간으로 이용하는 것 같았다. 그들은 어떤 실종자를 찾고 있었다. 그것은 나로서는 깨닫지 않으려 했지만 깨달아진 사실이었다. 그들이 어떤 실종자에 관한 이야기를 하고 있었기 때문에 어쩔 수 없었다. 아니다. 그들은 다만 낚시에 대해 얘기하고 있었을 뿐이다. 그럼에도 나는 그들이 실종자에 관한 이야기를 하고 있다고 생각했다. 그리고 일단 그렇게 생각을 하자 내가 그들이 찾고 있는 사람이라는 강한 확신이 들었다. 또는 그들이 찾고 있는 사람이 내가 찾고 있는 사람이기도 하다는 생각도 들었다. 하지만 그 사실을 입 밖에 내지는 않았다. 어쩌면 내가 그 사실을 얘기했더라도 그들은 내 말을 곧이듣지 않았을 것이다. 나는 누구도 내 말을 듣는 경우를 보지 못했다. 나의 모습의 어떤 부분이 믿을 수 없는 자처럼 보이게 만드는 것이 틀림없었다. 한데 내가 그들이 찾고 있는 사람일 수는 없었다. 만약 그랬다면 그들은 나를 알아볼 수 있었을 것이다. 그들 앞에 내가 있었으니까. 그리고 내 본래의 모습을 감춘 채로 그들 앞에 있지는 않았으니까. 그리고 내가 찾는 사람이 곧 그들이 찾는 사람일 수도 없었다. 나는 누구를 찾고 있거나 하지 않았다. 내가 무엇 때문에 누구를 찾는단 말인가? 그들 중 하나가 내게 어떤 일을 시켰다. 그는 내가 호락호락하고 만만한 인간이라는 것을 알아버린 것 같았다. 그 사실을 어떻게 알게 되었을까? 그것은 쉬운 일이다. 나를 척 보기만 해도 내가 시시한 인간이라는 것은 누구나 알 수 있다. 나의 온 자태가 그 사실을 드러내고 있다. 그가 시킨 것은 간단한 일이었다. 하지만 그것은 내가 할 수 있는 일이 아니었다. 그는 내가 일을 해주면 그 대가로, 그게 무엇이었는지 기억이 나지 않는, 뭔가를 주겠다고 약속했고, 나는 마음이 움직였다. 아, 나는 얼마나 실리에 약한가. 아니, 그보다도 나는 누군가가 내게 시키는 일은 잘했다. 다시 말해 누군가가 시키는 일만 했다. 다시 말해 시키지 않는 일은 하지 않았다. 다시 말해 누군가가 내게 뭔가를 시키지 않을 때면 아무것도 하지 않았다. 자신에게 뭔가를 시키는 식으로 스스로 뭔가를 알아서 할 수는 없냐고? 그럴 수는 없는 일이었다. 나는 내가 나 자신에게 시키는 일은 하지 않았다. 하지만 누군가가 뭔가를 시킬 때에도 항상 잘한 것은 아니었다. 그것이 어떤 일이냐가 또 문제가 되었던 것이다. 그것이 어떤 일이냐에 따라 하거나 하지 않거나 했다. 거기에 일정한 기준은 없었다. 다만 나의 변덕에 힘입어 그것을 하거나 하지 않거나 했다. 그래서 그것이 무슨 일이냐는 그다지 문제가 되지 않았다. 그래서 나는 무엇을 했던가? 나는 불을 피우는 데 나무가 더 필요했기에 나무를 주워왔던 것 같다. 나는 불에 나뭇조각을 던졌고, 내가 던진 나뭇조각에 불길이 치솟는 것을 보았다. 그리고 그 불길이 나의 마음을 움직였다. 어떻게 움직였는지는 알 수 없다. 하지만 움직인 게 틀림없다. 나는 나의 마음이 움직이는 것을 불길의 움직임을 통해 알 수 있었다. 나는 알 수 없는 무슨 소리를 질렀고, 사람들은 나를 쳐다보았다. 하지만 그것으로 다였다. 그들은 다시 그들의 얘기로 돌아갔다. 그리고 조금 후 그들은 무슨 이유에서인지 자리에서 일어났다. 그러고는 그들의 길을 갔다.

그들은 나를, 그들의 일행이 된 나를 혼자 남겨놓고 떠났다. 나는 내게 합당한 요구를 할 수 있는 상황이 아니었기에, 그 사실을 알고 있었기에 아무 요청도 하지 않았다. 나는 일행을 잃고 또다시 혼자가 된 것이다. 하지만 나는 혼자가 된 것에 대해 슬퍼하지 않았다. 그들과는 작별을 했지만 나는 누군가를 또 만나게 될 것이었다. 그리고 나는 그 어떤 곳에서도 누구와도 마주칠 준비가 되어 있었다. 준비가 되어 있지 않은 건 내 쪽이 아니었다. 그런데 내가 보았다고, 마주쳤다고 생각하고 있는 그 사람들은 누구인가? 그들은 무엇을 하고 있었던 것인가? 그리고 내가 간 곳은 어디인가? 조금 전 내가 있었던 것으로 묘사한 곳에 내가 있었고, 그래서 언제까지나 그곳에 있을 수만은 없었기에 그곳을 떠나 어딘가를 향해 갔다면 말이지만. 나는 그곳을 떠난 후 가게 된 곳을 기억하지 못한다. 사실은 내가 조금 전 갔었다고 말한 그곳에 갔던 적이 있는지, 갔다 해도 갔던 그 사람이 나인지도 잘 모르겠다. 그럼에도 나는 어떤 곳, 그곳이 어떤 곳인지를 기억할 수 없기에 그냥 어떤 곳이라고밖에 할 수 없는 어떤 곳으로 간 것이 틀림없다. 지금 내가 있는 곳이 내가 기억하기에 내가 있었던 그곳이 아니라면. 그리고 나는 계속해서 또다른 사람들을 만났다, 만나야만 했다. 그래서 그들 또한 나를 만났다. 우리는 서로 다른 사람으로 서로를 만났다. 우리가 서로 만난 것이라면 우리는 서로 다른 사람이어야 하니까. 그런 추리가 가능하다. 하지만 그런 추리는 내가 그들 중의 하나였을 수도 있다는 사실에 의해 쉽게 반박될 수도 있는 것이다. 나는 지시어와 인칭대명사를 혼란스럽게 사용하고 있는 것 같다. 사실 나는 그것들의 사용법을 거의 잊어버렸고, 그래서 내 생각에는 아주 자유롭게 사용하고 있는 것 같다. 한때는 수사법을 남용했고, 접속사를 심하게 오용한 적도 있었다. 그리고 또 어떤 때는 문장 자체를 의미에 상관없이 어법을 무시하고 말했다. 한마디로 나는 언어를 기이하게 사용했고, 내가 사용하는 그 언어는 더욱 기이하게 나를 사용했다.

지금 나는 나의 인생의 후반부 가운데서도 끝 부분을, 내가 가장 아끼는 부분을 아껴 얘기하고 있다. 그리고 이렇게 아껴 얘기하고 있는 것만 보아도 내가 그것을 아끼고 있다는 것을 알 수 있다. 그리고 내가 간 곳은 어디였나? 그 얼마 후 길에서 또다른 무리를 만난 것 같다. 그들은 군복을 입은 군인들이었다. 이것은 언제 적의 얘기일까? 그런 것은 중요하지 않다는 식으로 얘기하면 그만이다. 그들은 길 양쪽을 따라 행군을 하고 있었는데 완전무장을 하고 있었다. 행렬은 끝이 없었다. 전쟁이라도 난 모양이지, 하고 나는 생각했다. 하지만 전투 상황은 아닌 것 같았다. 전쟁이 났다는 얘기는 듣지 못했다. 나는 정세에 어두웠다. 정세뿐만 아니라 물정에도 어두웠다. 그리고 그들 중의 한 명의 입을 통해 그 사실을, 전쟁이 난 것은 아니라는 사실을 확인했다. 우리 사이에는 이런 얘기가 오갔을 것이다. 어디, 전쟁이라도 난 거요? 전쟁이 났냐고요? 피곤한 기색의 한 얼굴이 미소를 지으며 말한다. 우리는 훈련중이죠. 피곤한 기색의 또다른 얼굴이 미소를 거두며 말한다. 아, 훈련중이라고요. 나는 상황을 이해하게 된다. 그리고 또다른 질문도 던진다. 그러자 그들은 웃는다. 그런 질문이 어디에 있냐는 듯. 어쩌면 나는 무거워 보이는 그 배낭 속에 무엇이 들어 있냐고 물었을 수도 있다. 그들은 어떤 군가를 불렀는데 약간 슬픈 느낌이 들었다. 씩씩하게 불러야 하는 노래를 기운 없이 불러서였을까? 어쨌든 내게는 비가처럼 들렸다. 실제로 군인들은 퇴각하고 있는 듯

한 인상을 주었다. 그런데 나와 거의 나란히 걷고 있던 군인 중의 한 명이 갑자기 쓰러졌다. 맹세코 내가 그를 쓰러뜨린 것은 아니었다. 나는 내가 그를 대신해, 그의 옷을 입고, 그의 배낭을 메고, 그의 역할을 대신할 수는 없는지 물었다. 아직까지는 기운이 남아 있었던 것이다. 심지어는 쓰러진 그를 보자 나의 기운은 남아도는 것 같았다. 하지만 그럴 수는 없다고 누군가가 말했다. 나는 실망을 감추지 않았다. 하지만 쓰러졌던 군인은 곧 정신을 가다듬고 일어났고, 누군가가 그를 부축했다. 나는 그들을 따라 걸어갔다. 우리의 행선지는 같은 곳으로 여겨졌다. 우리는 같은 길을 가고 있었다. 내가 가는 길을 그들도 가고 있었다. 우리가 함께 길을 가고 있다는 사실만으로도 그 사실을 확인할 수 있었다. 논에서 일을 하던 농부들이 잠시 일손을 멈추고 우리 일행을 구경했다. 그들은 논에 모를 심고 있는 것 같았다. 양수기에서 뿜어져나온 물이 논으로 넘쳐들고 있었다. 하지만 우리가 함께한 그 길은 오래지 않아 끝나버렸다. 그들은 어떤 가파른 산길로 접어들었고, 나를 간단하게 따돌려버렸다. 나는 그들에 대한 기억을 오래 붙들고 있지 않겠다. 그들 말고도 기억나는 것이 내게는 많이 있으니까. 그리고 이렇게, 내 눈앞에 떠오르는 누군가가 있다. 어쩌면 내가 보고 있다고 생각하는 그가 나인지도 모르겠다. 그는 내가 그를 보는 동안 쉽게 나를 그 자신으로 취해버린다. 그의 이름은 P가 아니면 T였다. 그의 이름은 중요치 않다. 그는 그 어떤 이니셜로 일컬어져도 무방하다. 나는 그를 내 멋대로 X라고, 아니 그보다도 XX라고 해버려야겠다. 그는 모자를 쓰고 있었다. 나는 그가 얼굴을 가리고 있던 모자를 벗었다가 다시 쓰는 것을 보았다. 그리고 나 또한 모자를 쓰고 있었다. 그가 쓰고 있는 모자와는 모양이 다른 모자였다. 내 것이 폼이 좀 덜 났다. 나는 모자를 서로 바꿔 쓰고 싶었다. 하지만 그는 내 모자에는 관심이 없었다. 그의 모자는 테가 아주 작은, 어떻게 보면 경마장의 기수가 쓰는 모자 같아 보이기도 했다. 그리고 펠트 천의 느낌이 났는데 실제로 펠트 천이었는지는 확실치 않다. 그리고 색상은 아주 무엄하다는 느낌이 들 정도로 까맸다. 그리고 또다른 특징으로는, 그 이상은 기억이 나지 않는다. 그 모자에 대한 묘사에 좀더 매달리고 싶지만 어쩔 수가 없다. 이것으로 그 모자에 대한 묘사는 끝낼 수밖에 없다. 나는 경마장으로 기억되는 어떤 곳에 있었다. 한데 그 나이든 사람의 얼굴과 관련해 기억나는 것은 없다. 그는 아주 잠시 모자를 벗었다가 다시 써버렸다. 어떻게 그에 관한 묘사를 좀더 할 수 있을까? 그를 묘사하는 것이 그에 대한 기억을 되살리는 데 도움이 될 수 있을까? 하지만 그에 대해 묘사하는 것은 나의 흥미를 끌지 못한다. 그리고 그에 대한 또다른 기억이 되살아나지 않는 한 그를 더이상 묘사할 수는 없다. 그런데 그와의 사이에 무슨 일이 있었던가? 다음과 같이 말함으로써 실제로 그런 일이 있었던 것처럼 할 수도 있을 것이다. 자, 이렇다. 노신사는 내게 어떤 부탁을 한다. 누군가를 찾아가 데려오라는 것이다. 나는 그것이 어려운 부탁처럼 여겨진다는 말을 한다. 노신사는 그런 일은 누구라도 할 수 있는 일이라고 말한다. 나는 누구나 할 수 있는 일이라고 해서 나 자신도 할 수 있다는 보장은 없다고 말한다. 노신사의 지갑이 열리며 지폐가 꺼내진다. 내게 약간의 보수가 주어진다. 나는 그 일을 맡는다. 그런데 그 부탁을 받고 내가 간 곳은 어디인가? 나는 어떤 사내의 집에 가야 했지만 그곳에 가지 않았다. 대신 나는 자신의 이익을 위해, 자신의 기쁨을 위해 그 돈을 흥청망청 써버렸다. 얼마 되지 않는 돈이었다. 나는 그 돈을 빠른 시일 내에 다 써버렸다. 그사이 그로부터 연락은 없었다. 그후로도 그를 다시 만나지는 못했다. 그것으로 우리의 인연은 끝이었다. 그리고 나는 돈이 모두 떨어져 어딘가를 가게 되었다. 양들이 풀을 뜯는 곳이었던 것 같다. 그곳의 주인이 나를 거두어준 것 같다. 나는 그를 위해 양떼를 돌보는 일을 했을 수도 있다. 이것은, 양떼를 정신없이 바라보곤 하던 것은 기억이 난다. 양들이 더 이상 양이 아닌 어떤 것으로 보일 때까지, 또는 양이 아닌 어떤 것으로도 보이지 않을 때까지. 하지만 어쩌면 나는 그 양떼 목장에는 관광객으로 갔는지도 모르겠다. 어쨌든 양들의 기이한 울음소리를 들은 기억은 난다. 그후로 나는 어디를 갔던 것인가? 그곳이 바닷가라면 자연스럽지 않을까? 혹은 숲이라면. 숲이었다면, 그리고 내가 저녁이 되어 어둠이 내린 뒤로도 숲을 떠나지 않아 자정이 될 때까지도 그곳에서 머물렀다면 눈을 부릅뜬 채로, 날카로우면서도 튼튼한 발톱으로 나뭇가지를 움켜쥔 채로, 작은 동물들을, 주로 설치류들을 떨게 만들며 나무 위에 앉아 있는 올빼미의 귀에 거슬리는 울음소리를 무시하려 애를 쓰며 나 자신이 어떤 소리를 만들어내며 그 순간의 두려움을 떨쳐버리고 있었을 수도 있었을 것이다. 하지만 여기서는 내가 간 곳은 숲이 아닌 바닷가라고 해버리자. 그렇게 하는 것이, 그렇게 해두는 것이 내게보다는 나의 이야기에 유리할 것 같다. 그렇다, 그렇게 해서 나는 어느 해변의 모래 위에 누워 있게 되었다. 이렇게 얘기함으로써 나는 그곳에 누워 있게 되는 것이다. 해변에 누워 있기에 좋은 계절이었을까? 그래서 내가 아무런 불편 없이 누워 있을 수 있었을까? 아마 그랬을 것이다. 눈을 감은 채로, 내 앞에 보이는 그 무엇에도 눈길을 주지 않고서. 나는 오로지 나의 몸이 닿아 있는 모래와, 나의 몸을 스치며 지나가는 바람에, 그리고 그 위로 쏟아지고 있는 햇빛에만 신경을 집중하고 있는 그를 볼 수 있다. 아니다. 그는 편히 누워 있을 수가 없었다. 누군가가, 뭔가가 자신을 염탐하고 있다는 느낌을 그는 떨쳐버릴 수가 없었다. 그래서 그는 가만히 누워 있는 척을 하면서 주위를 염탐했다. 그러자 무슨 일이 있었던가? 하지만 주위에는 아무도 없었다. 적어도 누가 있는 것이 보이지는 않았다. 하지만 그는 뭔가가 낮게 몸을 숙인 채로 자신을 보고 있는 것을 보았다. 하지만 그것은 몸을 낮게 숙이고 있는 것은 아니었다. 그냥 서 있었다. 그렇게 개 한 마리가 가만히 서서 그를 바라보고 있었던 것이다. 하지만 그가 누군가가 그를 엿보고 있다고 느끼며 생각한 것은 개가 아니었다. 그런데도 그것은 개였다. 그것은 본 적이 없는 개였을 뿐만 아니라 그는 그런 종류의 개는 단 한 번도 본 적이 없었다. 털이 검은, 아주 큰 사냥개처럼 보이는 개였다. 튼튼해 보였다. 털은 윤기가 있었다. 하지만 우연히 그것을 마주치게 된 것이 기쁘지 않았다. 그 개가 준 것은 불쾌한 느낌이 다였으니까. 개는 위협적으로 느껴졌다. 나는 순간적으로 공포를 느꼈다. 그 공포는 그것에 사로잡혀 있을 때 안도감을 주는 공포는 아니었다. 개는 내 쪽을 향해 천천히 다가왔다. 나는 숨을 죽인 채로 꼼짝 않고 있었다. 다른 어떤 생각을 해야 했다. 주로 나는 상황의 심각성을 제대로 파악하지 못하는 식으로 심각한 상황에서 거짓되게 벗어나는 술책을 쓰곤 했으니까. 나는 어느 날, 아마 어머니를 만나러 갔던 날이었을 것이다, 어느 읍에 있는 시장 안의 생선가게에 있는 수족관 속에 있던 낙지들을 유심히 보았던 기억을 떠올렸다. 수족관의 벽에 달라붙어 있는 낙지의 빨판이 나의 생각에 달라붙었다. 그런데 그것은 나였던가, 아니면 낙지를 보고 있는 것을 본 나의 기억 속의 누구인가? 그 둘은 어긋나게 겹치기는 하지만 완전히 포개지지는 않는다. 하지만 개는 오래 머물지 않았다. 지나가는 길이었던 것이다. 그것은 나를 뒤쫓아온 사냥개는 아니었다. 개는 나를 향해 한 번 짖은 후 천천히 떠나갔다.

빛이 사정없이 내리쬐었다. 이것은 내가 바닷가에서 개를 만난 날과는 무관한 날의 기억일 수도 아닐 수도 있다. 하지만 각기 다른 날의 기억들이 자연스럽게 겹쳐진다. 정오 무렵이었다. 나는 그 빛 속에서, 태양 아래에 방치된 모든 것들과 함께하고 있었다. 해안에서 멀리 떨어진 야산의 나무들은 우악스럽게 자라고 있었다. 파도가 끊임없이 밀려왔다 밀려갔다. 나는 태양이 내게 끼치는 영향을, 그런 것은 크지 않다는 식으로, 생각했다. 그리고 달의 영향력에 대해서도 생각해보았다. 그곳은 달의 영향력을 가장 잘 실감할 수 있는 장소라는 이유로. 하지만 그것도 크지는 않은 것 같았다. 내가 생각기에는 내게 지대한 영향을 미치는 것은 빛과 어둠이었다. 빛은 나를 다소 부끄럽게, 어둠은 다소 뻔뻔스럽게 만들었다. 아니다. 나는 빛 속에서 부끄러워하지 않았고 마찬가지로 어둠 속에서 뻔뻔스러워지지 않았다. 빛 속에서나 어둠 속에서나 부끄러웠고, 동시에 뻔뻔스러웠다. 하지만 나의 뻔뻔스러움에 부끄러워한 것은 아니었다. 내가 부끄러워한 것은 다른 어떤 이유 때문이었다. 그리고 그것은 근거 없는 것이 분명했다. 하지만 그 순간의 파도는 달의 인력에 의해서보다는 나의 들숨과 날숨에 의해 밀려왔다 밀려가는 것 같았다. 그렇게 생각하는 것은 잘못일 테지만 그렇게 생각하고 싶었다. 전체적으로, 파도가 치는 바다는 불쾌한 장면으로 다가왔다. 나는 그 불쾌한 장면을 보상할 만한 다른 장면을 찾았지만 내가 찾은 것은 그 불쾌한 장면을 보완하는 또다른 불쾌한 장면뿐이었는데 그것은 구름 한 점 없는 파란 하늘이었다. 나는 무력한 상태로 누워 있었고, 무력하게 누워 있는 나 자신을 볼 수 있어 기뻤다. 그리고 그 기쁨은 독단적인 것이었고, 그래서 기쁨은 더욱 순수했다. 아니다, 내 머릿속에서는 정오를 이루고 있던 그때는 정오가 아닌, 황혼 무렵이었다. 내가 증가하고 있다고 생각한 빛의 양은 사실은 꾸준히 감소하고 있었던 것이다. 그때 근처 모래사장 위로 뭔가 눈길을 끄는 것이 있었다. 파도에 의해 모래사장 위로 휩쓸려나온 생선 한 마리가 파닥거리고 있었다. 나는 그것이 있는 곳으로 기어갔다. 맹세컨대 그것을 잡아먹기 위해서는 아니었다. 날생선을 고양이처럼 그대로 뜯어먹는 건 나의 식사 방식이 아니었다. 그렇다고, 운 나쁘게 물 밖으로 나온 그것을 그것이 있어야 할 곳에 되돌려놓기 위해서도 아니었다. 그냥 그것의 죽어가는 모습을 조금만 지켜보자는 목적에서였다. 그런데 그때, 어디에서 나타났는지 모르게 어떤 소녀가 다가왔다. 여섯 살쯤 되어 보였다. 아니면 더 나이가 든 아이였는지도 모르겠다. 어쨌든 소녀의 나이는 나이에 비해 어려 보인다거나 더 나이가 들어 보인다는 얘기를 하기 어려운 나이였다. 그냥 어린 나이였던 것이다. 그녀의 손을 잡고 있거나, 아니면 조금 뒤떨어진 곳에서 걸어오고 있어야 할 그녀의 엄마의 모습은 보이지 않았다. 그녀의 엄마는 아주 멀리서 그녀의 아빠의 손을 잡고 걸어오고 있는지도 몰랐다. 엄마도 아빠도 없는 소녀로는 보이지 않았다. 아주 예쁘고 깨끗한 옷을 입고 있었다. 소녀의 관심을 끈 것은 죽어가는 생선이었을까, 아니면 마찬가지로 죽어가는 나였을까? 나는 그 중요한 질문을 던지는 것을 잊었다. 어느 쪽이 더 마음에 들지, 하고 물어볼 수도 있었을 것이다. 소녀가 죽어가는 생선을 유심히 바라본 걸 보면 그 생선에 관심이 있었던 것 같다. 하지만 소녀가 나 또한 유심히 바라본 것을 보면 내게도 관심이 있었던 것 같다. 하지만 우리 둘에 대한 그녀의 관심은 약간 다른 것처럼 느껴졌다. 어떻게 달랐는지 말하라면 할 수 없지만. 어쩌면 그녀는 죽어가는 생선에 대한 호기심으로 죽어가는 나를 바라본 것인지도 몰랐다. 그녀는 죽어가는 생선을 보고는, 그러고는 나를 보고는, 여기 고양이 한 마리가 죽어가고 있네, 하며, 어떤 이상한 노래를 부르기 시작했다. 나는 죽어가고 있는 것이 고양이가 아니라 생선이라고 했다. 그리고 죽어가고 있는 것은 고양이가 아니라 사람이라고 했다. 하지만 소녀는 내 말을 곧이듣지 않았다. 소녀는, 죽은 고양이는 우는 고양이, 우는 고양이는 잠든 고양이, 잠든 고양이는 아픈 고양이, 아픈 고양이는 웃는 고양이, 웃는 고양이는 죽은 고양이, 죽은 고양이는 미친 고양이, 미친 고양이는 우는 고양이, 우는 고양이는 잠든 고양이, 로 계속해서 이어지는 노래를 불렀다. 나는 내가 고양이가 아니라고, 그리고 저건 생선이지 고양이가 아니라고, 그리고 내가 고양이가 아닌 것처럼 저건 고양이가 아니라고, 저 생선이 고양이가 아닌 것처럼 나도 고양이가 아니라고 말했다. 나는 무지무지 악을 쓰며 말했다. 필요 이상으로 악을 쓰고 있다는 것을 스스로도 알 수 있을 정도로 악을 쓰고 있었다. 그녀는 나를 쳐다보았다. 아주 다소곳한 시선이었다. 소녀가 그런 시선으로 나를 쳐다보는 것이 마음에 들지 않았다. 그리고 그 다소곳한 표정에는 마치 바보를 대하는 듯한 표정이 실려 있었다. 나는 나 자신이 바보처럼 여겨졌고, 그래서 고개를 떨굴까 하다가 고개를 떨구지는 않았다. 부끄러워진 나는 우리의 관심을 딴 데로 돌리고 싶었다. 하지만 마땅한 좋은 방법이 생각나지 않았다. 그래서 나는 늘 해오던 방법을 썼다. 그것은 내가 좋아하는 방법은 아니었지만 즐겨 써온 방법이었다. 나는 소녀에게 혹시 빨아먹기에 좋은 사탕 같은 게 없는지 물었다. 사탕을 빠는 것으로 나의 고통을 잊을 수 있을 것 같았다. 아니, 고통을 잊어버리기보다는, 그 고통을 달게 느낄 수 있을 것 같았다. 빨다 남은 사탕도 관계없다고 했다. 아니면, 꼭 사탕이 아니어도 좋다고, 사탕처럼 빨 수 있는 것이면 무엇이든 상관없다고 했다. 소녀는 내 말을 알아듣지 못했고, 그래서 나는 빨아먹는 시늉을 해야 했다. 나는 얼마든지 입 밖에 내도 괜찮은, 그냥 입 밖에 내기만 하면 되었을, 사탕이라는 말을 다시 입 밖에 내는 게 싫었다. 그래도 그녀는 내 말귀를 알아듣지 못했다. 보기보다 머리가 안 좋은 애군, 하고 나는 생각했다. 나는 그녀를 가까이 오게 했다. 소녀를 유혹할 만한 게 없나 해서 내 호주머니를 뒤졌지만 손에 만져지는 건 칼밖에 없었는데, 아무래도 그것은 소녀를 유혹하기에는 적당치 않은 것으로 여겨졌다. 그런데 그때 소녀가 내 쪽으로 다가왔다. 내 쪽으로 오면서도 전혀 멈칫거리지 않았다. 겁이 없는 앤가, 아니면 뭘 모르는 앤가, 하고 나는 생각했다. 내 가까이 다가오는 것은, 특히 내가 손을 뻗어 잡을 수 있는 거리 안으로 들어오는 것은 극히 위험한 일이었다.

그사이에도 생선은 죽어가고 있었다. 나는 몸을 상당히 일으킨 채로, 그래봤자 한 손으로 모래를 짚고 어깨를 드는 정도였지만, 그녀의 바지 주머니 속에 손을 넣었다. 하지만 그녀의 몸을 더듬지는 않았다. 내 목적은 다른 데 있었으니까. 주머니 속은 비어 있었다. 나는 다른 쪽 주머니도 뒤졌다. 뭔가가 만져졌고, 나는 그것을 꺼냈다. 사탕을 먹고 난 껍질이었다. 내용물은 없고 비닐 껍질만 있었다. 나는 껍질이라도 빨아볼까 하다가 단념했다. 빈 껍질을 빠는 것으로는 사탕을 빠는 것으로 생각하기는, 그런 기분을 내기는 어려운 일이었다. 껍질은 사탕과는 다른 맛을 선사할 게 뻔했다. 내가 그녀의 몸을 수색하는 동안 소녀는 다 이해한다는 듯 잠자코 있었다. 그 쪼그만 계집애가 뭘 이해했다는 거지? 그사이 생선은 죽어 있었다. 내가 보지 않는 사이 죽어버린 것이다. 그것이 죽는 장면을 놓쳐버린 것이다. 이 쪼그만 계집애 때문에 그 장면을 놓쳐버렸군, 하고 나는 생각했다. 이제는 내가 죽는 일만 남았군. 하지만 그 쪼그만 계집애는 더이상 그녀의 관심을 끄는 것이 없는 듯 가려 했다. 나는 소녀를 가게 할까 못 가게 할까, 가는 것을 허락할까 아니면 내 곁에 있는 것을 허락할까 고민을 했다. 내 곁에 있어도 그만 없어도 그만인 그녀 곁에 내가 좀더 있어줄까 없어줄까를 고민했다. 한데 내가 그 고민을 하고 있는 사이 그녀는 내 곁을 떠나가고 있었다. 불러도 소용이 없었지만 나는 계속해서 불렀다. 그리고 사탕이 생기면 좀 갖다달라고 소리쳤다. 내 말을 알아먹은 것 같지는 않았다. 그녀는 아까 불렀던 노래를 부르며 멀어져갔다. 나는 그녀가 부른 노래를 잠시 따라 했다. 별생각 없이 따라 하게 되는 것을 따라 하고 있다는 사실에 기분이 좋아졌다. 하지만 다른 어떤 생각이 났고, 노래 부르는 것을 그만두었다.

소녀가 간 후, 그녀가 더이상 보이지 않게 되었을 때 나는 기다렸다는 듯 모래를 파기 시작했다. 하지만 그녀가 가기를 기다렸다가 모래를 파기 시작한 것은 아니었다. 나는 별생각 없이 그 일을 했다. 어떤 목적을 갖고 그 일을 한 것은 아니었다. 하지만 모래 구덩이를 파는 사이 나의 목적은 조금씩 분명해졌다. 그것은 나를 위한 것이었다. 하지만 구덩이를 파고 있는 것은 내가 아닌 다른 누구처럼 여겨졌다. 그러니까 나를 대신해 그가 모래를 파기 시작한 것이다. 한참 후에 구덩이가 하나 만들어졌고 그는 그 안에 들어가 누웠다. 그리고 모래를 조금씩 그의 몸 위로 뿌렸다. 그 작업은 시간이 걸렸다. 몸이 완전히 덮인 것은 아니지만 거의 완전히 덮였고, 그래서 그는 자신이 모래에 묻힌 것이라는 생각을 할 수 있었다. 그는 이것이 그의 무덤이라는 상상을 했다. 그처럼 쉬운 일도 없었고, 그래서 그는 이만하면 괜찮은 무덤이라는 생각 또한 했다. 그는 꼼짝 않고 누워 있었다. 그가 그렇게 하도록 한 것은 나였다. 꼼짝 않고서 누워 눈을 감은 것은 나였다. 그리고 나는 그렇게 누운 채로 태양을, 태양의 힘을 느꼈다. 아니, 그것은 사실이 아니다. 내가 느낀 것은 다른 어떤 것이다. 나는 내가 알지 못하는 사이에 조금씩 움직이는 나의 몸에서 흘러내리는 모래를, 그와 동시에 그 모래를 통해 나의 몸을 느끼고 있었다. 나의 모든 감각이 모래에 집중되었다. 모래는 나의 감각 속에서 살아 움직이고 있었고, 나는 그 살아 있는 모래를 통해 그것만큼 살아 있지는 않은 나를 느꼈다. 그리고 나는 내가 그 얼마 전에 알게 된 어떤 한 남자에 대한 기억을 즐기고 있었다. 그는 그곳에 수용되어 있던 다른 어떤 사람과도 달랐다. 그는 그 무엇에도 어떤 반응도 보이지 않았다. 그의 반응은 그의 내부로부터만 발생했다. 이따금 그의 굳게 다물어진 입이 벌어지며 어떤 말들이 흘러나오곤 했다. 내가 그의 어깨에 손을 얹을 때면 그는 울곤 했다. 그렇게 그는 아주 보기 싫은 모습을 보여주곤 했다. 그에게는 그가 소중히 여기는 어떤 것이 있었다. 바로 사진이었다. 아주 오래된, 주로 흑백의 구겨진 사진들이었다. 서류가 가득 들어 있는, 살짝 열려 있는 서랍과 물이 끓고 있는 주전자와 나동그라져 있는 찌그러진 주전자, 회전의자, 시든 양배추, 벌레, 기계, 나사, 혈관, 죽은 고양이 등을 찍은 사진들이었다. 접시 위에 담긴, 어떤 포유류의 눈알을 썰고 있는 포크와 나이프 등의 사진도 있었다. 그의 사진에서 사람의 모습은 찾아볼 수가 없었다. 그는 시간이 날 때마다 그 사진들을 한 장 한 장 넘기며 어떤 말을 중얼거리곤 했다. 그늘 속의 그 양배추는 천천히, 자신도 모르게 시들어갔어. 나는 그 겨울의 저수지에 나가 겨울의 저수지에서 일어날 수 있는 일들을 상상하곤 했지. 그 겨울 동안 그는 그가 묘사한 그 양배추처럼 시들어갔다. 그에게는 강박적으로 뾰족하게 깎은 연필 한 자루가 있었다. 나는 그가 그 뾰족한 연필로 자신의 눈을 찌르지는 않을까 하고 걱정했다. 연필은 눈을 찌르기에 알맞을 정도로 뾰족했던 것이다. 하지만 그는 자신의 눈을 찌르는 대신 그 연필로 서랍에서 꺼낸 종이 위에 뭔가를, 다음과 같은 말을 적곤 했다. 풍경 속에 없는 푸른 목초지 속에 없는 암소의 눈동자 속에 없는 하늘의 구름 속에 없는, 그 무엇이든 없는 것 속에 없는 것들만이 내 안에 있다네. 나는 그가 쓴 글이 무슨 내용인지 알 수 없었다. 그리고 그것을 모르기는 지금도 마찬가지이다. 그리고 그 뜻을 모르기는 다음과 같은 문장도 마찬가지이다. 어느 날 아침 잠에서 깼는데 침대 위에 펠리컨 한 마리가 다리를 쭉 뻗은 채로, 목주머니를 축 늘인 채로 서 있다면, 그래서 그것이 펠리컨인지 확인을 하기 위해 손을 뻗자 그것이 긴 날개를 펼치게 된다면, 그래서 그 펠리컨과 함께 갈 수 있는 가장 먼 곳까지 가는 상상을 하게 된다면, 하지만 그것의 몸에 닿은 손이 확인한 바로는 그것이 진짜 펠리컨이 아닌, 펠리컨 인형일 뿐이라면, 그래서 그 펠리컨 인형과 함께 그것을 데려가줄 진짜 펠리컨이 나타나기를 기다린다면. 하나도 이해할 수 없는 내용들이었다. 하지만 이해할 수 없는 대로 괜찮은 얘기들이었다. 그와 관련해서는 나는 좋은 기억들을 아주 많이 갖고 있다. 나는 그의 죽은 모습도 보았다. 아니, 그전에 그의 죽어가는 모습도 보았다. 그러니까 나는 그의 살아 있을 때의 모습과 죽어가는 모습, 그리고 죽은 후의 모습 전부를 놓치지 않고 보았다.

갑자기 그러한 기억들이 떠오른 것이 이상해야 할 텐데도 그렇지 않았다. 이것은 누구의 생각이며 이야기인가? 또는 누구의 지어낸 생각이며 이야기인가? 나는 그 외의 다른 기억 또한 떠올리며 그 기억들이 불러일으키는 즐겁거나 그렇지 못한 생각들에 잠겼다. 그렇게 나는 어떤 생각들을 즐기고 있었다. 그 순간 내 안에서 뭔가가 쓰러지는 소리를 들은 것 같았고, 그래서 그것에 귀를 기울였지만 아무 소리도 들리지 않았다. 그만큼 나는 나의 거짓말에 귀를 기울이고 있었던 것이다. 그뿐이었다. 나는 계속해서 꼼짝 않고 누워 있었다. 그럴 수밖에 없었다. 그즈음 석양이 만들어낸 붉은 노을이 내 위로, 나의 무덤 위로 떨어지고 있었다. 알 수 없는 공포가 나를 에워쌌다. 재앙을 불러일으키고 싶었고, 그 재앙의 한가운데에 있고 싶었다. 나는 나 자신을 향해 품을 수 있는 가장 악랄한 앙심을 품었다. 하지만 나는 아무것도 하지 않고 꼼짝 않고 있었다. 어쩐 일인지 그렇게 가만히 있는 게 가능했다. 그렇게 나는 나의 상태를 개선시키는 것이 아니라면 언제까지나 그 상태로 머물 수 있었다. 마지막 순간 내가 어떤 자세로 있었는지는 분명치 않다. 아마도 서 있었던 것 같다. 그곳은 누워 있거나 앉아 있기에 마땅한 곳은 아니었다. 그렇다고 서 있기에도 마땅한 곳은 아니었고, 그래서 엉거주춤한 자세로 서 있었다. 구덩이는 실제로 발목 정도의 깊이밖에는 되지 않았다. 그 구덩이는 사람이 묻힐 수 있을 만큼 깊지 않았다. 나는 대단한 집중력으로 내 몸의 이곳저곳을 점검해보았다. 내 몸의 피는 제대로 순환하지 못하고 있는 것 같았다. 그럼에도 다른 기관들은 아직 구실을 다하고 있는 것 같았다. 그것은 기대하지 않은 것이었다. 나는 그 구덩이 속에, 또는 내가 구덩이라고 생각하는 다른 어떤 곳에 오랫동안 서 있었다. 나는 그곳뿐만 아니라 다른 장소에도 오랫동안 서 있곤 했다. 나는 많은 시간을 가만히 서서 보냈다. 그러면 누군가가 다가와 그만 가라고 했고, 그러면 나는 다른 곳으로 갔다. 하지만 그 얕은 구덩이 속에 서 있는 내게 다가와 말을 건넨 사람은 없었다. 나는 계속해서 그곳에 그대로 서 있어야 했다. 그때 뭔가가 내 몸을 물어대기 시작했다. 무엇이 나를 무는지는 알 수 없었다. 몸이 몹시 가려웠다. 나는 정신없이 내 몸을 긁어대기 시작했다. 가려운 것이 조금씩 괜찮아졌다. 마침내는 언제 그랬느냐는 식으로 전혀 가렵지 않았다. 나는 다른 생각에 잠길 수 있었다. 다시 말해 가려운 상태에서 어쩔 수 없이 하게 되는 생각 외의 다른 생각에 잠길 수 있었던 것이다. 나는 나의 상태와, 나를 둘러싸고 있는 주위의 상황에 대해 생각했다. 그 어느 것에 대해서도 알 수가 없었다. 이 모든 것이 다 무엇인지, 무엇일 수 있는지, 무엇이기나 한 건지 알 수 없었다. 그리고 그것이 다였다. 그래서 나는 그것으로 다라는 정도로는 생각을 정리할 수가 있었다.

해설

이야기에 홀린 광대의 이야기

손정수(문학평론가)

1. 음악을 듣는 소설

소설의 제목인 '달에 홀린 광대'는 아널드 쇤베르크의 잘 알려진 연가곡 〈달에 홀린 광대Pierrot lunaire〉(1912)에서 가져온 것이다. 실제로 소설 속에도 이 음악이 등장한다.

> 아들놈은 더이상 내게 얘기를 해도 소용이 없다고 생각한 듯 또 다시 고전음악을 틀었다. 하지만 그것은 고전음악으로 분류할 수 있는 것이긴 하지만 현대음악처럼 여겨졌다. 귀에 거슬리는, 아주 불편한 느낌을 주는 음악이었다. 난해하게 들렸다. 아들놈이 그 음악을 제대로 이해나 하는지 알 수 없었다.(48쪽)[1)]

처음 공연 당시 〈달에 홀린 광대〉는 "입체주의와 미래주의를 연상하게 하는 이러한 색채-음악을 십오 분 이상 참고 들어야 한다는 것은 고통"이라는 비난과 "인간의 조직과 기관이, 지금까지 결코 가능하게 보이지 않았던 정도로 서로 짜맞추어져 있는 작품"이라는 찬사가 교차하는 상반된 반응을 얻었다.[2] 고전음악과 현대음악의 경계를 모호하게 가로지르는, 한편으로는 거슬리고 불편한 느낌을 주지만 그럼에도 독창적이고 엉뚱한 매력을 간직하고 있는 이 음악만큼 정영문의 소설과 잘 어울리는 음악도 찾기 어렵지 않을까. 그러니 정영문 소설에 다시 이 음악에 대한 언급이 등장하는 것도 우연이 아닐 것이다.

언젠가 어떤 생각에 아주 오랜만에 쇤베르크의 〈달에 홀린 광대〉 CD를 꺼내 들은 기억이 났다. 기괴한 느낌이 드는 가곡들은 내게 노래하는 것의 기괴함을 말해주는 것 같았다. 여가수가 노래하는 기괴한 노래들은 세상의 모든 노래가 삶의 기괴함을 노래하는 것으로 들리게 했다. 다시 그 CD를 듣지는 않았다. 삶의 모든 것이 충분히 기괴하게 여겨졌다.[3]

---

1) 이 책에서 인용하는 경우 쪽수만 밝힌다.

2) 오희숙, 『쇤베르크 〈달에 홀린 피에로〉』, 심설당, 2008, 29쪽 참조.

3) 정영문, 「어떤 불능 상태」, 『문학과사회』 2012년 봄호, 106쪽. 인용된 부분은 『오리무중에 이르다』(문학동네, 2017)에 실리면서 다소 수정되었다. "언젠가 어

그렇다. 너무 당연하고 자연스럽게 여겼던 것이 문득 기괴하게 느껴지는 그런 순간이 있다. 소설 속의 화자는 기괴한 느낌이 드는 〈달에 홀린 광대〉가 그런 순간적 인식을 환기시킨다고 느낀다. 어쩌면 우리의 삶 자체가 이런 기괴함으로, 부조리로 이루어진 것이 아닐까. 이야기를 하거나 소설을 쓰는 일도 그럴 것이다. 정영문의 기괴한 소설은 소설 자체를 낯선 눈으로 바라보도록 일깨운다. 더 나아가 그의 소설은 우리에게 삶의 모든 것이 충분히 기괴하다고 이야기하고 있는 듯도 하다. 그런 아이러니 속에서도 누군가는 이야기를 쓰고 또 누군가는 이야기를 읽는다. 우리는 이야기에 홀린 광대들인 것이다. 기괴하고 부조리한 세계 속에서 차라리 이야기에 홀림으로써, 그 기괴함과 부조리함으로부터 완전히 벗어날 수는 없지만, 그럼에도 잠시나마 다른 존재의 상태 속에 놓이고자 하는 것이다.

떤 생각에 아주 오랜만에 쇤베르크의 〈달에 홀린 광대〉를 들은 기억이 났다. 기괴한 느낌이 드는 가곡들은 내게 노래하는 것의 기괴함을 말해주는 것 같았다. 여가수가 노래하는 기괴한 노래들은 세상의 모든 노래가 기괴하다는 사실을 노래하는 것으로 들렸다. 그런 것들이 마음을 조금이나마 가라앉혀줬던 때도 있었지만, 더이상은 아니었지만, 지금은 무엇에도 가라앉혀지지 않는 마음이 필요하다는 생각을 했지만, 그와는 상관없이 다시 한번 그 노래를 들을까 했지만 듣지 않았다."(248~249쪽) 그에 앞서 "왜 쇤베르크의 〈달에 홀린 광대〉와 같은, 듣기에 거북할 수도 있는 음악을 듣고 있으면 마음이 놓이는지를 생각하며, 거기에는 상당한 근거가 있다는 생각을 하"(정영문, 『바셀린 붓다』, 자음과모음, 2010, 66쪽)는 장면이 등장하기도 했다.

2004년에 처음 출간된 『달에 홀린 광대』는 1997년 『겨우 존재하는 인간』부터 2018년 『강물에 떠내려가는 7인의 사무라이』까지 이십 년 남짓한 기간에 걸쳐 발표된 정영문의 열네 권의 소설 가운데 아홉번째 책으로, 그의 소설세계에서 전환점에 해당되는 작품이라고 할 수 있다.[4] 물론 정영문의 소설이 세상의 변화에 민감하게 반응하면서 극적인 궤적을 그려온 것은 아니다. 오히려 그의 소설은 누구보다도 일관되게 자신만의 스타일을 고집스럽게 지속하고 있는 경우에 해당된다. 그럼에도 시간의 변화에 따라 특정 소설적 경향의 영향이 옅어지면서 정영문 고유의 세계가 점진적으로 구축되는 흐름을 확인할 수 있다는 것이 이 글의 전제이자 다음의 논의를 통해 입증하고자 하는 바이기도 하다. 작가가 소설을 써낸 지 이제 한 세대에 가까워지고 있는 시점에서 이 글은 『달에 홀린 광대』를 돌아보면서 그것을 거점으로 그의 소설세계의 변화 과정을 짚어보고, 그 특징과 의미에 대해서도 다시 생각해볼 것이다.

---

4) 정영문이 지금까지 출간한 열네 권의 소설은 다음과 같다. 『겨우 존재하는 인간』(세계사, 1997), 『검은 이야기 사슬』(문학과지성사, 1998), 『하품』(작가정신, 1999), 『나를 두둔하는 악마에 대한 불온한 이야기』(세계사, 2000), 『핏기 없는 독백』(문학과지성사, 2000), 『더없이 어렴풋한 일요일』(문학동네, 2001), 『중얼거리다』(이마고, 2002), 『꿈』(민음사, 2003), 『달에 홀린 광대』(문학동네, 2004), 『목신의 어떤 오후』(문학동네, 2008), 『바셀린 붓다』(자음과모음, 2010), 『어떤 작위의 세계』(문학과지성사, 2011), 『오리무중에 이르다』(문학동네, 2017), 『강물에 떠내려가는 7인의 사무라이』(워크룸프레스, 2018).

2. 서주: 아버지이자 아들인 인물

『달에 홀린 광대』는 「달에 홀린 광대」 「산책」 「숲에서 길을 잃다」 「양떼 목장」 「배추벌레」 「횡설수설」 등 여섯 편의 이야기로 이루어져 있다. 이 여섯 편의 작은 이야기들은 내용의 측면에서 유기적으로 연결되어 있는 것은 아니어서 독자적인 이야기로 볼 수도 있으며, 그런 의미에서 이 책을 단편을 엮은 소설집이라고 규정할 수도 있지만, 그럼에도 이야기들은 독특한 방식으로 연결점을 마련하고 있어 하나의 커다란 이야기의 일부들이 아니라고 할 수는 없도록 만들고 있다. "소설이라는 이름하에 쓰고 있지만 어쩌면 뭐라고 이름 붙일 수 없는 것일 수도 있는 이 글"[5]이라는 자기 소설에 대한 작가 자신의 재귀적인 지칭처럼 그의 이야기는 여러 면에서 기존의 구획을 비켜가는 성향을 풍부하게 갖고 있다. 소설 자체에 대한 태도가 그런 마당이니, 장편과 단편이라는 소설의 가장 기본적인 분류 단위조차 정영문 소설에서는 별다른 의미를 갖지 못한다.[6]

---

5) 『강물에 떠내려가는 7인의 사무라이』, 7쪽.

6) 「달에 홀린 광대」 「산책」 「숲에서 길을 잃다」 「양떼 목장」은 차례대로 『파라21』 2003년 봄호부터 2003년 겨울호까지 일 년에 걸쳐 장편연재의 형식으로 발표되었으며, 「배추벌레」는 이후 『작가세계』 2004년 봄호에 단편 형식으로 발표되었다. 「횡설수설」은 이 소설들이 『달에 홀린 광대』에 묶이면서 새로 쓰여 덧붙여진 작품이다.

우선 첫 이야기인 「달에 홀린 광대」는 "우리는 내 아들녀석의 할아버지, 곧 내 아버지의 묘소에 가고 있는 중이었다"(8쪽)는 서두의 문장에서 알 수 있는 것처럼, 화자인 '나'가 아들과 함께 아버지의 묘소를 찾아갔다가 돌아오는 과정에서 일어나는 사건을 담고 있다. 정영문 소설 특유의 스타일은 여전히 뚜렷하지만 그럼에도 이전 소설에 비해서는 비교적 사건이 선명한 편이어서, 단조로운 독백(가령 『핏기 없는 독백』)이나 무의미한 대화(가령 『하품』)의 인상을 가진 상태에서 접하면 이례적이라고 할 만한 변화로 느껴지기도 한다.

여기에는 무엇보다 부자 관계가, 그것도 아버지의 입장에서 아들을 동반한 관계가 등장한다는 사실이 그 요인으로 작용하고 있다. 이 관계는 "나의 아버지가 몇 초간 진행된, 마치 전기 자극을 받았을 때와 같은 발작을 일으킨 끝에 숨을 거둔 순간은 내가 오래도록 몸을 뒤척인 끝에 겨우 잠이 든 순간과 일치한다"[7]는 문장으로 시작되는 정영문의 첫 소설 「겨우 존재하는 인간」과 비교해보면 그동안의 변화를 실감하게 하는 것이기도 하다. 물론 이 지점에 이르는 동안 「위안 없는 생」(『나를 두둔하는 악마에 대한 불온한 이야기』)에서의 성인 남성('나')과 이웃의 고등학생의 대화, 혹은 「무게 없는 부피」(『더없이 어렴풋한 일요일』)에서 아들에게 유언을 남

7) 「겨우 존재하는 인간」, 『작가세계』 1996년 겨울호, 318쪽.

기는 노인('나')의 독백 같은 예비적인 과정에 해당되는 작품이 있기는 했지만, 「달에 홀린 광대」에서는 주로 아들의 시점에서 아버지의 이야기를 하던 초기 소설과는 달리 그 관계의 시점이 전도되어 있다. 마치 이 전도된 관계는 "아버지와 아들은 어느 시점에서 서로의 역할이 전도되는 아이러니로 맺어진 관계"[8]라는 정영문 초기 소설의 한 문장을 그대로 실현하고 있는 것처럼 보이기도 한다. 이와 같은 소설 속 인물들의 관계와 그 성격의 변화가 초래된 내적 맥락에 대해서 작가는 한참 후에 다음처럼 밝힌 바 있다.

> 초기작들에서는 아버지가 상당히 큰 비중을 차지하고 있고, 극복해야 하는 존재로 등장했는데, 실제로 내 아버지가 워낙에 캐릭터가 센 사람이어서 그랬을 거야. 그를 어떤 식으로든 처리할 필요가 있었던 것 같은데 어느 지점에 가서 해결이 된 것 같아.[9]

「겨우 존재하는 인간」은 아버지가 극복해야 할 존재로 등장하는 대표적인 소설이라 할 수 있다. "총 14장으로 구성된 장편소설이나, 1장만 부분 게재"[10]한다고 편집자가 밝힌 이 이야기는 아버

8) 「환멸」, 『작가세계』 1997년 여름호, 288쪽.

9) 정영문 · 백가흠 인터뷰, 「내가 말하고 있음에도 불구하고」, 『악스트』 2018년 9/10월호, 51쪽 중 정영문의 대답.

10) 「겨우 존재하는 인간」, 318쪽.

지의 장례식을 마친 화자가 목적 없는 배회를 이어가다 엘리베이터에서 우연히 만난 여성과 욕망 없는 섹스를 하게 되는 스토리를 담고 있다. 나머지 이야기는 '추천의 말'에 서술된, "외견상 이 소설은 자신과는 무연하다고 생각했던 아버지의 죽음에서 시작되어, 자신이 선택한 여인을 죽도록 내버려두는 명료한 선택에서 종결을 고한다. (……) 사랑했던 여인으로 하여금 죽음을 택하도록 한 '치명적'인 선택 이후, 주인공은 글을 쓴다. 그리고 그 글에 의존해 자신의 사념을 전개시켜나간다"[11]는 대목을 통해 어렴풋이 짐작할 수 있다. 뒤이어 발표된 「환멸」에서 아버지는 죽어가고 있는 중이지만, 아직 죽지 않았다. 그러하기에 여기에서 부자 관계의 대립은 관념이나 기억이 아닌 실제의 상황 속에서 발생하는 것이다. 이렇듯 정영문 소설은 그 출발의 지점에서 살부 욕망의 변주를 통해 아버지의 존재로 인해 아들이 겪어야 했던 억압과 그로부터 벗어나고자 하는 욕망을 주조저음으로 삼고 있다.

1997년 그의 첫 책 『겨우 존재하는 인간』이 출간되었는데, 여기에는 네 개의 장으로 된 중편 「겨우 존재하는 인간」과 단편 「환멸」이 실려 있다. 혹은 장편소설이라는 표제를 달고 있으니 『겨우 존재하는 인간』이 「겨우 존재하는 인간」과 「환멸」이라는 두 개의 장

11) 김경수, 「소설을 통한 자의식의 탐구—정영문의 『겨우 존재하는 인간』에 부쳐」, 『작가세계』 1996년 겨울호, 341쪽.

으로 이루어져 있다고도 볼 수 있겠다.[12] 그런데 「환멸」은 앞서 문예지에 발표된 내용 그대로 수록되어 있으나, 제목을 공유하고 있는 「겨우 존재하는 인간」과 『겨우 존재하는 인간』의 관계는 이상하다. 앞서 「겨우 존재하는 인간」의 '추천의 말'에서 "일제시대와 해방과 한국전쟁으로 이어지는 역사를 켜켜이 생의 흔적으로 간직한 조부모와 부모 아래에서 남〔生〕이란 우연인가 필연인가. 그 이후의 신산스러운 삶의 방식은 다른 모든 가능성들을 검토한 끝에 이루어진 최종의 선택인가 아니면 기분 내키는 대로의 우발적인 선택인가. 어릴 적 세상을 떠난 어머니의 죽음으로부터 아버지의 죽음, 그리고 외할아버지와 외할머니의 죽음은 주인공에게 어떤 원상原傷이었을까. 그러한 피붙이의 죽음 앞에서 윤리적인 대응은 어느 정도로, 그리고 얼마 동안 이루어져야 하는가. 80년대의 대학에서 우연히 마주친 한 젊음의 죽음은 과연 그에게 무엇이었을까. 그리고 그런 죽음이 곁에 있었다는 사실만으로 시대의 혐의를 받을 수밖에 없도록 규정된 존재의 의미는 무엇일까"[13]라고 소설이 담고 있는 문제를 질문 형식으로 제시했던 평자가 『겨우 존

---

12) 논의의 편의상 『작가세계』 1996년 겨울호에 부분 게재된 것을 「겨우 존재하는 인간」으로, 그리고 1997년 세계사에서 출간된 단행본 『겨우 존재하는 인간』의 두 이야기 가운데 앞엣것을 『겨우 존재하는 인간』으로 표기하여 구분하기로 한다.

13) 김경수, 같은 글, 339쪽.

재하는 인간』의 해설에서는 "막말로 직업을 때려치운 이 작품의 주인공은, TV의 비분강개한 사회고발물 프로그램에 나오는 지하철의 부랑아들처럼, 공원의 한 벤치를 자신의 거처 삼아 하루하루 삶을 살아간다"[14]는 문장으로 소설의 내용을 설명하고 있다. 이처럼 교집합의 영역이 잘 보이지 않는 두 편의 작품 해설에도 두 이야기가 제목은 같지만, 그리고 인물의 성향이나 표현의 스타일에서는 어느 정도 공유하는 측면도 없지는 않지만, 그럼에도 불구하고 같은 이야기의 서로 다른 부분으로 보기 어려울 만큼 작지 않은 차이가 발견된다는 사실이 드러나(더 정확하게는 이런 차이가 두 이야기의 단절 사이에 은폐되어) 있다. 결정적으로 전자가 자전적인 요소를 갖고 있다고 짐작되는 반면, 후자에서는 그와 같은 인상이 거의 느껴지지 않는다. 그러면서 결과적으로 자전적인 경험이 소거된 빈자리를 사뮈엘 베케트를 비롯한 실존주의와 모더니즘 계열의 문학적 영향이 대체하고 있는 듯한 상황이 초래되었다.

그렇다면 정영문의 소설은 이미 출발 지점에서 인식론적 단절이라 할 만한 사건을 내적으로 수행하고 있었다고 볼 수 있다. 「겨우 존재하는 인간」이 『겨우 존재하는 인간』으로 바뀌면서 정영문의 소설세계는 지표면에 드러나지 않는 뿌리 같은 부분을, 혹은 물감으로 채색되어 겉으로는 잘 보이지 않는 밑그림 같은 부분을 갖

14) 김경수, 「삶의 권태와 소설쓰기」, 『겨우 존재하는 인간』 해설, 263쪽.

게 된 것이다. 그리하여 삶의 사실을 반영하는 이야기는 접혀진 채 보이지 않고 다만 이야기를 통해 그것을 초월하는 이야기가 두드러지는 방향이 마련된 것이다. 지금 돌아보면, 어떤 의미에서 자신의 글쓰기에 대한 자각이 충분히 이루어지지 않은 상황에서 본능적으로 선택된 이 경로가 이후 『검은 이야기 사슬』 『하품』 등으로 이어지는 정영문 소설의 방향을 결정지었다고도 생각된다. 달리 말해 정영문에게는 「겨우 존재하는 인간」을 이어나가는 방향이 더 현실적으로 열려 있었고 『겨우 존재하는 인간』으로 굳이 방향을 틀지 않을 수도 있었는데, 만일 그랬다면 이후 정영문 소설의 궤적은 다소 다르게 흘러나갈 수도 있었을 것이다.

그 구체적인 양상은 작가의 기억과 다소 다르게 진행되었으나 아버지의 존재 자체에 대한 위장 혹은 부정 또한 넓은 의미에서 아버지에 대한 의식이라고 볼 수 있다면 아버지 모티프는 정영문의 초기 소설을 지배하고 있는 강력한 심리적 요소라고 할 수 있을 것이다. 그렇다면 「달에 홀린 광대」에서 전도된 부자 관계는 정영문의 초기 소설의 어떤 정조와 어느 정도 멀어지게 하는 장치처럼 보이기도 한다. 어떤 의미에서 부자 관계가 전도된 방식으로 다시 등장한 상황은 아버지를 둘러싼 의식이 더이상 초기만큼 작가를 긴장하게 만드는 문제가 아니라는 점과 관련이 있다고도 볼 수 있다. 「달에 홀린 광대」에서 보듯, 부자 관계가 전도되면서 죽음에 대한 허무적 열정 같은 초기 소설에서의 심각하고 진지한 급진성

은 옅어진 반면, 주로 대화의 상황에서 발생하는 유머의 농도가 더 짙어져 있다.[15)]

3. 변주: 반복과 차이의 기원으로서의 『몰로이』

그런데 「달에 홀린 광대」의 부자 관계의 양상은 초기 소설의 인물 구도에 대한 전도의 측면에서도 살펴볼 수 있지만, 또다른 관점으로는 사뮈엘 베케트의 『몰로이』의 영향의 측면에서도 생각해볼 수 있다. 정영문은 여러 차례, 그럴 필요가 있을 때마다 자신이 인상 깊게 읽었고 많은 영향을 받은 작품으로 『몰로이』를 언급한 바 있다. 그는 "지금껏 내가 읽은 소설 가운데 가장 마음을 끄는 소설

15) 한편 『달에 홀린 광대』에 실린 소설들과 비슷한 시기에 발표된 「배관공」(『문학수첩』 2003년 가을호)은 집 근처 공원에서 우연히 만난 아이가 자신을 따라오는 바람에 엉겁결에 함께 지내다가 졸지에 유괴범이 된 어느 배관공의 이야기이다. 아내와 자신의 아이가 떠난 고독한 배관공 사내의 삶에 찾아온 낯선 아이와의 한정된 시간으로 인해 그의 의식에 번지는 쓸쓸한 파문을 그리고 있는 이 소설은 유사 부자 관계로 이루어져 있다는 점에서 「달에 홀린 광대」와의 공통점이 있지만 그것의 유머와는 매우 다른 질감을 갖고 있다. 「브라운 부인」(『목신의 어떤 오후』)과 더불어 가장 정영문답지 않은 소설이라고도 할 수 있는 이 소설을 작가는 이후 책에 수록하지 않았는데, 이런 상황은 아버지 모티프를 둘러싼 작가의 태도가 이 시점까지도 단순하고 일방적인 것이 아닌, 섬세하면서도 양가적인 의식이 얽힌 복잡한 것이었다는 사실을 우회적으로 말해주고 있는 듯하다.

이 있다면 그것은 베케트의 『몰로이』"[16]라고 한 적도 있고, "처음 읽었을 때도 그렇고, 지금도 그렇고, 늘, 단연, 최고로 꼽고 싶은 작품"[17]이라고도 했으며, "『몰로이』는 단연 내 인생의 책"[18]이라고 단언하기도 했다.

『몰로이』는 잉글랜드계 아일랜드 작가인 베케트가 프랑스어로 쓴 첫 소설로 『말론 죽다』 『이름 붙일 수 없는 자』와 묶여 이른바 삼부작으로 불린다. 『몰로이』는 2부로 구성되어 있는데, 두 부분은 여러모로 비대칭적이다. 1부가 어머니를 찾아가는 몰로이의 시점으로 진행되는 이야기라면, 2부는 아들과 함께 몰로이를 찾아가는 탐정 자크 모랑의 이야기이다. 1부가 몰로이의 분열된 의식으로부터 흘러나오는 바를 서술한다면, 2부는 모랑의 여정을 비교적 사실적인 스타일로 기술하고 있다. 그럼에도 불구하고 두 부분은 소설의 마지막에서 비유기적으로 기묘하게 연결되어 있는 독특한 상태를 구현하고 있다.

「달에 홀린 광대」에서의 부자 관계는 바로 이 『몰로이』 2부의 모랑 부자의 관계에 대응되는 측면에서 설명될 수 있는 여지가 있다. 모랑은 아들과 함께 몰로이를 찾으러 길을 나서지만 도중에 아

16) 정영문, 「소설 속의 인물—사무엘 베케트의 『몰로이』」, 『현대문학』 2003년 10월호, 180쪽.

17) 「번역가의 책 읽기(4)—소설가 겸업 정영문씨」, 경향신문, 2008. 6. 28.

18) 「나를 바꾼 책 내가 바꾼 삶—소설가 정영문」, 조선일보, 2015. 5. 28.

들이 떠나고 혼자 남은 모랑은 결국 몰로이를 찾는 데 실패한다. 「달에 홀린 광대」를 『몰로이』 2부와 겹쳐 읽으면 두 이야기의 인물 관계 구도, 그리고 플롯에서의 유사성이 희미하게 드러난다. 그렇지만 이 대응은 단순히 베케트 소설의 어떤 부분을 정영문이 수용하여 자신의 소설 속에서 모방하는 방식을 통해 이루어진 것이 아니다. 『몰로이』에서 몰로이와 모랑이 서로 다른 존재이면서도 어떤 장면에서는 서로 다르지 않은 존재인 듯 드러나는 것처럼, 『몰로이』와 「달에 홀린 광대」 또한 그와 같은 비동일성을 반복하는 관계를 실현하고 있기 때문이다.

이렇듯 『몰로이』와 「달에 홀린 광대」의 관계는 『몰로이』 내부의 두 이야기 사이에서 작용하는 비동일성의 반복이라는 원리를 수용한 결과로서 성립된 것이라고 할 수 있는데, 이 관계는 다시 『달에 홀린 광대』 내부의 이야기들 사이의 관계로도 확장된다. 우선 「달에 홀린 광대」와 그에 이어 나오는 두번째 이야기 「산책」의 관계를 살펴보기로 한다.

표면상 「산책」은 「달에 홀린 광대」와 특징적인 유사성을 가진 것으로는 좀처럼 보이지 않는다. 이 이야기에도 일인칭 화자 '나'가 등장하지만 이 '나'와 「달에 홀린 광대」의 '나'가 동일한 존재라는 단서는 발견하기 힘들다. 여기에서 '나'는 이성친구 B의 집을 찾아가는데, 그 집에 도착해서도 들어가지 않고 혼자서 바닷가를 산책한다. 이처럼 타자와의 관계에서 벗어나 홀로 놓인 '나'의 상황을 배경으로 「산책」의 전반부는 어떤 특정 사건보다 '나'의 기억과 상상으로 채워져 있다. 다만 고무호스를 고양이라고 부르는 소녀와 자전거 안장에 걸터앉아 바다를 바라보는 노인, 야구부 일행과 바다를 그리고 있는 화가 등과 마주치는 일들이 사건이라면 사건이라고 할 만한 것일 따름이며 이야기의 후반에서, 그러니까 '나'가 마침내 B에 집에 도착하여 B와 무의미한 대화를 나누면서 비로소 사건의 측면이 활성화된다.

「달에 홀린 광대」의 경우 아들과 함께 있는 동안에는 그 관계로 인해 아버지인 '나'의 성격이 어느 정도 실체감을 갖고 있지만 아들이 떠나고 '나' 홀로 남게 되면 서사는 사건에 의해 진행되기보다 주체 내부의 생각, 혹은 언어에 의해 파생되는 의식의 비중이 늘어나는 양상을 보인다. 「달에 홀린 광대」와 비교하면 「산책」은 혼자서 산책하는 동안 비대해졌던 상상, 허구와 연결된 의식이 B와 만나 대화를 시작하면서 관계적인 양상으로 변화하는 대비를 보여준다. 결국 두 이야기에서는 대비되는 두 상황이 서로 다른 순서로 배치되어 있을 따름인데, 이 순서의 전도로 인해 「산책」은 「달에 홀린 광대」와 썩 다른 이야기처럼 보이는 효과가 발생하고 있는 것이다. 그런데 이러한 표면상의 대비가 서사의 진행 과정에서 다시 전도될 조짐이 다음 장면에 나타나고 있다.

"나는 엉덩이를 난간에 걸친 채로 이렇게라면 언제까지나 걸터

앉아 있을 수 있겠군, 하는 생각을 했어. 그러면서 나는 우리가, 다시 말해 나와 그 사내가 얘기를 나누는 상상을 했어. 주로 그가 얘기를 했어. 하지만 알아듣기가 어려웠어. 그래서 나는, 당신이 내게 이런 얘기를 하는 건 괜찮소, 다만 나는 당신이 내게 무슨 얘기를 하고 있는지를 모르겠소, 내가 무슨 얘기를 하는지 알겠소, 하고 말할 수밖에 없었지. 그런데 그때 그가 갑자기 계단을 내려가기 시작했어."

"이 모든 얘기가 지어낸 것 아냐?"

"사실이야."

나는 잠시 내가 한 얘기가 사실인지 자문해본다. 그것은 사실일 수도 아닐 수도 있다. 하지만 그것은 상관없는 일이다. 나는 사실만을 말하는 데 흥미를 잃었으며, 또한 내게는 사실과 사실이 아닌 것 간의 차이란 없다.(95~96쪽)

위의 장면은 '나'가 B에게 집에 오기 전 산책을 하면서 겪었던 사건에 대해 이야기하고 있는 대목이다. 우리는 그 과정을 앞서 읽었기 때문에 '나'가 하는 이야기가 사실을 단서로 하여 이루어진 상상의 허구라는 것을 알고 있다. 그뒤에 이어지는 이야기 역시 마찬가지이다. 독자인 우리만이 아니라 이야기 속의 인물인 B 또한 그 점을 이미 알고 있는 듯 보인다. "또 어디로 나아갈지 알 수 없는 얘기를 잘도 지어내는군"(99쪽), "어쩐지 당신은 실제로 있었던 일은 하나도 얘기하지 않은 것 같아"(103쪽), "마지막 얘기는

지어낸 얘기 같은데"(109쪽)와 같은 B의 반복되는 발언이 그것을 입증한다. 문제는 이 부분뿐만이 아니라 「산책」 전체가, 그리고 더 나아가 『달에 홀린 광대』를 비롯한 정영문의 소설 자체가 "사실일 수도 아닐 수도 있"으며 "그것은 상관없는 일"인, "사실과 사실이 아닌 것 간의 차이란 없"는, 그런 성격을 가졌다는 점이다. 길게 이어지는 대화의 끝에 '나'가 B의 집을 나온 뒤의 상황이 다음과 같이 서술된다.

> B의 집을 나온 나는 그 앞에 서 있다. 나는 그녀의 집을 뒤돌아본다. 그녀의 집에서는 불빛이 새어나오고 있다. 창문 너머로 그녀의 모습은 보이지 않는다. 대신 커튼 너머로 어떤 가족이 거실에 앉아 있는 것이 보인다. 그들은 내가 모르는 사람들이다. 내가 모르는 그들이 그녀의 집에 살고 있다. 이제 그 집에 B는 없다. 그녀는 오래전에 죽었다. 지금까지의 B와의 대화는 내가 바다에서 그녀가 살던 집에 오는 동안 떠올린 것일 뿐이다.(115쪽)

'나'와 B의 대화의 상황을 배경으로 한, 기억과 상상, 사실과 허구의 경계가 희미한 의식의 상태와는 또 다른 차원에서, 지금까지 진행되어왔던 이야기가 모두 '나'의 상상의 산물이라는 사실이 위의 장면에 제시되어 있다. 지적 조작처럼 보이는 반전이 작동하고 있는 듯하지만, 지금까지의 추이에 의거한다면 이러한 상상 또한 얼마든지 다시 부정될 수 있다는 점에서 궁극적으로는 이 결말 역시 잠정적인 것에 지나지 않는다. 결국 정영문의 소설에서 기억과 상상, 사실과 허구의 구분은 무의미한 것이다. 아니, 그에 앞서 존재의 내부와 외부 자체가 이미 뫼비우스의 띠처럼 연결되어 그 경계를 구분할 수 없게 되어 있다. 다소의 관념성을 동반하고 있는 이런 장면은 형이상학적 이항대립을 해체하는 시선을 따르면서 변증법적 논리에 맞서는 소설적 상황을 제시하고 있다. 이 대목에서 정영문 소설의 서술 상황이 "그래서 나는 집안으로 들어와서 이렇게 썼다. 자정이다. 비가 창문을 때리고 있다. 그때는 자정이 아니었다. 비가 오고 있지 않았다"[19]로 끝맺는 『몰로이』의 마지막 장면에 닿아 있다는 사실을 새삼 확인하게 된다.

한편 「산책」은 다음과 같은 장면에서 결말을 맞이한다.

> 나는 더이상 아무 생각도 할 수가 없다. 나는 눈을 감는다. 파란 풍경들이 떠오른다. 바다와 차밭. 그리고 바람이 불어 수많은 파란 보리 이삭들이 한쪽 방향으로 일제히 기울어지는 장면이 떠오른다. 그 광경은 언제나 그것을 떠올릴 때면 잔잔한 슬픔을 느끼게 해주는 것이다. 나는, 푸른 보리 이삭들을 떠올리는 것은 그 푸른 보리 이삭들이 떠올려주는 잔잔한 슬픔을 떠올리는 것이다, 라는 문

---

19) 사뮈엘 베케트, 『몰로이』, 김경의 옮김, 문학과지성사, 2008, 263쪽.

장을 떠올림으로써 그 슬픔을 그냥 하나의 평이한 문장일 뿐인 문장 속에 가둔다.(117쪽)

여기에서 의식 속에 떠오르는 이미지(파란 풍경)와 감정(잔잔한 슬픔), 그리고 언어(하나의 평이한 문장일 뿐인 문장) 사이에는 어떤 선후관계나 가치의 위계가 성립하지 않는다. '나'는 푸른 이삭들을 떠올리는 것은 잔잔한 슬픔을 떠올리는 것이라는 문장을 떠올리고 있다. 이미지와 텍스트에 선행하는 어떤 기원이나 본질도 없다는, 그러니까 '텍스트의 바깥은 없다'는 자크 데리다의 명제를 형상화하고 있는 소설적 사례로도 기억될 만한 위의 장면 또한 "서로 자리를 치환하는 것 외에는 아무짝에도 쓸모가 없으므로 더 이상 나누어 좁힐 수 없는 거리 속에서 각자 긍정"[20]되는 이른바 '포괄적 이접inclusive disjunction'의 상태를 형상화하고 있다고 할 수 있다.

이렇게 보면, 「겨우 존재하는 인간」에서의 자전적인 층위를 소거시켜 『겨우 존재하는 인간』을 새로운 소설적 출발점으로 설정하는 데 베케트의 영향이 일차적으로, 그리고 포괄적으로 작용했겠지만, 그렇게 설정된 작가의 초기 세계를 새로운 모습으로 바꿔나

20) 질 들뢰즈, 『소진된 인간—베케트의 텔레비전 단편극에 대한 철학적 에세이』, 이정하 옮김, 문학과지성사, 2013, 26쪽.

가는 데에도 베케트의 다른 부분이 그 위에 다시 구체적인 영향을 반복해서 미쳤다고 볼 수 있다. 그런 맥락에서 한 작가가 구축한 세계는 사실은 단면이 아니며 바라보는 관점에 따라 새로운 특징이 드러나는 입체적인 것이다. 그 점은 『몰로이』가 "이전에 읽었던 작가들의 작품과는 전혀 다른 작품이었고, 정영문으로 하여금 소설을 쓰게 한 작품이며, 거듭 읽어도 새롭게 읽히는 작품"[21)]이라는 작가의 생각에서도 새삼 확인할 수 있다. 이처럼 작가는 자신이 받은 선배 작가의 영향과 자신의 소설세계를 구축해나가는 과정의 관계를 더 밀도 있게 설정하면서 그로부터 부과되는 문제를 점진적으로 현실화하고 있는 것이다.

한편 『몰로이』는 그의 산문뿐만 아니라 소설에도 등장한다.

그런데 내가 아는 최고의, 일종의 여행기이자, 넓은 의미에서, 일종의 자전소설은 베케트의 『몰로이』이며, 실제로 여행을 떠날 때면 나는 『몰로이』를 챙겨 가 호텔의 방안이나 수영장 가의 장의자에 누워 읽곤 했다. 한데 『몰로이』는 사실 여행기라기보다는 유랑의 이야기인데, 유랑이라는 인간의 위대한 정신적 행위가 사실상 사라지고, 진정한 유랑이 더이상 가능하지 않게 된 것은 어쩌면 현대의 가장 큰 불행 중 하나일 것이다. 이제 여행은, 하나의 환상에

---

21) 「나를 바꾼 책 내가 바꾼 삶」.

지나지 않는, 일상으로부터의 탈출에 지나지 않게 되었다.[22)]

『바셀린 붓다』에는 '나'가 몰로이의 고장이라고 생각되는 곳을 지나가는 장면도 등장하거니와, 이처럼 정영문은 『몰로이』로부터 자신이 받은 영향을 소설의 안과 밖에서 투명하게 드러내고 있어 인상적이다. 영향에서 자유로운, '영향에 대한 불안'이 없는 글쓰기가 주체적인 글쓰기와 단순한 등식을 이루는 것은 결코 아니다. 그런 주관적인 글쓰기는 즉자적인 의식의 상태를 드러내는 자연주의적인 차원으로 귀착될 공산이 크며, 오히려 기존의 자연주의적 내러티브의 관성적인 답습이 되기 십상이다. 자각하지 못한다고 타자가 없는 것은 아니다. 그런 무자각적인 상태로부터 벗어나 객관적이고 보편적인 방향을 추구할 때 사다리이자 장애물로 등장하는 선배 작가의 작품은 후배로 하여금 영향에 대한 불안에 시달리도록 만든다. 해럴드 블룸의 『영향에 대한 불안』에 따르면 이 불안의 극복 과정은 상당히 복잡한 심리적 과정을 거치는 것인데, 정영문의 경우에는 그 과정이 단순하고 선명하다는 점에서 특징적이다.

작가 세계 초기의 대담에서 정영문은 "위의 두 권(『핏기 없는 독

22) 『바셀린 붓다』, 273쪽. 작중화자가 『몰로이』를 '일종의 자전소설'로 인식하고 있는 점은 이 글의 후반부에서의 논의와 연관하여 기억할 만한 대목이다.

백』『하품』—인용자)의 소설은 베케트를 직접적으로, 어쩌면 심하게 참조한 작품들인 것 같아요. 베케트의 자장을 이기고, 그것을 벗어나는 것이 앞으로의 나의 과제일 겁니다"[23]라고 말한 바 있다. 정영문의 인상과는 꽤 거리가 있는 이 의외의 발언은 베케트가 1932년에 쓴 편지 가운데 한 대목인 "I vow I will get over J.J. ere I die. Yessir"(죽기 전에 제임스 조이스를 극복하겠다고 맹세하겠어)라는 문장을 떠올리게 한다. 여기에서 베케트가 당장, 혹은 조만간 제임스 조이스를 극복하겠다고 하는 것이 아니라 '죽기 전에' 하겠다고 얘기한 점은 그 목표가 관념적인 것이 아니라 매우 현실적인 것이라는 사실을 역설적으로 말해주고 있다. 베케트가 어머니와의 관계 등 삶의 사실이 투영된 이야기의 단계를 거쳐 제임스 조이스의 영향을 통과하면서 『몰로이』 등 그만의 고유한 글쓰기의 세계를 구축해나간 것처럼, 정영문 역시 자신의 소설적 방향을 탐색하는 과정에서 베케트의 새로운 측면을 수용하는 시도를, 다르게 말해 베케트를 극복하기 위한 실패를 반복하지 않을 수 없었던 것 아닐까. 이런 맥락에서 생각하면, 한편으로 베케트와의 공유 면을 넓혀나가면서 또다른 한편으로 그것으로부터 점진적으로 벗어나는 과정의 한 지점에서 『몰로이』와 『달에 홀린 광대』의

23) 정영문·김연경 인터뷰, 「물끄러미 존재하는 인간」, 『문학과사회』 2000년 여름호, 742쪽 중 정영문의 대답.

대응 관계가 나타나고 있었다고 볼 수 있을 것이다.

4. 론도: 하나이자 여럿인 플롯

한편 「산책」의 뒤를 잇는 세번째 소설 「숲에서 길을 잃다」는 첫번째 소설 「달에 홀린 광대」와 유사한 인물관계와 서사구조를 갖고 있다. '나'가 두 아들과 함께 아버지 제사를 위해 동생네 집을 방문했다가 이런저런 소동 끝에 제사를 마치고 동생네 집을 나와 아들을 떠나보낸 후 홀로 남아 숲에서 길을 잃게 되는 「숲에서 길을 잃다」의 줄거리에서 그 점을 확인할 수 있다. 「달에 홀린 광대」에서의 '나'와 「숲에서 길을 잃다」의 '나'는 여러 지점에서 접점을 가지면서 동일성을 마련하고 있지만, 그럼에도 결정적으로 그 둘이 하나의 존재라는 판단은 유보하게 만들고 있다. 그렇기 때문에 두 소설은 융합, 확장의 관계라기보다 마치 루프물의 다른 버전들 같은 반복, 변주의 형태에 더 가까운 관계를 이루고 있다. 하나가 다른 하나를 포함하거나 혹은 하나와 하나가 더해져서 더 큰 하나가 되는 변증법적 통합이 아니라 각각이 긍정되면서 차이를 간직하는 원리가 여기에서도 그 관계를 관통하고 있는 것이다.

아들과 함께 아버지의 묘소(「달에 홀린 광대」)를, 혹은 아버지의 제사를 위해 동생의 집(「숲에서 길을 잃다」)을 찾는 스토리 구조를 공유하는 두 이야기 사이에 이성친구 B의 집을 찾아가는 「산책」

이 자리하고 있다. 표면상으로는 다른 이야기처럼 보이는 「산책」을 유사한 두 이야기 사이에 배치한 것은 그 차이와 반복의 원리를 확장하면서 좀더 복잡하고 새로운 구조를 구축하고자 하는 시도로 보인다. 어떤 의미에서 이와 같은 구조 또한 각각 몰로이와 모랑을 초점으로 하여 병치된, 그러면서도 두 이야기가 연결성을 갖는 『몰로이』의 특이한 서사구조를 폭넓게 운용하고자 하는 의도에서 비롯된 결과로 볼 수 있을 것이다.

네번째와 다섯번째 이야기인 「양떼 목장」과 「배추벌레」는 앞서의 세 이야기로 구축된 구조를 다시 한번 확장하는 배치를 위한 포석처럼 보인다. 친구네 목장을 찾아가서 지낸 이야기인 「양떼 목장」과 배추밭에 일하러 가서 겪은 이야기인 「배추벌레」에서는 '나'의 이동 반경이 앞의 이야기에 비해 더 넓어지면서 운동성이 활성화된 양상을 보여주고 있다. 그러면서 두 이야기는 「달에 홀린 광대」와 「숲에서 길을 잃다」의 관계처럼 유사한 플롯을 공유하며 서로 마주보고 있는 구도를 취하고 있다. 그런데 이 두 이야기에서도 '나'는 결국 이야기의 후반부에 이르면 처음의 외적 관계를 벗어나 홀로 놓이게 되며, 기억과 의식의 반추 과정에서 앞서 구축했던 의미들을 무의미의 지점까지 소거시킨다는 점에서 앞의 세 이야기와 근본적으로는 동일한 구조를 변주하고 있다. 그런 의미에서 이러한 변주와 반복으로 구성된 『달에 홀린 광대』의 서사구조 자체가 음악적인 성격을, 마치 〈달에 홀린 광대〉처럼 일반적인 의미를 초월하여 수행되는 실험적 성격의 음악성을 내포하고 있다고 할 수 있다. 물론 이와 같은 음악성이 서사구조의 층위에서만 성립되고 있는 것은 아니다.

나는 약간 지루하게 느껴졌고, 그래서 신발로 흙먼지를 일으켜 먼지가 조용히 이는 것을 보며, 조용히 이는 먼지의 무기력한 힘을 느끼며 내 몸의 힘이 빠져나가는 것을 느껴보는 것도 좋을 거라는 생각을 했지만 실제로 그렇게 하지는 않았다. 나는 그런 생각을 하는 것만으로도 족했다. 아니, 그런 생각을 한 바에야 실제로 그렇게 할 필요는 없었다. 내게는 실천보다는 실천에 옮기지 않는, 끝내 옮겨지지 않는 생각이 중요했다.(183~184쪽)

정영문의 소설에서는 회고나 기억 또한 그것을 떠올리는 순간의 상태로 서술되고 있다. 그것은 과거의 특정 경험을 반영하는 방식으로 이루어진다기보다 하나의 생각이 반성과 차이의 역학을 통해 그와 연결된 새로운 생각을 불러오는 방식으로 매 순간 새롭게 생성된다. 그렇기 때문에 서술은 과거가 아니라 항상 현재, 그리고 궁극적으로는 미래를 향해 열려 있다. 과거의 기억이나 현실의 사건은 그 사유의 진행에 다만 스타팅 블록으로서만 기능하며 출발과 더불어 의미를 잃는다. 그리고 그 과정에서 떠오르는 어떤 생각은 그 생각이 떠오르는 순간 의미가 발생하지만 생각이 진행되는 과정에서 이미 부정되기 시작하여 결국 무의미로 귀결된다. 앞서 제시된 문장이 구축한 의미로부터 새로운 문장이 파생되지만 그 문장은 결국 이전에 구축된 의미를 소거시키는데, 의미는 소거되어도 그것이 담겼던 문장은 마치 변태한 벌레의 껍질처럼 그 흔적으로 남는다. 그의 책들 가운데 한 권의 제목이기도 한 '검은 이야기 사슬'이라는 표현이 잘 말해주듯, 의미의 제시와 박탈의 반복과 교차가 결국에는 무의미의 연쇄로 귀착되는 메커니즘이 곧 정영문 소설의 서술원리라고 할 수 있다.

현재진행형으로 서술이 전개되는 이와 같은 과정으로부터 정영문 소설 특유의 리듬과 역동성이 발생한다. 그리고 그 리듬과 역동성은 궁극적으로 독서 과정에서도 효과적으로 실현된다. 한 외국인 번역가는 정영문과의 인터뷰에서 그의 소설의 특징 가운데 하나로 "말들이 작가와 독자로부터 함께 등장하는 듯한 자연스러운 운율"과 "이야기의 화자와 수신자의 융합을 제공하는 급진적인 친밀성"[24]을 드는데, 이런 파악 역시 이 글의 관점과 연관되는 맥락에서 이루어졌다고 할 수 있을 듯하다. 이처럼 서술의 차원에서 이루어져왔던 정영문 소설 특유의 리듬과 역동성을 내포하면서도, 동시에 그것을 서사구조의 차원으로까지 확장하여 새로운 형

---

24) Justine Ludwig, "Writing for Skeptice : Navigating Meaninglessness", *Korean Literature Now*, Vol. 38, Winter 2017, p. 8.

태로 시도하고 있다는 점에서 『달에 홀린 광대』의 특별한 실험성을 확인할 수 있다.

5. 카프리치오: 자기이자 타자인 화자

여섯번째이자 마지막 이야기인 「횡설수설」에서는 지금까지 다섯 편의 이야기를 통해 구축해왔던 음악적 구조가 최종적으로 완성된다. 그렇지만 이 마지막 이야기 또한 이전의 음악적 흐름에서 구축되었던 기대를 충족하는 안정된 방식과는 거리가 먼, 오히려 앞의 이야기들과는 그 성격이 매우 다른 음조를 취하고 있다. 무엇보다 앞의 이야기들에서 '나'는 이야기하는 주체이자 동시에 타인들과의 관계 속에서 행위하는 주체로 등장했지만, 「횡설수설」에서 '나'는 사유와 발화 이외의 행동을 결여한 주체이다.

> 어디에서부터 얘기를 시작하는 것이 좋을까? 나의 얘기, 나의 얘기라고 부를 수 있는 이 얘기는 어디에서부터 시작해도 좋을 것이다. 그리고 그것은 편리하게도 어디에서 끝내도 좋은 얘기이다. 거기에 나의 얘기의, 내가 나의 얘기라고 생각하는 얘기의, 그리고 지금부터 나의 얘기로 만들 생각인 얘기의 특징이 있다. 그래, 그 순간 뭔가가 내 몸을 물어대고 있었다는 것으로 나의 얘기를 시작하자.(239쪽)

'나의 얘기'라면 보통 자신이 지내온 과거의 내력을 담고 있는 이야기를 의미하는 것이 일반적이다. 그렇지만 정영문 소설의 화자에게 '나의 얘기'는 "내가 나의 얘기라고 생각하는 얘기", 그러니까 과거보다는 '나'가 규정하는 현재 혹은 미래의 '나'와 더 많이 연관되는 이야기에 가깝다. 그리고 이 점은 앞서 현재진행형의 서술의 차원에서 확인했던 정영문 소설의 특징과 밀접하게 연관되는 것이기도 하다. 기억조차 과거의 반영인 것이 아니라 현재에서 생성되는 것인 만큼, 그 기억의, 혹은 그 기억을 서술하는 주체 또한 고정되어 있는 것이 아니라 글쓰기의 과정에서 새롭게 태어나는 존재가 아닐 수 없다.

포터 애벗은 '전기적으로biographically' 읽는 것과 '자서전적으로autobiographically' 읽는 것을 구분하여 설명한 바 있는데, 그에 따르면 "전기적으로 읽는 것은 역사로, 이제 과거가 된 일련의 사건들로 정향된 것이지만, 자서전적으로 읽는 것은 과거가 아니라 글을 쓰는 순간의 저자의 의식을 연속적으로 드러내는 것으로 정향된 것"[25]이다. 이런 관점은 엘리자베스 브루스의 '자서전적 수행autobiographical acts' 개념을 계승하여 "텍스트를 획득된 정체성

25) Porter Abbott, *Beckett Writing Beckett: The Author in the Autograph*, Cornell University Press, 1996, p. 3.

의 역사로서가 아니라 정체성의 확인으로서, 그러니까 저자 자신을 포함한 독자에 대한 선언으로 바라보는"[26] 것인데, 정영문의 소설에서 '나의 얘기'를 "지금부터 나의 얘기로 만들 생각인 얘기"로 규정하는 장면에 담긴 글쓰기 의식 또한 그런 관점과 맥락을 공유하는 것으로 보인다.

> 저녁 무렵이었을까? 어쨌든 박명의 빛 속이었다. 박명의 빛이라니? 사물들 위로 물기처럼 어른거리는 그런 빛 말이다. 박명의 빛이 나를, 그를, 또는 그들을, 여기서 그들이란 박명의 빛에 에워싸여 있던 모두였다고 하면 될 것이다, 주위의 모든 것들을 에워싸고 있었다. 과연 그랬는지는 모르겠지만 그렇게 기억된다. 아닌지도 모르겠다. 그럼에도 나는, 그리고 그는 그렇게 기억하고 있다. 여기서 말하는 그는 어쩌면 나일 수도, 나와 가까운 누구일 수도 있다. 하지만 내가 바로 그라는 보장은 어디에도 없다. 솔직히 나는 누가 누구인지 모르겠다. 내가 그들이었던 적도 있다. 그들 하나하나가 나였다는 얘기다. 그것은 가능한 일이다. 어떤 점에서 그들은 나와는 아무런 상관도 없는 자들이었다. 그렇게 말할 수 있는지는 모르겠다. 하지만 어떤 점에서라는 전제를 달면 모든 것이 가능해진다. 어떤 점에서 모든 것은 그렇거나 그렇지 않거나 할 수 있다.(242쪽)

26) Ibid., pp. 4~5.

이와 같은 진행형의 글쓰기에는 글을 쓰는 주체가 담기기는 하지만 그럼에도 주체의 구체적 삶의 내용이 담기는 것은 아니다. 그것은 "복원이나 재구성 혹은 허구화로서의 글쓰기가 아니라 글을 쓰는 순간의 행위 양식으로서의 글쓰기"[27]에 가까운 것이다. 이런 글쓰기의 상황에서 주체에게는 연대기적 삶bio-life이 축적될 가능성 자체가 결여되어 있다. 이런 연유로 정영문의 소설은 자전적 형식으로 된 일인칭시점의 서술을 취하고 있으면서도 작가 혹은 작가와 연결된 현실과의 대응성을 상실한 이야기로서 존재한다. 이 이름 붙일 수 없는unnamable 비인칭적 주체에게서 우리는 육체 없이 신체의 일부만, 혹은 의식만 남은 베케트의 인물들을 연상하며 들뢰즈가 고안한 이른바 '애벌레-주체sujet lavaire' 개념(『차이와 반복』)을 떠올려볼 수도 있겠다.

나는 나자빠진 그 상태로, 얼굴을 옆으로 기울인 상태로 누워 있었다. 만족스러웠다. 나는 나의 모든 상황을 집약하고 정의하는 유일한 상태인 방임 상태 쪽으로 빠지고 싶은 유혹에 좀더 확실하게 말려들기 위해 온몸의 힘을 뺀 채로 축 늘어져 있었다. 아무것도 하지 않는 한 성가신 어떤 일도 일어나지 않는다는 것을 나는 잘 알고

27) Ibid., p. x.

있었다. 헤벌어진 입에서는 침이 흘러나왔다. 어떤 사람들을 시달리게 만드는, 한없이 고상해지고 싶은 욕망이 내 경우에는 더없이 저열해지고 싶은 욕망으로 나타나곤 했다. 그리고 그 욕망은 대단히 크고 질긴 것이었다.(249쪽)

사실 정영문이 자신의 소설적 캐릭터로 처음 제시했던 '겨우 존재하는 인간' 또한 바로 이 수동성의 극한에서 태어나는 '애벌레-주체'였던 것이다. 이 주체는 개별적인 존재라기보다, 인간 존재의 어떤 상태에 대응되는 현상(시뮬라크르)에 더 가깝다. 그러니까 항상 그런 것은 아니지만 어떤 점에서 그렇다고 인정되는 상태인 것이다. 이 주체로부터 흘러나오는 이야기, 그러니까 자아의 역사나 삶이라는 프레임에 의거하지 않는 자아 글쓰기 행위가 바로 '횡설수설'의 실체라고 할 수 있다.

6. 이야기의 연주가 끝나고 난 뒤

이상에서 살펴본 바와 같이 『달에 홀린 광대』는 〈달에 홀린 광대〉의 음률을 내재한 상상력과 미적 태도를 간직하고 있을 뿐만 아니라 여섯 편의 이야기로 구성된 서사구조 자체가 반복과 변주를 통해 마련된 복잡하면서도 독특한 음악적 형식을 갖추고 있다.

이와 같은 반복과 변주의 과정은 『달에 홀린 광대』 이후의 소설에서 더 심화된 형태로 이루어지고 있다. 『달에 홀린 광대』에서 활성화된 이동의 상태는 여행기 형식을 띤 『바셀린 붓다』 『어떤 작위의 세계』 『강물에 떠내려가는 7인의 사무라이』 등의 소설에서 작가와 서술자 사이에 새로운 형식의 긴장을 도입한다. 그 변화의 성격에 대해서 작가는 다음처럼 자기진단을 내린 바 있다.

> 『바셀린 붓다』 이후로 사실상 자전적인 소설을 쓰게 되었는데, 아주 작은 모티프들에서 비롯된 이야기가 주로 상상이 더해지면서 가공된 이야기 이상으로 허구적인 것이 된 것 같아. 어디에서 어디까지가 실제이고 허구인지 글을 쓴 사람에게도 모호하게 여겨질 정도로.[28)]

정영문은 마치 다른 사람의 이야기에 대해 얘기하는 어투로 자신의 이야기에 나타난 변화에 대해 증언하고 있는데, 우리는 이 증언으로부터 『달에 홀린 광대』의 특징이 이후의 소설들에서 더 진전되었다는 것을 확인할 수 있다. 그것은 "사실상 자전적인 소설"이면서 동시에 "가공된 이야기 이상으로 허구적인 것이 된" 이야기의 상태, 말하자면 『달에 홀린 광대』에서도 정영문 소설의 바탕을 이루고 있던 글쓰기와 관련된 어떤 본질적인 패러독스가

---

28) 정영문 · 백가흠 인터뷰, 같은 글, 50쪽 중 정영문의 대답.

새로운 형식 속에서 추구되고 있는 점과 관련된다. 그리고 그런 변화에 대한 인식은 그 이전에 이미 그의 소설에서 다음과 같이 감지되고 있었다.

갈피를 잡을 수 없는 생각들을, 갈피를 잡지 못하고, 혹은 잡지 않고 했다. 주절주절 생각들이 이어졌다. 언젠가 이후로 심각한 소설을 쓰는 것이 어려워진 것에 대해, 그리고 그것과는 별개로, 언젠가 이후로 삼인칭소설을 쓰는 것이 어렵게 된 것에 대해(그것은 소설 속에 어떤 다른 인물을 내세워 그의 이야기를 하거나, 그로 하여금 이야기하게 하는 것이 누군가를 사칭해 이야기하거나, 다른 누군가의 행세를 하는 것처럼 느껴졌기 때문인데, 그 점과 관련해 어떤 결벽증이 내 안에서 점점 더 심해지고 있었다), 그리고 언젠가 이후로 내가 쓰는 소설이 거의 일기처럼 바뀌고 있는 것에 대해 생각했다(그것은 삶의 가장 지배적인 형식은 반복이고, 일기가 반복적인 것의 기록을 위한 장르라는 사실과 별개가 아니라는 생각을 했다). 갈수록 나는 나 자신에 관한 이야기를 하는 것만으로도 벅찼다.[29]

'자전적인 소설' 혹은 '일기'의 형식을 취하고 있다고 해도 '횡

29) 「어떤 불능 상태」, 『오리무중에 이르다』, 246~247쪽.

설수설'의 연장선상에서 이루어진 정영문 소설의 새로운 형식은 전통적인 장르의 범주 속에 위치해 있지 않다. 폴 제이는 아우구스티누스나 워즈워스의 전통적인 자서전 형식과 구분하여 폴 발레리, T.S. 엘리엇, 롤랑 바르트 등에 의해 전개된 20세기의 새로운 형식의 자서전에 대해 논의한 바 있다.[30] 이 새로운 형식의 자서전은 분열적이고 단편적인 주체에 의한 자기 이야기라는 점에서 전통적 자서전과 구분되지만, 그럼에도 이 형식은 자기 경험과 존재에 대한 이야기라는 넓은 의미에서의 자서전의 범주에서 결정적으로 벗어나는 것은 아니다. 그런데 베케트와 정영문의 이야기는 자서전auto-bio-graphy의 외형에도 불구하고 과거의 내력bio이 담기지 않은, 글을 쓰는 순간의 의식만이 기입되어 있는 이야기auto-graphy라는 점에서 자기 글쓰기의 보다 근원적인 층위를 드러내면서 운명적인 관계를 맺고 있다.[31] 이런 특징은 정영문의 소설 속에서도 다음처럼 자각적으로 제시되어 있다.

---

30) Paul Jay, *Being in the Text: Self-Representation from Wordsworth to Roland Barthes*, Cornell University Press, 1984 참조.

31) autobiography와 구분되는 autography의 범주를 통해 베케트의 소설을 분석하는 관점은 Porter Abbott, Op. Cit. 참조. 그런 용어를 사용하지는 않지만 베케트의 글쓰기에 대해 "스스로의 자취를 기입하는 데에 수고를 기울일 뿐 역사나 눈물, 두려움에 관해서는 아무런 흔적도 남기고 있지 않다"(나탈리 레제, 『사뮈엘 베케트의 말 없는 삶』, 김예령 옮김, 워크룸프레스, 2014, 74쪽)고 언급한 것 또한 이런 특징을 부각하고 있다.

어쨌든 저 고양이들과 까치가 내가 그들에 관해 글을 쓰고 있다는 것을 모른다는 사실이 나를 괜히 즐겁게 한다. 그것들은 그들만의 세계 속에 살고 있다. 그리고 그것은 나 역시도 마찬가지이다. 그럼에도 그것들은 나의 상상과 내가 쓰는 글 속에서 나와 함께하고 있다. 그리고 나 역시 내가 쓰는 글 속에 가까스로 존재하며, 그 속에서 어떤 자신과 함께하고 있다고 생각한다.[32)]

"내가 쓰는 글 속에 가까스로 존재하"는 "어떤 자신"인 '텍스트 내적 존재being in the text'에 의해 만들어진 세계야말로 이야기의 궁극적인 외연일 것이며, 그러하기에 그것은 이야기하는 존재로서의 인간의 욕망을 자아의 한계를 넘어 순수하고 투명하게 드러내고 있다. 그러면서도 그 존재는 글을 쓰고 있는 지금 이 순간의 자기 자신을 부정하지 않고 있는 그대로 받아들이는 리얼리티를 내재하고 있다. 작가는 이미 그의 글쓰기의 출발점에서부터 이런 자기 자신의 존재에 대한 감각을 바탕에 두고 있었다.

종종 그는 그가 자신이 쓴 글 속의 인물로서, 잠시 그 글로부터, 현실로의 산책을 나온 사람처럼 여겨진다. 그는 자신이 있을 곳으로, 그가 부자연스러워하지 않아도 되는 그 글 속으로 다시 돌아가

32) 『바셀린 붓다』, 274쪽.

고 싶은 충동을 느낀다. 이 사실이 그의 작중인물이 그의 분신이라는 의미는 아니다. 그는 그의 글 속의 모든 인물과 온전히 상상에 의해 매개된 육체관계—때로는 쾌적하고, 때로는 역겨운—를 나누고 있을 뿐이다.[33]

좀더 진지한 태도로 접근하고 있다는 차이가 느껴지지만, 그럼에도 글쓰기에 대한 그의 관점은 출발점에서부터 이미 선명하게 드러나 있다. 이처럼 정영문의 소설은 현실의 변화에 그다지 크게 반응하지 않고 자기 이야기의 계열을 지속적으로 변주해왔다. 20세기를 거치면서 도달한 소설적 비전을 우위에 두고 보편적인 예술과 관념을 추구하는 이런 성향을 '달에 홀린 광대'라는 제목이 상징적으로 드러내고 있기도 하다. 그런 의미에서 오스트리아의 빈에서 유대인으로 태어났지만 나치를 피해 미국으로 망명하여 생애 후반을 보내다가 로스앤젤레스에서 세상을 떠난 쇤베르크처럼, 혹은 잉글랜드계 아일랜드 작가였지만 프랑스에 정착하여 살면서 프랑스어로 작품을 썼던 베케트처럼 정영문 역시 자신이 태어나고 자란 시간과 공간에 얽매이지 않는 예술을 추구하는, 예외적이지만 보편적인 방향을 일관되게 추구해온 것이다. 일

33) 「어두운 화면 위에 떠오른 느슨한 말들」, 『나를 두둔하는 악마에 대한 불온한 이야기』, 55쪽.

찍이 비코는 "무릇 뛰어난 시인이 되기를 원하는 자는 자기 고향의 말을 잊어버리고 말들의 최초의 불행 상태로 되돌아가야만 한다"[34]고 했다는데 정영문이 베케트를 경유하며 확인한 것은 바로 그와 같은 예술적 태도였다고 할 수 있다. 그러니 소설의 배경이 유럽의 도시나 소읍(『바셀린 붓다』), 혹은 미국의 샌프란시스코(『어떤 작위의 세계』)나 텍사스(『강물에 떠내려가는 7인의 사무라이』)가 된다 해도 그 낯선 공간이 이야기의 내부가 되지는 않는다.

그런 맥락에서 그의 소설은 근본적으로 예술에 대한 대중성에 저항하는, 혹은 그에 무관심한 글쓰기이다. 정영문의 소설은 세상의 변화에 무감할 뿐만 아니라 자신의 글쓰기에 대한 반응의 변화조차 크게 의식하지 않는 글쓰기가 그려낼 수 있는 투명하고 일관된 궤적을 가지고 있다. 이런 경향의 이야기들은 대체로 주관적 의식이 일방적으로 주도하는 다소 고압적인 성향을 갖는 것이 일반적인데도, 정영문의 소설은 이례적으로 유머를 간직하고 있다. 주제는 관념적이라고 해도 스타일의 차원에서는 관념성을 벗어나 있으며 극적 성격의 대화 장면을 통해 관념적 독백의 객관성의 결여를 보완하고 있기도 하다. 정영문이 베케트의 소설로부터 발전적으로 계승한 것은 자연주의에 갇히지 않는 서사의 가능성, 존재를 바라보는 관점, 극적 성격, 그리고 결정적으로는 바로 이 유머

---

34) 나탈리 레제, 같은 책, 63쪽

일 것이다. 그리고 그것은 정영문에게는 어떤 의미에서 문학 그 자체라고 해도 틀린 말이 아닐 것이다.

지금 『달에 홀린 광대』를 다시 읽으니 매번 새로운 긴장과 기대를 품고 그와 그의 소설을 만나던 그 시절의 기억이 마치 꿈속의 일이었던 듯 환각처럼 떠오른다.

정영문
1965년 경남 함양에서 태어나 서울대 심리학과를 졸업했다. 1996년 『작가세계』에 장편소설 『겨우 존재하는 인간』을 발표하며 작품활동을 시작했다. 소설집 『검은 이야기 사슬』 『나를 두둔하는 악마에 대한 불온한 이야기』 『더없이 어렴풋한 일요일』 『꿈』 『목신의 어떤 오후』 『오리무중에 이르다』, 중편소설 『하품』 『중얼거리다』 『강물에 떠내려가는 7인의 사무라이』, 장편소설 『겨우 존재하는 인간』 『핏기 없는 독백』 『달에 홀린 광대』 『바셀린 붓다』 『어떤 작위의 세계』 등이 있다.

문학동네 한국문학전집 030
달에 홀린 광대

초판 인쇄 2021년 7월 28일
초판 발행 2021년 8월 20일

지은이 정영문

펴낸곳 (주)문학동네
펴낸이 염현숙
출판등록 1993년 10월 22일 제406-2003-000045호
주소 10881 경기도 파주시 회동길 210
전자우편 editor@munhak.com | 대표전화 031) 955-8888 | 팩스 031) 955-8855
문의전화 031) 955-3578(마케팅) 031) 955-8864(편집)
문학동네카페 http://cafe.naver.com/mhdn | 트위터 @munhakdongne
북클럽문학동네 http://bookclubmunhak.com

ISBN 978-89-546-8149-0 04810
978-89-546-2322-3 (세트)

www.munhak.com